"大榕树"
原创文库

且听风去

海峡出版发行集团
海峡文艺出版社

图书在版编目(CIP)数据

且听风去/陆永建著.—福州：海峡文艺出版社，2022.7
("大榕树"原创文库)
ISBN 978-7-5550-3046-1

Ⅰ.①且… Ⅱ.①陆… Ⅲ.①随笔—作品集—中国—当代 Ⅳ.①I267.1

中国版本图书馆CIP数据核字(2022)第112896号

且听风去

陆永建　著
出 版 人　林　滨
责任编辑　朱墨山　陈　婧
出版发行　海峡文艺出版社
经　　销　福建新华发行(集团)有限责任公司
社　　址　福州市东水路76号14层
发 行 部　0591—87536797
印　　刷　福州力人彩印有限公司
厂　　址　福州市晋安区新店镇健康村西庄580号9栋
开　　本　720毫米×1010毫米　1/16
字　　数　285千字
印　　张　20.25
版　　次　2022年7月第1版
印　　次　2022年7月第1次印刷
书　　号　ISBN 978-7-5550-3046-1
定　　价　79.00元

如发现印装质量问题，请寄承印厂调换

出版说明

　　陆永建的文学作品，按时间先后顺序至今已结集出版9种。其中散文集5种，即《一天中午的回忆》（2010）、《飞翔的痕迹》（2011）、《思想与性情》（2014）、《山那边有条河》（2021）、《陆永建自选集》（2021）；文艺评论集2种，即《审美的印迹》（2019）、《雄姿卓态八闽风》（2019），电视剧文学剧本《柳永》（2008），报告文学《千年一遇》（2019）。上述作品中有的曾多次再版，深受读者喜爱。现经陆永建授权，本社在《陆永建自选集》的基础上对部分文章进行了调整，特推出珍藏版——《且听风去》，并借此纪念作者长达三十多年的写作历程，也为读者提供一部权威版本。

海峡文艺出版社
2022年7月

自 序

朱光潜说，人生本来就是一种较广义的艺术，每个人的生命史就是他自己的作品。近日，我对自己的作品甄选梳理、集结编撰，再一次回顾经历过的人事代谢，拾掇拥有过的情怀梦想，于清醒检视中躬身自省、在客观观照时明达思辨。

我自1985年主编《浦城公安志》开始，便养成了思考与写作的习惯，至今一晃已30多年。我边走边看边想边写，往往触景生情便纵墨铺展，有感而发则信笔随行，不限题材、不拘格式，尝试多领域交流融通，探索多元文化参照互鉴。既有书画创作，又有散文随笔、报告文学、文艺评论和电视剧文学剧本等，从往事钩沉到当代观察，从情感体悟到哲思感怀，从艺术鉴赏到文化研究……曾有人称我是"杂家"，倒有几分确切。在我看来，凡尘俗世，林林总总，无不细碎繁杂，于芜杂中辨识万象纷纭，于嘈杂里淬炼真理道义，也算"杂"得有趣味，"杂"得有意义。

我根据这些年创作的主要体裁，将本书大致分为四辑：散文、散文诗、诗词赋、文艺评论，不仅为方便读者阅读理解，也为厘清自己一路行来的轨迹图谱。

散文是写作者生活经验的生动记录和情感思想的深刻

阐发，是最适合追求主体自在、表达生命自由的文体。苏东坡在流传千古的《后赤壁赋》中提到"适有孤鹤，横江东来"的情景，并由此引发对人生与艺术及生命与自然永恒关系的感悟，也深深地影响着我的思想和写作。我总以为，散文创作应该是闲散自然、平淡隽永的。收入本书的散文，是我之前出版的散文集《思想与性情》《一天中午的回忆》中的部分作品，以及后来数年积累的一些文章，皆是寻常生活的所见所闻、对普通人事的所感所悟。在跳跃的思考中，构成交叉往复的行文路线，力求达到宽敞辽阔与延伸拓展的效果。

多年前，读到庄子《逍遥游》。鲲鹏展翅，扶摇直上九万里，翼若垂天之云，这种对无限空间和自我能力的双重想象，远远超过了现代人的想象。而我们只有通过生活、通过艺术不断地认识自然、认识自我，才能抵达更宏阔、高远的境界。因此，我选择散文诗，在出差途中随手写下感怀随想，走到哪、想到哪、写到哪。这里有对天地苍茫的感喟，对历史沉浮的怀想，对人事代谢的体悟，对儿女情长的领会……它将文学与摄影、现实与想象、自然与个人相结合，讲究短小精悍，注重留白联想，从形式到内容都是一种新的尝试。后来为了与沿途拍摄的照片相辅相成、互作注释并有所延展，又对部分文字进行修改完善，并于2011年出版了摄影散文集《飞翔的痕迹》。

这本书的出版，对于我来说具有某种纪念意义，于我也是一次新的挑战。出版后，得到读者的一致好评。后来，随着事务日增，行走得少，见闻得少，这样感怀记录式的文字也就渐渐少了。多年后重新梳理，竟成为人生行旅的一段珍贵记录，于是再作删减增补，汇编进来，以慰怀想。

本书选的诗词赋，都是我十多年来陆续写的案头小品，往往即景即事提笔而就，写完即放入抽屉。荣格曾说，艺术并不是某个人的无病呻吟的产物，而是民族精神自然而然的流露；它也不仅源于单纯的直觉经验，而是来自一个无法说出的更为深邃、更为久远的人类体验。是的，诗词赋对于我来说就是如此，因此写得从容。

从2012年开始，我便不再满足于片段的随感记录，开始专注于研究并创作具有一定理论性、系统性的文艺评论。文艺评论在格局视野、逻辑思维、知识积累、理论素养等方面都有着很高的要求，对我来说是一个新的领域，也是充满激情的挑战。我自幼习书学画，青年时自研篆刻摄影，对于艺术有着近乎天然的热爱与执着，因此对于艺术规律、审美特征和美学范式，长期以来一直有着强烈的探索研究志趣。这些年来，我所创作的文艺评论涉及文学、书法、美术、篆刻，甚至铸剑、瓷器、剪纸等，不知不觉竟累计有二三十万字。2019年分别在海峡文艺出版社和福建美术出版社出版了《审美的印记》和《雄姿卓态八闽风——闽籍古代书法大家艺术风格和时代意义研究》两本评论集。收入本书的文艺评论，就是对《审美的印记》中相关文字的删减和扩充。

我很喜欢宋代诗人翁卷的《夜望》："一天秋色冷晴湾，无数峰峦远近间。闲上山来看野水，忽于水底见青山。"这也是本书要表达的文化思索、美学力道、自然状态和生命情怀，我在工作之余、闲暇时分所追求的学问、道艺、境界，无意得之，大美无言，永无止境。

本书选编的文章大多曾在各类报刊上刊登过，有些获得全国和省级奖项，有些被选入中学语文读本或教辅教材，如《福州的三坊七巷》被选入2006年高考语文模拟试卷，《后街》被选入《福建优秀文学70年精选·散文卷》，产生了一定的社会影响。这些收获和肯定,均来自师友亲朋和读者的关心支持,在此表示衷心感谢。

是为序。

2021年1月3日

目　录

第一辑　散文

寻觅柳永　/ 3

孤独的李贽　/ 29

读刘伯温《苦斋记》　/ 32

朱熹反腐　/ 35

叹"迎者塞路"　/ 38

一个女人的葬礼　/ 41

江淹"才尽"　/ 43

章惇：潇洒与悲歌　/ 45

一代完人黄道周　/ 48

福州的三坊七巷　/ 52

聆听那遥远的声音　/ 55

走进承德避暑山庄　/ 59

莫高窟之殇　/ 62

读黄山　/ 65

雪山记行　/ 70

华山偶遇　/ 73

登方岩小记 / 75

且听风去 / 78

山那边有条河 / 83

浦城女人 / 85

浦城男人 / 88

爷爷 / 90

后街 / 94

从"路索斋"到"三闲堂" / 97

诗意的栖居
　　——浅谈文化与生活 / 99

永恒的飞翔 / 101

百姓美食 / 105

豆 / 109

吃茶去 / 112

岩茶滋味 / 114

洗尽古今人不倦
　　——读乾隆《冬夜煎茶》有感 / 116

运动之旅 / 120

阅读的境界 / 125

生命的欢歌 / 130

漠视精确 / 134

尴尬滕王阁 / 136

"感觉"是否可靠 / 138

淡定看"末日" / 140

"杀猪"有感 / 142

说"病" / 144

战蚊记 / 146

青竹广场记 / 148

闲事的分量 / 149

谣言：听说你想扮演柳永 / 151

"三坊七巷"之残 / 154

改变我人生轨迹的一本书 / 157

一件尚未完成的作品 / 162

第二辑 诗词赋

建党百年感怀 / 173

泛舟 / 173

雨后游大金湖 / 174

登黄岗山 / 174

书法吟 / 175

建宁上坪观荷 / 175

寄友 / 176

饮酒 / 176

游闽侯十八重溪 / 177

观平潭三十六脚湖 / 177

贺文昌市书协成立三十周年 / 178

西藏感怀 / 178

感怀 / 179

春日吟一 / 179

春日吟二 / 180

忆爷爷 / 180

和信之先生诗 / 181

送别李宏先生 / 181

赠陈祖辉先生 / 182

答谢李福生先生 / 182

三明行赠周银芳先生 / 183

有感于潘国璋先生欧洲五国游 / 183

十六字令·风 / 184

十六字令·山 / 184

十六字令·归 / 185

十六字令·闲 / 185

十六字令·闲 / 186

十六字令·闲 / 186

浪淘沙·怀友 / 187

破阵子·怀章仔钧 / 187

采桑子·游武夷山九曲溪 / 188

浪淘沙·过南昌 / 188

江城子·抗疫有感 / 189

西江月·夜读 / 189

清平乐·观平潭石厝 / 190

清平乐·访浦城永建村 / 190

天净沙·和梁建勇先生 / 191

渔歌子·答谢陈向先生 / 191

天净沙·答谢余军先生 / 192

鹧鸪天·和谢秀桐先生 / 192

三闲堂赋 / 193

青竹碑林赋 / 194

青竹山庄赋 / 196

佛跳墙赋 / 197

金骏眉赋 / 198

云门赋　/ 199

万福桥赋　/ 200

第三辑　文艺评论

武夷山咏墨
　　——谈朱熹的艺术思想　/ 203

虚怀若谷　高屋建瓴
　　——李岚清的"另类篆刻"情怀　/ 206

躬行修笃志　求索著华章
　　——读叶双瑜《晴耕雨读》　/ 211

绿荫下的诗意
　　——读梁建勇的诗　/ 215

真诚面对广阔的社会现实
　　——评陈毅达长篇小说《海边春秋》　/ 221

秦巴汉水故园情　气韵风流金州吟
　　——读陈俊哲的诗　/ 228

何处楼台无月明
　　——读陈元邦散文及其他　/ 233

书香墨影中的海天瞭望
　　——读沈世豪《醉美五缘湾》　/ 237

乡土文化的守望
　　——读"小英阿姨看客家"丛书　/ 241

历史构建下的责任担当
　　——读钟兆云《我的国籍我的血》　/ 245

纫佩秋兰抱初心
　　——谈魏德泮的歌词创作　/ 248

水墨淋漓畅天地
　　——评陈羲明书法艺术 / 252

丹心创新愿　领异求是辉
　　——谈陈礼忠寿山石雕刻艺术 / 256

着着寸进　洋洋万里
　　——谈郑幼林寿山石雕刻艺术 / 262

汲古得修绠　开怀畅远襟
　　——陈为新寿山石雕刻印象 / 266

土与火的艺术
　　——连紫华德化白瓷及陈爱明龙泉青瓷印象 / 271

铸就文学的新时代品格
　　——福建省第33届优秀文学作品榜暨第15届陈明玉文学榜评审印象 / 278

背靠历史　表达时代
　　——谈松溪版画艺术及产业发展 / 285

山野客家风
　　——谈闽西绘画与连城宣纸 / 292

大浪奔涌立潮头
　　——评电视剧《爱拼会赢》 / 299

让书法艺术经典走向大众
　　——《书法导报》陆永建访谈 / 302

附录：陆永建作品出版年表 / 308

第一辑 散文

寻觅柳永

一

金秋的周末下午,天高云淡,和风拂面。我和作家陈旭驱车去武夷山上梅乡白水村探访柳永遗迹。不料遇上修路,汽车一路颠簸,走走停停,停停走走,四五十公里的路程竟花了3个多小时。到了村口,我即到一农家问路,一位20多岁的农民兄弟得知我的来意后,执意要为我做向导,领着我们借着手电光深一脚浅一脚来到依山傍水的路边自然村。他指着跟前的五六幢房子说:"柳永曾住在这个地方,具体是哪一幢已无证可考。"眼前视野开阔,溪水潺潺,绿波荡漾。不远处,可见两棵参天大树,我们沿着田埂走到树旁,两棵罗汉松枝繁叶茂,生机勃勃。农民兄弟自豪地说:"去年曾有人出资20万元想买树,因为是柳永当年亲手种的,也是柳氏家族的唯一物证,所以我们不肯卖。"村主任告诉我,自然村有72户人家,没有一人姓柳,听村里的老人家说,当年柳永三兄弟考上进士后,都在外地当官。

夜幕降临,从农户的门窗射出的光线里,我仿佛感受到柳永当年挑灯夜读的情景。柳永10岁那年,父亲柳宜病逝,母子俩在京城无依无靠,为了生计,母子在叔叔柳宷的陪同下从汴京(今开封市)到崇安县五夫里(今武夷山市上梅乡)投靠祖母虞氏。虞氏系柳永的祖父的继室,与柳永没有血缘关系,生活中不免会少些亲情。柳永母子俩在武夷山过着农耕生活。柳永一边向村姑学习制茶，一边在祖母和母亲的督导下学习文化，日渐成长。12岁时，胸怀大志的柳永写下了《劝学文》：

> 父母养其子而不教，是不爱其子也。虽教而不严，是亦不爱其子也。父母教而不学，是子不爱其身也。虽学而不勤，是亦不爱其身也。是故，养子必教，教则必严，严则必勤，勤则必成。学，则庶人之子为公卿；不学，则公卿之子为庶人。

柳永出身名门望族。家族人才辈出，进士满门，四代出了14位进士，祖父柳崇以博学鸿儒著称，父亲柳宜官至工部侍郎。父辈七兄弟都在中央机关任职。柳永自幼聪慧，见多识广，他生于山东，后来随父亲的职务调整而迁居湖南和京城。在"修身，齐家，治国，平天下"的儒家思想影响下，柳永勤奋好学，每天晚上都在烛光下苦读到深夜，被传为佳话。为了纪念柳永和鼓励后人，乡亲们把柳宅后门的两座无名山命名为蜡烛山和笔架山。

柳永写有一首《中峰寺》：

> 攀萝蹑石落崔嵬，千万峰中梵室开。
> 僧向半空为世界，眼看平地起风雷。
> 猿偷晓果升松去，竹逗清流入槛来。
> 旬月经游殊不厌，欲归回首更迟回。

我慕名走了40多里山路，来到上梅乡的寂历山上，寻找始建于唐初的中峰寺。尽管岁月的尘沙已经吞食了这里的一切，当年规模宏大、占地万顷的寺庙，现已荡然无存，但是我从1998年由村民自发在遗址上修建的小佛堂以及从小佛堂到寺尾村5里路的距离中，推断当年中峰寺的非凡气派。难怪100多年后，朱熹把父亲朱松的墓地选在中峰寺的后山上。我站在朱松的墓旁，遐想景福元年（892）"里中有虎患，众捕之,师骑虎出迎"的情景。禅师骑虎出迎的神话故事,风景如画的寂历山,嬉戏的猿猴,娟秀的翠筱,深深地吸引了风流倜傥的柳永,这里的一草一木让他陶醉忘怀,以致流连旬月还依依不回。

此时的柳永情窦初开,帅气十足。15岁时,年迈多病的祖母希望孙子早日成婚,在母亲的主持下,选了一个良辰吉日为柳永办了婚事。在爱情的催化下,柳永的词才也小荷露尖角,词人的才情初露锋芒。他广收博采,吸收养分,把民间流行的《眉峰碧》"蹙破眉峰碧,纤手还重执。镇日相看未足时,忍便使,鸳鸯只。薄暮投村驿,风雨愁通夕。窗外芭蕉窗里人,分明叶上心头滴"书写在墙上,反复推敲,认真思考。把流行民谣《武夷情歌》"一想郎,日落山,奴家想郎也艰难。三年一去无音信,十载倚门望眼穿……十想郎,天大亮,梦醒奴家愁断肠。懒穿绫罗懒施粉,青丝杂乱待郎还"熟记于心,边唱边研究其韵律。柳永从武夷山的乡土文艺以及旅居武夷山的江淹、李商隐、徐凝等的诗词作品中,悟出了诗词创作的玄机,找到了灵感。在丹山碧水美丽的自然景观催动下,他一气呵成了五首《巫山一段云》:

六六真游洞,三三物外天。九班麟稳破非烟。何处按云轩。
昨夜麻姑陪宴,又话蓬莱清浅。几回山脚弄云涛,仿佛见金鳌。
(其一)

琪树罗三殿,金龙抱九关。上清真籍总群仙,朝拜五云间。
昨夜紫微诏下,急唤天书使者。令赉瑶检降彤霞,重到汉皇家。
(其二)

清旦朝金母,斜阳醉玉龟。天风摇曳六铢衣,鹤背觉孤危。
贪看海蟾狂戏,不道九关齐闭。相将何处寄良宵,还去访三茅。
(其三)

阆苑年华永，嬉游别是情。人间三度见河清，一番碧桃成。
金母忍将轻摘，留宴鳌峰真客。红猊闲卧吠斜阳，方朔敢偷尝。

（其四）

萧氏贤夫妇，茅家好弟兄。羽轮飙驾赴层城，高会尽仙卿。
一曲云谣为寿，倒尽金壶碧酒。醺酣争撼白榆花，踏碎九光霞。

（其五）

　　《巫山一段云》是柳永作词的处女作，从此一发不可收拾。他的创作源泉源于北宋王朝尊崇道教，是武夷山大王、玉女的神话故事开启了柳永描写神仙生活、创作游仙词的思想阀门，也反映了柳永崇尚自然、向往自由的人生追求。柳永在武夷山学有所成后，准备赴京城应试。

二

　　母亲和妻子为柳永打点好行囊后，妻子拉着柳永的手，难舍难分。面对妻子的缠绵和伤情，柳永看在眼里，痛在心头。感受了这情深意切、凄惨哀伤的离别情景后，词人立刻把这种寸肠万绪升华为艺术的冲动。怀着对未来的憧憬，柳永踌躇满志地骑上马背，踏上晨曦，一首《鹊桥仙》涌上心头：

届征途，携书剑，迢迢匹马东去。惨离怀，嗟少年易分难聚。佳人方恁缱绻，便忍分鸳侣。当媚景，算密意幽欢，尽成轻负。
此际寸肠万绪。惨愁颜，断魂无语。和泪眼，片时几番回顾。伤心脉脉谁诉，但黯然凝伫。暮烟寒雨，望秦楼何处。

　　一心追求功名又重情善感的柳永日夜兼程地赶到京城，按照北宋科举制度中进士考试的科目规定，昼夜埋头苦学，对诗、赋、词和《论语》

《春秋》《礼记》等应试科目进行了认真的复习，信心十足地参加应试。结果，天资聪慧的柳永在激烈的科考竞争中落榜了。第一次参加科考就被淘汰，这是才高气盛的柳永所不曾料及的。柳永丝毫没有心理上的准备，他认为这不是自己的失误，而是时代失去了一位天才。狂傲、自负的柳永把十多年来苦读圣贤书的磨砺化为怨恨和悲恸，牢骚满腹地脱口而出一首《鹤冲天》：

黄金榜上，偶失龙头望。明代暂遗贤，如何向。未遂风云便，争不恣狂荡。何须论得丧，才子词人，自是白衣卿相。
烟花巷陌，依约丹青屏障。幸有意中人，堪寻访。且恁偎红翠，风流事，平生畅。青春都一饷，忍把浮名，换了浅斟低唱。

柳永以不甘屈辱的意志，向封建制度发出了自己的人生宣言："忍把浮名，换了浅斟低唱。"仁宗得知后说："此人任从风前月下浅斟低唱，岂可令仕宦。"柳永则以放浪形骸的方式进行反抗，打着"奉旨填词柳三变"的旗子，选择了歌楼妓院，朝夕与著名歌伎为伴，开始了他的通俗文艺创作生涯。那首《集贤宾》里他这样描述：

小楼深巷狂游遍，罗绮成丛。就中堪人属意，最是虫虫。有画难描雅态，无花可比芳容。几回饮散良宵永，鸳衾暖，凤枕香浓。算得人间天上，惟有两心同。
近来云雨忽西东，诮恼损情悰。纵然偷期暗会，长是匆匆。争似和鸣偕老，免教敛翠啼红。眼前时，暂疏欢宴；盟言在，更莫忡忡。待作真个宅院，方信有初终。

柳永在京城歌楼妓院的红粉知己中，最钟情"虫虫"，她的芳容，令柳永怦然心跳，与虫虫共度良宵，那是平生的第一快事。词人与虫虫"算得人间天上，惟有两心同"，爱得如痴如醉，死去活来，愿与她"在天愿作比翼鸟，在地愿为连理枝"。但虫虫毕竟是虫虫，对柳永的誓言，她愁眉紧锁，无语泪流。一个浪萍风梗，一个沦落风尘，他们的爱情终将是一场虚幻的梦。

柳永在这个虚幻的情感世界里，过着花天酒地的潇洒日子。滋润的时光一晃就是三四年。一天，他在歌楼徘徊时，遇见旧情人，他顿时喜上眉梢、心潮澎湃，情感的跌宕起伏，聚与散、喜与悲、爱与恨、浮名与情爱顿时交织在一起。柳永在《殢人娇》中把这种心理表述得淋漓尽致：

当日相逢，便有怜才深意。歌宴罢，偶同鸳被。别来光景，看看经岁。昨夜里，方把旧欢重继。

晓月将沉，征骖已鞴。愁肠乱，又还分袂。良辰好景，恨浮名牵系。无分得，与你恣情浓睡。

一对萍水相逢、一见钟情的青年，一年后邂逅重逢，重温旧情。短暂的欢聚，转眼晓月西沉，天色明亮，彼此又将分离。这时的柳永思绪纷乱，愁肠百结，感叹说：人生如萍踪鸿影，无法摆脱"浮名"，更无法把握自己的命运。无奈之下，柳永只好重新拿起课本，继续读书，追求功名。

在一次与"人人"相聚时，词人进一步流露出了对考取功名的态度和决心。他在《长寿乐》中说：

尤红殢翠，近日来陡把狂心牵系。罗绮丛中，笙歌筵上，有个人人可意。解严妆巧笑，取次言谈成娇媚。知几度、密约秦楼尽醉，仍携手，眷恋香衾绣被。

情渐美，算好把夕雨朝云相继。便是仙禁春深，御炉香袅，临轩亲试。对天颜咫尺，定然魁甲登高第。待恁时，等著回来贺喜，好生地，剩与我儿利市。

词人与这位"可意"的姑娘"人人"沉醉在"情渐美,算好把夕雨朝云相继"的温柔乡中时,竟觉得像是"仙禁春深,御炉香袅,临轩亲试",流露出向往功名的心愿和"定然"考取、接受皇帝殿前召见的决心。

试想,一个整天泡在歌楼舞厅、美女堆里,眷恋世俗享乐生活,醉生梦死、天天过年的词人,尽管才高八斗,但是没有"苦其心志,劳其筋骨,饿其体肤,空乏其身"的磨砺,怎能"登高第"?结果,柳永又连连在考场中名落孙山。

经过多次落榜打击后,柳永的狂傲和自负心态开始收敛,他思前想后,决定放弃歌楼舞厅的生活,到武夷山看望妻子和年幼的儿子柳涚,继续攻读,再回京城应考。

三

这天晚上,柳永辗转反侧,不能入眠,他起床站在窗前,凝望着眼前一片凄清的秋色,顿时,家乡、亲人、落榜、凄伤的复杂心理一并涌上心头,立即取出笔墨,铺好宣纸,一气呵成写下了著名的《八声甘州》:

> 对潇潇,暮雨洒江天,一番洗清秋。渐霜风凄紧,关河冷落,残照当楼。是处红衰翠减,苒苒物华休。惟有长江水,无语东流。
> 不忍登高临远,望故乡渺邈,归思难收。叹年来踪迹,何事苦淹留。想佳人,妆楼颙望,误几回,天际识归舟。争知我,倚阑干处,正恁凝愁。

词人面对黄昏时大雨"洗"出的清秋,凄凉萧瑟,以孤寂的情怀,表达自己念远、思乡、怀人的羁旅情思,写得苍茫、寂寥、深沉,而又凄伤、婉转、细腻。苏东坡评价说:"人皆言柳耆卿词俗,非也。

如《八声甘州》的'霜风凄紧，关河冷落，残照当楼'，此语与诗句不减唐人高处。"

柳永从开封出发，经过一个多月的艰难跋涉，走到了他曾经生活过的湖南潇湘，他站在潇江和湘江的汇流处，触景生情，百感交集，一首《玉蝴蝶》走不出感情的缠绕：

> 望处雨收云断，凭阑悄悄，目送秋光。晚景萧疏，堪动宋玉悲凉。水风轻，蘋花渐老；月露冷，梧叶飘黄。遣情伤，故人何在，烟水茫茫。
>
> 难忘文期酒会，几孤风月，屡变星霜。海阔山遥，未知何处是潇湘。念双燕，难凭远信；指暮天，空识归航。黯相望。断鸿声里，立尽斜阳。

柳永凭栏远眺，目力所及，尽是"雨收云断"的寥廓秋光，忧伤、黯淡。当年宋玉的悲秋，蕴含着深深的社会与身世的悲慨，柳永对此有着共识。柳永的悲秋念远，隐含着词人对生命、前程、情感的伤怀与悲慨。此前，柳永都是以美女为寄托，以"坎廪兮贫士失志而不平，寥落兮羁旅而无友生"所写的悲哀，在柳词中是第一次出现。这也是中国式悲秋的传统，这个传统源于战国的宋玉，他因为草木的摇落，想到生命的短暂，想到自己的才华不能实现，想到国家的兴与亡。面对浩瀚的宇宙、渺小的自己，柳永发出了悲凉慷慨之声。

柳永终于回到了阔别已久的武夷山，与母亲和妻儿团圆。

柳永的妻子娇美温柔，知书达礼，是个贤妻良母。婚后的一段时间，小两口相濡以沫，爱得如痴如醉。祖母和母亲看在眼里，喜在心头，都希望能早日抱上宝宝。结果事与愿违，一年过去了，不见动静，两年、三年仍然没有动静，生性胆小怯弱的妻子遭到了来自各方面的压力和冷落。在柳永奔波考试的20多年里，她都是独自一人在空房里受尽煎熬。直到祖母去世，柳永回武夷山奔丧时，才有"喜"，这一年柳永已41岁。

想到这一幕幕酸甜苦辣的情景，夫妻双双深夜不寐，絮语绵绵。在亲情、爱情、乡情、友情的触动下，一切酸楚的往事顿时一一悄然融解。柳永立刻把这种幸福心情化为词作，一首描述家乡自然风光和欢乐心情的《女冠子》脱口吟出：

  淡烟飘薄，莺花谢，清和院落。树阴翠，密叶成幄。麦秋霁景，夏云忽变奇峰，倚寥廓。波暖银塘，涨新萍绿鱼跃。想端忧多暇，陈王是日，嫩苔生阁。
  正铄石天高，流金昼永，楚榭光风转蕙。披襟处，波翻翠幕。以文会友，沉李浮瓜忍轻诺。别馆清闲，避炎蒸，岂须河朔。但尊前随分，雅歌艳舞，尽成欢乐。

  词人对柳宅的房前屋后、地面天空、近景远景、大景小景、浓景淡景等进行了细致的描绘，把上梅乡路边自然村洋溢着欢愉和旺盛生机的初夏景致呈现在我们面前。而此前，柳永作羁旅词，多与男女情爱有关，写得缠绵，有阴柔之美。这是一首独具阳刚之气的羁旅词，也许是亲情所致吧。

  柳永在家"闭关"攻读诗书数月后，已熟练掌握考纲要求的内容，在一个"骤雨新霁，荡原野，清如洗。断霞散彩，残阳倒影，天外云峰，数朵相倚。露荷烟芰满池塘，见次第，几番红翠"（《玉山枕》）的日子里，他起身告别了母亲和妻儿，充满信心地奔赴考场。

四

  柳永告别了妻儿，满怀理想和抱负地离开了武夷山。经过一个多星期的艰难跋涉，来到了浙江金华郊县。
  清爽的天空，秋风中飘着细雨，带来几许凉意。柳永拖着疲惫的身体，一步一歇地朝山顶上的凉亭走去。凭栏远眺，脚下的孤山、凉亭，水中的沙洲，浅淡的长虹和"雄风"一一映入眼帘。这种"清秋"情形加上背井离乡的孤独，令柳永惆怅万分，乱人心绪的蝉噪，更让他心烦，近十天来的所见所闻所思所想和眼前的情景相互碰撞，勾起了词人的创作欲望。词人静静地伫立着，沉思着，悲伤着，在情感的冲突中，一曲《竹马子》随着秋风飘向远方：

　　登孤垒荒凉，危亭旷望，静临烟渚。对雌霓挂雨，雄风拂槛，微收烦暑。渐觉一叶惊秋，残蝉噪晚，素商时序。览景想前欢，指神京，非雾非烟深处。

　　向此成追感，新愁易积，故人难聚。凭高尽日凝伫，赢得消魂无语。极目霁霭霏微，暝鸦零乱，萧索江城暮。南楼画角，又送残阳去。

　　柳永遥想不久将考中进士并和好友欢聚的情景，既欢喜又感到遥远，可望而不可即。30多年来，不知道参加了多少次进士考试，结果都以落榜告终，这种生活经历使柳永对羁旅行役、对离别相聚有着很深的感慨。于是悲秋的精神状态和对故乡的思念是他的词作情感主线之一。

　　秋风把词人送到了京城。容不得柳永有半丁点儿休整，即投入了紧张的考前总复习和最后冲刺。1034年，柳永终于考上了进士，这年他已是50岁的老人了，可谓"及第已老"，其次兄柳三接也同榜登第，双喜临门。

　　在即将赴睦州（今浙江建德市）任推官之时，文艺界100多位朋友在京城搭帐设宴为柳永饯行。面对前来送行的情人，想到眼下的离别，哪里有心情饮酒？正在难舍难分之际，艄公又催促柳永上船。乘船的"留恋"，划船的"催发"，这一对矛盾将热恋中的情人推到了不想离别但又不得不离别的最后时刻。两双手紧紧地握在一起，泪眼蒙眬中，纵有千言万语也无法开口，只能无言相对，泪眼相看。词人用滚烫的心、澎湃的热血喷射出《雨霖铃》这首天籁之曲：

> 寒蝉凄切，对长亭晚，骤雨初歇。都门帐饮无绪，留恋处，兰舟催发。执手相看泪眼，竟无语凝噎。念去去千里烟波，暮霭沉沉楚天阔。
>
> 多情自古伤离别，更那堪冷落清秋节。今宵酒醒何处？杨柳岸，晓风残月。此去经年，应是良辰好景虚设。便纵有千种风情，更与何人说。

《雨霖铃》把柳永的慢词创作推到了前所未有的历史巅峰，这首词在宋元时期得到了广泛流传，被后人评为"宋金十大名曲"之一。

柳永在江河里漂泊了十多天后，在一个黄昏时候，船停靠在长江的南岸。当柳永站在孤城的城楼上看着江中漂泊不定的小船时，顿感苍凉与失落，对自己的前程感到未卜和担忧，对眼前这种"游宦"生活感到无奈。新官尚未上任的柳永，在精神上没有一点儿的欣慰，唯有苦涩。词人把这种心情写在《迷神引》里：

> 一叶扁舟轻帆卷，暂泊楚江南岸。孤城暮角，引胡笳怨。水茫茫，平沙雁，旋惊散。烟敛寒林簇，画屏展。天际遥山小，黛眉浅。
>
> 旧赏轻抛，到此成游宦。觉客程劳，年光晚。异乡风物，忍萧索，当愁眼。帝城赊，秦楼阻，旅魂乱。芳草连空阔，残照满。佳人无消息，断云远。

柳永出身仕宦之家，从小受到"学而优则仕"的影响，到睦州任职后，他勤于政事，努力工作，关注民生，得到了百姓的拥戴和朝廷的肯定，不久就被提拔到余杭县当县令。在余杭任职期间，他更是勤奋工作，发展生产，在他的努力下，百姓的生活水平有了较大的提高。500多年后，清嘉庆《余杭县志》记载："柳永为人风雅不羁，抚民清静，安于无事，百姓爱之。"

词人不仅热爱睦州和余杭的黎民百姓，也热爱那里的山山水水一草一木。他说："桐江好，烟漠漠。波似染，山如削。绕严陵滩畔，鹭飞鱼跃。"（《满江红》）至于朝廷把自己从推官提拔到县令，柳永并没有感到喜悦，他认为县令这一级职务不能满足他远大的志向，是大材小用。为了生计，又不得不接受"游宦"这个远离家乡孤独艰辛的差事，对这种生活，柳永感到无奈和厌倦。他在《满江红》里说："游宦区区成底事，平生况有云泉约。归去来，一曲仲宣吟，从军乐。"柳永认为这种"游宦"生涯终究将一事无成，不如像当年严子陵那样，在美丽的桐江旁找一个地方归隐。

在"归去来"的渴望中，命运又跟他开了一个玩笑，不久，朝廷把他调到离京城更远、条件更艰苦的地方去工作。

五

柳永接到调令后，百思不得其解，在余杭干得好好的，政绩突出，百姓称赞，怎么突然又调到昌国州（今浙江定海）任晓峰盐场监官呢？恰好这时，他听说宰相吕夷简在颍州（今安徽阜阳）一带视察，由是，他借上任之名，绕道颍州去拜见吕，希望能得到吕的关心帮助。此时，正逢三月初三的春游活动，柳永陪着吕夷简参加了每年一度的传统节日。在颍州的两三天里，他把吕夷简参加的春游活动写成一首词——《如鱼水》：

轻霭浮空，乱峰倒影，潋滟十里银塘。绕岸垂杨，红楼朱阁相望。芰荷香，双双戏，鸂鶒鸳鸯。乍雨过，兰芷汀洲，望中依约似潇湘。风淡淡，水茫茫，动一片晴光。画舫相将，盈盈红粉清商。紫薇郎，修禊饮，且乐仙乡。更归去，遍历鳌坡凤沼，此景也难忘。

吕看完《如鱼水》后，对柳永说："词句俱佳，今日此景难忘啊。你到晓峰盐场任职，多一份经历，能丰富自己的精神世界，对诗词创作有帮助，好好干吧。"

辞别了宰相，词人抱着对未来美好的憧憬，日夜兼程地赶到定海。他深入盐场，深入盐民，深入民心，权为民所用，利为民所谋，情为民所系。不久，柳永用诗的形式，把盐民的生活、工作和情感记在《煮海歌》里：

> 煮海之民何所营，妇无蚕织夫无耕。
> 衣食之源太寥落，牢盆煮就汝输征。
> 年年春夏潮盈浦，潮退刮泥成岛屿。
> 风干日曝咸味聚，始灌潮波增成卤。
> 卤浓盐淡未得闲，采樵深入无穷山。
> 豹踪虎迹不敢避，朝阳出去夕阳还。
> 船载肩擎未遑歇，投入巨灶炎炎热。
> 晨烧暮烁堆积高，才得波涛变成雪。
> 自从潴卤至飞霜，无非假货充糇粮。
> 秤入关中充微值，一缗往往十缗偿。
> 周而复始无休息，官租未了私租逼。
> 驱妻逐子课工程，虽做人形俱菜色。
> 煮海之民何苦辛，安得母富子不贫。
> 本朝一物不失所，愿广皇仁到海滨。
> 甲兵净洗征输辍，君有余财罢盐铁。
> 太平相业何惟盐，化作夏商周时节。

从《煮海歌》这首诗可以看出，柳永并非只是一个空负才情的专业词人，而是体察民情、关心百姓疾苦、想干一番大事业的士大夫。但是，在这个封建伦理空前强化的时代，在严尊宗法礼仪规范的宋王朝，在仁宗皇帝"留意儒雅"，晏殊讥讽柳词"俗词艳曲"的大背景下，柳永直率、坦露的性格和不掩饰个人情感的诗词作品，注定了他的悲剧一生。

两年过去了，百姓的生活仍然没有得到明显改善，柳永感到前景一片渺茫。一天傍晚，骤雨刚过的郊外天暗风凉，萧条冷落，词人驻足长堤，纵目远望，看着熙熙攘攘步履匆匆追名逐利的人群，自言自语地说："悲也！"当他联想到自己羁旅生涯中的孤寂与痛苦时，又发出了一连串的悲叹。柳永用一首《定风波》把这种悲情表达得淋漓尽致：

伫立长堤，淡荡晚风起，骤雨歇。极目萧疏，塞柳万株，掩映箭波千里。走舟车向此，人人奔名竞利。念荡子，终日驱驱，争觉乡关转迢递。

何意？绣阁轻抛，锦字难逢，等闲度岁。奈泛泛旅迹，厌厌病绪，迩来谙尽，宦游滋味。此情怀，纵写香笺，凭谁与寄。算孟光，争得知我，继日添憔悴。

词人认为自己"终日驱驱"，在外奔走，舟车劳累，离家乡愈来愈远。这是第一悲。

"绣阁轻抛，锦字难逢，等闲度岁。"没想到自己为了点儿蜗角功名和蝇头微利，竟付出了抛妻别子、背井离乡、虚度光阴的沉重代价。这是第二悲。

无奈受尽羁旅漂泊之苦，尝够辗转宦游之辛，却无法摆脱名利的束缚。这是第三悲。

"此情怀，纵写香笺，凭谁与寄。"自己的种种情怀，纵然写在"香笺"上，又能寄给谁呢？内心的孤独和痛苦，却没有一个人能够倾诉。这是第四悲。

"算孟光，争得知我，继日添憔悴。"就算有孟光这样的贤妻，也未必理解我内心的苦衷。这是第五悲。

柳永一步紧逼一步，一层更深一层，写尽了自己仕宦之途的矛盾心理和悲剧命运。

晓峰盐场，依山面海，是个穷乡僻壤、人烟稀少、贫穷落后的小渔村，柳永在这里与数百名渔民打交道，整天无所事事。由是，思念家乡、追怀往事、眷恋佳人、期冀未来，以及孤独无奈、飘零感伤等复杂心情与日俱增。

柳永以词为寄托，在《留客住》中，描绘盐场的风情和自己丰富复杂、充满矛盾的内心世界：

偶登眺，凭小阑。艳阳时节，乍晴天气，是处闲花芳草。遥山万叠云散，涨海千里，潮平波浩渺。烟村院落，是谁家绿树，数声啼鸟。

旅情悄，远信沉沉，离魂杳杳。对景伤怀，度日无言谁表。惆怅旧欢何处，后约难凭，看看春又老。盈盈泪眼，望仙乡，隐隐断霞残照。

面对"闲花芳草"的远山、"潮平波浩渺"的大海、炊烟四起的村舍、绿丛中的小鸟等构成的美丽画卷，词人心情沉重。"远信沉沉"，亲人杳无音信，春去春来，青春不再，"度日无言谁表"，"对景"岂能不"伤怀"？最后，是"盈盈泪眼，望仙乡，隐隐断霞残照"，透出了无限的迷惘和哀伤。

如果是现在，我相信柳永早就辞职下海，成立一家中国最牛的文化传媒有限公司，自己当老板了，而且知名度、影响力和收入绝对可以与张艺谋、赵本山媲美。但是，在封建社会，在重农轻商、经济单一的封建社会，柳永别无选择，只有这条"独木桥"。

无奈的柳永开始思考人生问题：短暂的一生应该怎样度过？他说："似此光阴催逼，念浮生，不满百。虽照人轩冕，润屋珠金，于身何益。一种劳心力，图利禄，殆非长策。除是恁，点检笙歌，访寻罗绮消得。"

（《尾犯》）

柳永对读书人的最高追求目标："照人轩冕"和"润屋珠金"，提出了"于身何益"的反诘，此中，包含了柳永深深的自我反思、反省。这时的词人几经仕途挫折，心力交瘁，他清醒地认识到"图利禄，殆非长策"。那么"长策"何在？柳永回答："除是恁，点检笙歌，访寻罗绮消得。"词人把追求名利与享乐人生相比较，认为后者更有意义。

六

人的痛苦来自无法改变的命运，人的快乐来自适应命运的安排。自古以来，中国的文人始终难以置身体制之外。渐渐步入晚年的柳永，多年来一直在争取仕途上的发展，结果总是不尽如人意。过了两年，柳永被调到甘肃灵台当县令。灵台的自然条件比定海更差，离家也更远。这次调动让柳永更是感到失望，渴望改变命运的焦虑时时困扰着他。

宋代官制，文臣分京朝官与选人两类。选人是指地方初级官员，分七级，提拔称"循资"，各级的地方官员要通过政绩考核且有足够的上级领导推荐，才能"磨勘"选调为京朝官。柳永长期在地方任职，属"久困选调"，为选调和早日进京任职，词人作了许多努力。庆历三年（1043）春，柳永专程到苏州拜访太守吕溱，并为之作了一首《木兰花慢》：

古繁华茂苑，是当日，帝王州。咏人物鲜明，土风细腻，曾美诗流。寻幽，近香径处，聚莲娃钓叟簇汀洲。晴景吴波练静，万家绿水朱楼。

凝旒，乃眷东南，思共理、命贤侯。继梦得文章，乐天惠爱，布政优优。鳌头，况虚位久，遇名都胜景阻淹留。赢得兰堂酝酒，画船携妓欢游。

柳永称赞吕溱有刘禹锡、白居易的诗才和仁爱，施政宽和，风流儒雅，对太守的德才和政绩给予了很高颂扬。不幸的是，吕溱因"躬勤政事，为两浙第一"，积劳成疾，到任不久即辞世西归。柳永的一番苦心付之东流，而不经意间留下的"晴景吴波练静，万家绿水朱楼"，却成为古人赞美苏州景观的绝句。

第二年春，柳永去益州拜会太守蒋堂，写了一首《一寸金》歌颂蒋堂的丰功伟绩：

井络天开，剑岭云横控西夏。地胜异，锦里风流，蚕市繁华，簇簇歌台舞榭。雅俗多游赏，轻裘俊，靓妆艳冶。当春昼，摸石江边，浣花溪畔景如画。

梦应三刀，桥名万里，中和政多暇。仗汉节，揽辔澄清，高掩武侯勋业，文翁风化。台鼎须贤久，方镇静，又思命驾。空遗爱，两蜀三川，异日成嘉话。

柳永说蒋堂在益州主政期间的功绩，比诸葛亮治蜀时的功勋和文翁在蜀改革教育的政绩还要大得多，还说，凭蒋堂的能力水平可以承担朝廷中更重要的职务，将来必定在百姓中被传为佳话。

不久，词人来到杭州，为老朋友孙沔知府作词，并请名妓楚楚到孙府演唱。《瑞鹧鸪》写道：

吴会风流，人烟好，高下水际山头。瑶台绛阙，依约蓬丘。万井千闾富庶，雄压十三州。触处青蛾画舸，红粉朱楼。

方面委元侯。致讼简时丰，继日欢游。襦温袴暖，已扇民讴。旦暮锋车命驾，重整济川舟。当恁时，沙堤路稳，归去难留。

词的大意是：杭州美丽、兴盛，人杰地灵，地饶人富，"雄压十三州"，是江南的政治、经济、文化中心。"襦温袴暖，已扇民讴"，孙沔治郡有方，为政清廉，使民生安泰康阜，赢得百姓的讴歌。

《早梅芳》写道：

> 海霞红，山烟翠，故都风景繁华地。谯门画戟，下临万井，金碧楼台相倚。芰荷浦溆，杨柳汀洲，映虹桥倒影。兰舟飞棹，游人聚散，一片湖光里。
>
> 汉元侯，自从破虏征蛮，峻陟枢庭贵。筹帷厌久，盛年昼锦，归来吾乡我里。铃斋少讼，宴馆多欢，未周星，便恐皇家，图任勋贤，又作登庸计。

孙沔听完演唱后，称赞柳永词具有"隆宋气象"。后人称柳永描写杭州的美景，仿佛词中的《清明上河图》，具有极高的审美价值。

柳永通过不懈努力，在太守等的帮助推荐下，于庆历四年（1044），终于被提拔进京，任著作郎。为了纪念仕途上的重要转变，词人把自己的名字柳三变改名为柳永。

七

一天中午，柳永听说著名歌伎香香因病去世，这突如其来的噩耗，让柳永哀痛欲绝。一个年轻美丽的生命消逝了，世间如此之大，却没有她的栖身之地，柳永的哭泣、呼唤，怎能留住香香匆匆离去的脚步？一首《秋蕊香引》记述了柳永的心绪：

> 留不得。光阴催促，奈芳兰歇，好花谢，惟顷刻。彩云易散琉璃脆，验前事端的。
>
> 风月夜，几处前踪旧迹，忍思忆。这回望断，永作终天隔。向仙岛，归冥路，两无消息。

上片叹光阴无情，它催促着一个美好的生命走向另一个世界，芬芳的兰草瞬间消歇了，美丽的花朵顷刻间凋谢了。下片讲述词人回忆往事，无数的风清月明之夜，留下多少相偎相伴的身影，留下多少幸福欢快的歌声。"忍思忆"——真不忍再追忆下去了！"这回望断，永作终天隔。"词人从回忆中挣扎出来，终于清醒地认识到，这次不是生离，而是死别，自己即便望穿双眼，也不能觅到她的踪迹。香香的亡灵是"向仙岛"还是"归冥路"，一切都不得而知。

俗话说：人生得一知己足矣。香香如九泉有知，聆听此词，悲情满纸，也将会泪下沾襟，堪慰悲魂了。柳永身处中央机关，以文人的身份真情悼念一位社会底层的风尘女艺人，在中国古代文学作品中为数不多，足见柳永人性的光辉。

宋代的民间歌伎是以小唱为职业的女艺人，她们在歌筵舞席、茶坊酒肆和瓦市中演唱，以卖艺为生。她们的社会地位卑贱。歌伎们自幼学习歌舞，聪明美丽，有的还会吟诗作词，能书会画。由于柳永受到新兴市民思潮的影响，没有将她们当作贱民看待，尊重她们，同情她们，并为她们创作新词，所以赢得了她们的友谊和爱情。如《锦堂春》，描写一位妇女曲折复杂的心理。她不拘泥于封建礼教，具有很强的自我意识，不甘示弱。词作具有反封建的意义。在《定风波》里，写一位市民妇女的精神生活，叙述其丈夫离家后的苦闷情绪，表现出对爱情的向往和大胆的追求。"针线闲拈伴伊坐"，伴丈夫读书，形影不离，在她看来是幸福的事，也是古代许多妇女最朴素的要求，但在封建统治者看来，这位妇女是有违妇道和礼教的。为此，柳永还遭到宰相晏殊的严厉批评。柳永长期生活在基层，熟悉基层，其作品往往能够真实地表达基层受压迫妇女的呼声，这种进步思想在当时被称为"淫冶讴歌之曲"，如：

万里丹霄，何妨携手同归去。永弃却、烟花伴侣。（《迷仙引》）

向鸡窗、只与蛮笺象管，拘束教吟课。镇相随，莫抛躲。针线闲拈伴伊生。（《定风波》）

少年公子负恩多。（《抛球乐》）

恨薄情一去，音信无个……悔当初不把雕鞍锁。（《定风波》）

待伊游冶归来，故故解放，翠羽轻裙重系。（《望远行》）

　　这些词作，字里行间没有一点猥亵的成分，没有一点居高临下的意味。柳永对她们的赞美和同情都是发自内心的、真诚的，这是柳词"民生意识"的光辉所在。

　　柳永在众多的女友中，曾与虫虫感情最深，并向她求过婚，"待作真个宅院，方信有初终。"不幸的是，虫虫在恶劣的环境里过早地去世了，这让柳永悲痛万分，转眼之间，怎么虫虫就"花谢水流"了呢？词人对生命流逝的痛苦，青春易逝的悲叹，写在《离别难》里：

花谢水流倏忽，嗟年少光阴。有天然蕙质兰心，美韶容，何曾值千金。便因甚，翠弱红衰，缠绵香体，都不胜任。算神仙，五色灵丹无验，中路委瓶簪。

人悄悄，夜沉沉，闭香闺，永弃鸳衾。想娇魂媚魄非远，纵洪都方士也难寻。最苦是，好景良天，尊前歌笑，空想遗音。望断处，杳杳巫峰十二，千古暮云深。

　　上片写虫虫是一位"蕙质兰心"的女子，不仅"美韶容"，而且气质文雅，心灵美好，却经受不了疾病的折磨，不幸早逝。词的下片抒发了词人对虫虫早逝的怀念和哀悼之情。"人""悄悄"，"夜""沉沉"，"香闺"已"闭"，"鸳衾""永弃"，最痛苦的是，当面对"好景良天"时，当"歌笑""尊前"时，只能徒然地怀想曾经的音容笑貌。一个"空"字写尽了词人内心求之不得、触之不及的失落与痛楚。最后，词人用巫山十二峰的"杳杳"和暮云的"千古"来表达对虫虫永远的怀念及自己茫然若失的心境。可是"巫峰""杳杳"，在"暮云""深"处，又怎能及之？

自古以来，人生倏忽和由此带来的失落感、悲哀感都是文人们咏叹的主题。从憔悴江泽之畔的屈原到病老孤舟之上的杜甫，从悲秋釜临之际的宋玉到哀叹黄昏落日的李商隐，从未间断过。谁不期盼青春长驻，生命永存？

八

在一个春暖花开的季节，孙沔在西子湖畔举办全国名曲演唱会，邀请柳永担任评委。其间，孙沔邀柳永到钱塘江观潮，词人为大潮澎湃浩荡、惊涛拍岸的雄浑气势所震惊，一曲《望海潮》涌上心头：

> 东南形胜，三吴都会，钱塘自古繁华。烟柳画桥，风帘翠幕，参差十万人家。云树绕堤沙，怒涛卷霜雪，天堑无涯。市列珠玑，户盈罗绮，竞豪奢。
> 重湖叠巘清嘉，有三秋桂子，十里荷花。羌管弄晴，菱歌泛夜，嬉嬉钓叟莲娃。千骑拥高牙，乘醉听箫鼓，吟赏烟霞。异日图将好景，归去凤池夸。

词人概括了钱塘潮的壮观、西子湖的秀丽和都市物阜民康的景象。赞誉孙沔"千骑拥高牙，乘醉听箫鼓，吟赏烟霞"，孙沔的威武和清雅风流由此可见一斑。一年后，当金主亮听到这首歌后，欣然仰慕于"三秋桂子，十里荷花"，遂起投鞭渡江之志。1000多年后，毛泽东亲自手书《望海潮》，后来杭州市政府把这首词刻在钱塘江畔。

次年9月，时值天空出现寿星，朝廷举办盛大的歌舞演唱会，柳永奉旨填词，祝愿仁宗皇帝万寿无疆。内都知史把柳永的新作《醉蓬莱》呈给仁宗皇帝审定。

渐亭皋叶下，陇首云飞，素秋新霁。华阙中天，锁葱葱佳气。嫩菊黄深，拒霜红浅，近宝阶香砌。玉宇无尘，金茎有露，碧天如水。
正值升平，万几多暇，夜色澄鲜，漏声迢递。南极星中，有老人呈瑞。此际宸游，凤辇何处，度管弦清脆。太液波翻，披香帘卷，月明风细。

仁宗看到"渐"字开篇，心即不悦，读到"凤辇何处"，此句与御制真宗悼词暗合，再往下看到"太液波翻"时，大怒道："何不云波澄？"说完把词稿丢在地上。

柳永深知这次创作的重要性，为了让皇帝满意，用尽了多种创作技巧：比如首韵写自然风光，次韵写宫廷气象，第三韵写宫中花卉，末韵写天人合一。在语言的运用上，多处借用前人的诗文、典故、传说；对偶句俯拾皆是，对偶形式多种多样；词调以和谐匀齐的韵律为主旋律，鲜明庄重，太平景象无处不在。但《醉蓬莱》中的个别语句与悼词暗合，犯了大忌，再加上仁宗对柳永有成见，多方挑剔，致使这次机遇与柳永擦肩而过。

转眼两个多月过去了，晚秋的景象给柳永带来了无限的感慨，和李白的"抽刀断水水更流，举杯消愁愁更愁"一样，在"愁"的后面是一连串的无奈。一曲《戚氏》从心中生起：

晚秋天，一霎微雨洒庭轩。槛菊萧疏，井梧零乱惹残烟。凄然，望江关，飞云黯淡夕阳间。当时宋玉悲感，向此临水与登山。远道迢递，行人凄楚，倦听陇水潺湲。正蝉吟败叶，蛩响衰草，相应喧喧。
孤馆度日如年。风露渐变，悄悄至更阑。长天净，绛河清浅，皓月婵娟。思绵绵，夜永对景，那堪屈指，暗想从前。未名未禄，绮陌红楼，往往经岁迁延。

帝里风光好，当年少日，暮宴朝欢。况有狂朋怪侣，遇当歌，对酒竟留连。别来迅景如梭，旧游似梦，烟水程何限。念名利，憔悴长萦绊。追往事，空惨愁颜。漏箭移，稍觉轻寒。渐呜咽，画角数声残。对闲窗畔，停灯向晓，抱影无眠。

词人从傍晚写到深夜再到拂晓，从孤馆的庭轩写到旅舍的窗畔，从少年写到中年再到老年，从当下写到未来，一夜无眠的词人形象永久地留在读者的眼前。虽然言已尽，但情未尽，意未尽。展现在我们面前的是一幅"秋江旅思图"，格调高古，气势恢宏，真是"离骚寂寞千古后，戚氏一曲凄凉终"。

一个人内心里的焦虑和苦恼，其实是有种子的。早在柳永心灵的土壤里，那首《少年游》已露端倪：

长安古道马迟迟，高柳乱蝉嘶。夕阳岛外，秋风原上，目断四天垂。

归云一去无踪迹，何处是前期。狎兴生疏，酒徒萧索，不似去年时。

柳永一生命运多舛，形似飘蓬，尝尽了折磨与心灵困顿之苦。先是早年困于科考，备受多次落榜之痛苦；及第为官后，又长期困于选调，谙尽羁旅漂泊滋味。

"夕阳岛外，秋风原上，目断四天垂。"夕阳就要落山了，秋风四起处，极目远望，唯见天垂四野，空旷无边。柳永站在茫茫平原上，心底悲凉，随着夕阳的渐渐西沉，把最后的一点儿希望也湮灭了。

世间有一种执着叫期待，有一种快乐叫苦难。柳永的一生就是在期待中坚守执着，在苦难中寻找快乐。一个春天的傍晚，柳永独自一人站在楼上极目远望，眼前的春景，在词人的眼里化成了一幅"春愁"图——《凤栖梧》：

伫倚危楼风细细，望极春愁，黯黯生天际。草色烟光残照里，无言谁会凭阑意。

拟把疏狂图一醉，对酒当歌，强乐还无味。衣带渐宽终不悔，为伊消得人憔悴。

登高凭栏观春色，不能解春愁。既然在清醒中不能将她忘却，那只好放纵自己饮酒，他想一醉解千愁。结果所有的努力都是徒劳，"对酒当歌，强乐还无味"，依然无法排遣心中的抑郁。衣带日渐宽松，仍然无怨无悔，为了事业和爱情，这点憔悴算得了什么？近代国学大师王国维将"衣带渐宽终不悔，为伊消得人憔悴"作为古今成大事和做大学问者必经的三种境界之二，有着烘云托月之效。

晚年的柳永开始对自己的人生进行反思，他认为追求仕途不是人生中最重要的事情，人世间比仕途更重要的是生命的价值。他对自己心仪的仕途和情爱，进行反复的拷问。

九

不久，柳永又改任太常博士。宋制官员七十致仕，柳永在临退休前被提拔担任屯田员外郎，属从六品。退休后，柳永一边在家整理《乐章集》，一边盘算着到武夷山养老。在《思归乐》精美隽永的词句里，我们看见了柳永与友人欢聚喝酒、听歌赏舞、渐入醉乡的欢乐场面，感受到了柳永对人生观的态度和看法，还看到了柳永归隐养老的情景。古代文人归隐多是无奈或者厌倦仕途的黑暗，柳永也不例外：

天幕清和堪宴聚，想得尽，高阳俦侣。皓齿善歌长袖舞，渐引入，醉乡深处。

晚岁光阴能几许，这巧宦，不须多取。共君事把酒听杜宇，解再三，劝人归去。

柳永对自己的仕宦生涯进行深度反思，对今后的生活进行反向思考。他开始看淡功名，产生不如归去的感慨。同样的心境，在《凤归云》里也有表述：

向深秋，雨余爽气肃西郊。陌上夜阑，襟袖起凉飙。天末残星，流电未灭，闪闪隔林梢。又是晓鸡声断，阳乌光动，渐分山路迢迢。

驱驱行役，苒苒光阴，蝇头利禄，蜗角功名，毕竟成何事，漫相高。抛掷云泉，狎玩尘土，壮节等闲消。幸有五湖烟浪，一船风月，会须归去老渔樵。

柳永因其一生常处于奔波辗转的道途中，因而对相思离别，对游子羁旅行役的悲哀有着极深的感慨。《凤归云》似一声压抑太久的呐喊，感情激越。"驱驱行役"为了什么？还不是为了像"蝇头""蜗角"般极其微小的"利禄"与"功名"，但这些"毕竟成何事"，究竟算得了什么！将世人对功名利禄的夸耀一笔否定，把自己追求仕途而徒耗年华的悲慨深切地、酣畅淋漓地吐露了出来。人在性格的转型中，都会产生这样的呐喊，柳永更是一吐为快，把压抑在心头数十年的郁闷一扫而光。

柳永整理完《乐章集》之后，交给在京任著作郎的儿子柳涚印刷。皇祐五年（1053），柳永在京病逝，他带着遗憾和失望，带着大彻大悟之后的悲凉，带着《乐章集》这部光照千秋的不朽著作，离开了人间。20多年后，柳涚谢官迁居镇江，遂把父亲改葬于镇江的北固山下。之后的200多年里，每年都有大批文艺界人士自发到北固山凭吊柳永，后来有了"名妓春风吊柳七"的美丽传说。

《乐章集》共215首，长调慢词100首，占46%，用了69个词调，其中37调53首属唐曲，32调47首是柳永创作的新词。从内容上看大致可以分为：吟佳人感离愁别恨（46首）、羁旅行役（29首）、颂词等（10首）、节令或自然风光（15首）。不难看出，柳永的慢词创作主要以女性为中心，这类词占全部慢词的46%，这显然与柳永的生活经历有着密切的关系。柳永不仅是著名的词作家，还是著名的音乐家，精通音律，所以他创作的词，好唱好听，通俗易懂，是标准的音乐文学，以致出现了"凡有井水饮处，皆能歌柳词"的普及和广泛性。柳词的意义和思想主要体现在：以写实的手法客观而真实地反映了北宋都市繁华富庶的生活；对传统思想和传统道德观给予否定，对封建礼教进行嘲讽与批判；同情社会底层的妇女，揭示了她们的情感生活和悲剧命运，对"门当户对"的传统婚姻进行抨击和批判，提出了"男才女貌"的爱情观，深受全国百姓特别是女性的喜爱。宋《清平山堂话本》云："东京有一才子，天下闻名，人称柳七官人，人才出众，吟诗作赋，琴棋书画，品丝调竹，无所不通，多少名妓欢迎他。"文学史家评论说，柳永是宋词婉约派的代表，是慢词的奠基人，没有柳永就没有后来的苏东坡，没有柳永就没有宋词。柳永在宋代词人中是最受人民热爱的词人。

写到这里，已是凌晨，推开窗户，举目远眺，一片朦胧，我仿佛看见沧浪江水中有一叶孤舟，有人诵着"念去去千里烟波，暮霭沉沉楚天阔"，渐渐远去，小船载着这位大师，载着他满心的酸楚和满腹的才情，杳然天际……

（刊于《闽北日报》2012年1月13日，《福建文学》2018年第2期）

孤独的李贽

纵观古今，官员削发为僧，大多都是官场失意后，精神上受到巨大的打击，以至于看破红尘，万念俱灰，于是从世俗中抽身而出，遁入虚拟世界，隐居深山，一盏孤灯侍流年，几缕青烟了残生。

1588年，61岁的李贽在极其孤独中削发为僧，也属于这一流程。不过，较一般人而言，他的经历和超乎常人的思想，使其削发的内涵却要复杂得多深刻得多。顾炎武说他是："自古以来小人之无忌惮而敢于叛圣人者，莫甚于李贽。然虽奉严旨，而其书之行于人间自若也。"李贽削发，是对封建制度的无畏挑战。

他出身于航海贸易世家，性格"倔强难化，不信学、不信道、不信仙释"，官至云南姚安知府，明朝杰出的思想家、文学家、史学家，是一位极富战斗精神的反封建主义启蒙运动先驱。

《藏书》是他的史学代表作。宣称"咸以孔子之是非为是非，故未尝有是非耳"，要"颠倒千万世之是非"，并在这个基础上做出了不同凡响的历史批判。在一切道德价值取向都必须以孔子的思想为标准的时代里，李贽言论被当权者视为离经叛道的邪端异说。

李贽还宣扬男女平等的思想，"谓人有男女则可，谓见有男女，岂可乎？谓见有长短则可，谓男子之见尽长，女子之见尽短，又岂可乎？"意思是说，人有男女之分，但见识没有男女之分；见识有长短之分，但没有男女之分。他还对汉代才女卓文君结婚不到半年，丈夫不幸去世后与司马相如相爱私奔给予肯定，他说："丧夫者与其守寡，不如早自抉择，忍小耻而就大计。"

其著作的进步性还体现在反封建等级制度。他认为，每一个人都是平等的。尧舜和普通人一样，圣人和凡人一样。这种平等观否定了封建等级制度，否定了封建君主特权制度。他说，每个人经过努力都可能成为圣人，什么忠孝仁义，都是假装出来的，只有"饥来吃饭困来眠"，才是最自然的。

1580年，李贽辞去姚安知府后，搬到湖广黄安，在耿家充当门客兼教师。那时，耿定向的父亲去世不久，兄弟四人在家丁忧守制，李贽和二兄耿定理的交情最深。耿定理死后，耿定向被召回京担任左金都御史。回京后耿写信指责李贽，说他迷误了耿氏兄弟。李贽回信给予反驳，说耿定向是伪君子。两人闹翻后，李贽派人把妻子送回福建老家，独自一人离开了黄安，居住在麻城芝佛院，削发为僧。

李贽在给朋友的一封信中，谈到了他削发为僧的初衷："则因家中闲杂人等时时望我归去，又时时不远千里来迫我，以俗事来强我，故我削发以示不归，俗事亦决然不肯与理也。"所谓闲杂人等，就是他的宗室兄弟等；所谓俗事，是指那些买田买地建立宗祠宗塾等。

削发的另一个原因，是他想彻底摆脱官场的困扰。1580年，李贽时任姚安知府，正当官运亨通、春风得意之时，他不等任职期满，忽然提出辞职，这出乎意料的决定，缘于他人生的矛盾性和崇尚自由的人格。明末清初，退休的官员被称为"乡官"，仍享受有官员的身份。这种权力，在一般人看来，无疑是一种荣耀，甚至是为官生涯的延续、为官风光的补充和权力与威仪的再生。李贽却不以为然，他把这种权力和荣耀看成是精神上的一种负担，他向往真正意义上的无官一身轻的平民生活。他独立的人格，超脱的情怀，令整个同时代的幕僚和学者都刮目相看。

1601年芝佛院失火被烧，李贽不得已离开了麻城，先后漂泊两京、湖广。第二年，礼科都给事中张问达上疏朝廷，参劾李贽，建议把李贽解押回原籍治罪，所著之书全部销毁。

　　灾难终于从天而降，李贽76岁时因所著书籍而被捕入狱。不久，以剃刀自刎。李贽死后，其思想和著作长存于世。尽管著作屡遭禁印和销毁，直到清朝仍被列为禁书，但"野火烧不尽，春风吹又生"，著作越禁流传越广，后来还传到了朝鲜、日本等10多个国家，同时，李贽的名字也被越来越多的人记住。

　　（刊于《福州日报》2005年11月28日）

读刘伯温《苦斋记》

戊子春,重游浦城匡山。

匡山因"四周奋起,而中窊下,形似匡庐"而得名。元朝末年,刘基(字伯温)等"浙西四贤"结庐匡山,他们在此著书立说,关注民生,纵横天下,后来辅助朱元璋建立了明朝,成为一代开国名臣。匡山也因此名扬天下。

刘伯温工诗文,备受世人推崇。《明史》说他:"所为文章,气昌而奇,与宋濂并为一代之宗。"刘伯温曾在匡山驻留较长时间,赋有大量诗文,最著名的是《苦斋记》。《苦斋记》记述了他在匡山住苦斋、吃苦茶、食苦笋、喝苦蜜的苦难生活,并受章溢的"乐与苦,相为倚伏者也。人知乐之为乐,而不知苦之为乐;人知乐其乐,而不知苦生于乐"启发,悟出"彼之苦,吾之乐;而彼之乐,吾之苦也"。这种"苦乐相倚"的苦乐观,是对儒家思想的传承和发扬。这篇文章现被选入中学语文课本。

什么是苦?什么是乐?苦与乐的界定,关键是自己对待生活的态度,得失的取舍与苦乐的感悟,取决于个人的内心感受。有人认为有钱最乐,贫困最苦;有人认为自在最乐,束缚最苦。我认为,无论职务多高、权力多大、物资多丰富,如果没有精神或道德、心灵的满足,仍然不会有快乐。

老子说:"祸兮福之所倚,福兮祸之所伏。"刘伯温的苦乐观,正是对老子思想的阐述和补充：苦与乐不过是一对孪生兄弟，结伴随行。在一定条件下对立的双方能相互转化，正所谓"乐极生悲""苦尽甘来"。苦与乐往往一步之遥，境由心生，苦乐之间只一念之差。

如何将苦转化为乐呢？我们无法改变个人肉体的不幸、社会的苦难，但可以转化和提升自己的精神境界，超拔的道德、精神、气质可以胜过世俗的价值，突破世俗的不幸，产生令人愉悦的魅力。这种超越的精神境界不仅可以帮助我们忘却现实之苦，更可以让我们享受到精神之乐。

心灵的宁静是化苦为乐的转折点。面对苦难，常见的或怨天尤人，或自怨自艾，或自暴自弃，或誓死相拼，或玉石俱焚，对社会、对个人都是有百害而无一利。要看到每个人在现实生活中都有无奈之时，都有无能为力之事，这是任何人都无法完全避免的真实存在。"不以好恶内伤其身"，心情不随苦难而起伏波动，不让现实的不幸和苦难影响自己应有的精神状态和心灵的宁静。

如大文豪苏轼，几仕几出，一贬再贬，依旧闲乘月色，漫步中庭，潇洒吟唱"竹杖芒鞋轻胜马，谁怕？一蓑烟雨任平生"。面对困境和苦难，他始终保持着悠然自得的心态，为后人留下了千古佳话和绝逸美文。

庄子提出：乘物以游心；游心乎德之和。他认为真正应该追求的是逍遥之乐，它是一种精神的自我满足，是一种非常识、非世俗的愉悦之乐，是超脱现实的有限性而达到精神无限的境界。这是心灵的特殊状态，是忘记自身肉体的存在，是对现实没有任何摩擦的宁静、和悦，然后体验到与天地万物合为一体的崇高境界。得到这种境界的体验，自然是一种享受、一种愉悦，或者说，是一种特殊的快乐，心里也就没有了现实之苦。

这种精神的逍遥不是随便可以达到的，需要摆脱世俗的价值观念，以及对个体自我的牵挂。《中庸》有语："君子无入而不自得焉。"意思是说，君子无论到了什么境地，都能安然自足，没有不自由自在的。这是一种境界。安贫乐道者如颜回，一箪食一瓢饮，而仍不改其乐，施施然、怡怡然，不以为苦。胸怀天下者如刘伯温，在匡山或登山，或临溪，或倚修木而啸，衔觞赋诗，以乐其志。

人生有限，甚至渺小，但是人的思想境界、精神境界却可以无限提升。我们在达到心灵平静之后，还可以有更高的追求。即使不去追求逍遥游的境界，也可以有对人生、社会、宇宙的终极关怀，可以追求自己在宗教、艺术、科学、哲学、爱情生活中的高峰体验，从而达到精神的、超越的愉悦和满足。我等纵然不能如古人般超脱飘逸，也达不到"先天下之忧而忧，后天下之乐而乐"的胸怀，但至少可以做到知足者常乐；纵然不能左右天气，却可以改变心情；不能样样如意，但却可以事事尽力。多一些宽容，多一些慈悲，少些欲望，少些钻营，人生也可以胜似闲庭信步。

"怀良辰以孤往，或植杖而耘耔。"为人的最高境界，莫过于始终保持一种坦然积极的心态。生命精彩与否在于自己的创造，人生既已苦短，又何必让旅程苦上加苦？

写到这里，诗人潘国璋的"隐伸慎择能审势方为人杰，苦乐相依不登山难识先生"在我脑海里回荡……

（刊于《领导文萃》2014 年第 13 期）

朱 熹 反 腐

初春的一天，我赴尤溪开会。在下榻的宾馆大厅正面墙上，悬挂着一幅巨大的山水画，画里有朱熹的一首诗："半亩方塘一鉴开，天光云影共徘徊。问渠那得清如许，为有源头活水来。"朱熹1130年生于尤溪，7岁随父旅居崇安（现武夷山市），后游学天下。

史学界有评价："东周出孔丘，南宋有朱熹。中国古文化，泰山与武夷。"朱熹到武夷山后边讲学边做学问，建构了博大精深的理学体系，将中国的传统文化推到了一个新领域，创立的考亭学派（又称闽学），达到了当时世界范围内哲学理论的最高水平。

朱熹作为一位思想家、哲学家、教育家，妇孺皆知，但懂得他还是正气凛然、奋发有为的领导者的人就为数不多了。1181年，他52岁时出任提举浙东常平茶盐公事，相当于今天的省工商局局长；61岁知福建漳州，65岁知湖南潭州。朱熹一生中从政的时间虽然不长，职位也不高，但他始终与老百姓的利益联系在一起，正官风，纾民困，育人才，做了一番实事，深受百姓爱戴。

朱熹扬名，除了他的知识力量外，还源于他6次弹劾台州知府唐仲友之举。唐仲友是宰相王淮的亲家，即唐的弟妻是王的胞妹，朱熹的提举浙东常平茶盐公事之职又是王淮推荐的。面对大义与私情，朱熹选择了前者。一场政治斗争由此展开。

朱熹出任提举浙东常平茶盐公事不久，浙江发生洪灾，他向朝廷自荐，赴灾区巡视灾情，组织抗洪救灾。

1182年7月初，朱熹到台州巡视灾情。不几天，就查出唐仲友在台州任知府两年多来的8条违法乱纪行为：一是违法收税，骚扰百姓。二是贪污官钱，偷盗公物。一次就从国库中支钱2800多贯为儿子办婚宴。三是贪赃枉法，敲诈勒索。四是培养爪牙，为非作歹。五是纵容亲属，败坏政事。在处理公事时，三个儿子以及外甥、侄儿数人跟随左右，干扰行政，公开索贿。六是仗势经商，欺行霸市。七是蓄养亡命，伪造纸币。把伪造纸币的案犯蒋辉藏在家中为自己伪造纸币。八是嫖宿娼妓，通同受贿。长期与妓女严蕊鬼混，还动用官钱为其脱籍，用国库的钱为严蕊等40多个妓女做衣服。其亲属不仅公开出入妓院，还为妓女干预讼事等。朱熹把与案情有关的蒋辉、严蕊等人捉拿归案。在掌握了大量的证据后，朱熹先后3次向朝廷递交了弹劾唐仲友的报告，对唐仲友的违法乱纪行为进行全面揭露。

朱熹见朝廷迟迟不肯发落唐仲友，估计是王淮在从中作梗。经过深思熟虑，他决定给王淮写信。他在信中告诉王淮，如果不及时把4份弹劾唐的报告呈送给孝宗皇帝，他就要进京。

在王淮的运作下，唐不但没有被追究责任，反而被提拔到江西任提刑。与此同时，朝廷通知朱熹迅速离开台州，前往婺州、衢州、明州等地巡视灾情。消息传开，成千上万的百姓纷纷涌到朱熹的住所进行挽留。当天晚上，朱熹考虑再三，又上书朝廷说，如果不惩处唐，他就不走。消息终于传到孝宗那里，王淮立即从朱熹寄来的4份弹劾报告中挑选了一份不至于使唐入狱的奏折呈给孝宗，并轻描淡写地说：朱熹和唐仲友之间纯属书生秀才之争。唐又逃过了一劫。过了半个多月，朝廷又发通知催促朱熹。朱熹到缙云县后，又写了第5份报告，指出唐仲友之所以无视法纪、贪赃枉法、荼毒百姓，完全是仗着弟媳王氏的门族高贵。他发誓如果朝廷不处置唐仲友，他就辞职。

王淮怕事情闹大会牵连到自己，于是向孝宗奏请免去唐仲友的江西提刑职务，移交浙西提刑查办。最后，唐仲友按提前退休论处，告"老"

返乡。朝廷对唐的纵容使朱熹十分气愤，于是他又递交了《按唐仲友第六状》，要求朝廷依法追究唐仲友的刑事责任，以平百姓之愤。为缓解朱、唐之间的矛盾，王淮请吏部尚书郑丙出面提名朱熹到江西任提刑。朱熹接到任职通知后，左思右想，深感不安：如果上任，岂不是让人以为我6次弹劾唐仲友为的是自己谋其位窃其权？最后，他向朝廷递交了《辞免江西提刑奏状》，带着家眷回武夷山去了。

朱熹罢官回到武夷山后，潜心研究理学，完成了客观唯心主义的理论体系。为了纪念朱熹，武夷山脉方圆数千平方公里内有不少山水至今仍以朱熹的名字命名，如朱山、朱溪。历史上多少帝王将相为了留名而刻碑刻石、建陵建祠，但哪一座比山高、有水长？

（刊于《福建通讯》2004年第12期，《福州日报》2004年6月16日）

叹"迎者塞路"

《宋史》记载,真德秀第二次赴泉州任职时,"迎者塞路,深村百岁老人亦扶杖而出,城中欢声动地。"寥寥数语勾勒出了一个感人肺腑的壮观场面。

这不是精心组织的一次欢迎仪式,不是人为制造的一种虚伪气氛,而是民众心里爆发出的一种由衷的爱戴与景仰。这是高山流下的一脉清泉,是大地蒸腾出的一股热浪。

一个官员能够在黎民百姓的心中占有如此重要的位置,既是他本人的荣耀,也是百姓的福祉。

衡量一个官员的政绩有诸多的标准。人民高兴不高兴、满意不满意、答应不答应、拥护不拥护无疑是最重要的标准。人民群众心中都有一杆秤,这杆秤是对官员最公正最实在最铁面无私的检验者。

真德秀的成功就在于他经受住了人民群众的检验,成为人民群众心目中的好官。

真德秀,福建浦城人,生于1178年,4岁开始读书,自幼勤奋好学。至今家乡还流传着他当年"追月苦读"的故事。他的父亲去世后,他与母亲相依为命,生活艰难。晚上读书经常连油灯都用不上。每逢月明星稀的夜晚,他就捧着书本借着月光读书。月儿浮出时,他坐在屋内的窗下读书;月儿高悬时,他到屋外读书;月儿西斜时,他爬上屋顶读书。一次因困乏从屋顶上摔了下来,他忍着疼痛仍然坚持读书。

他因此成为一代大儒，著作颇丰，如《大学衍义》《四书集编》《读书记》《文章正宗》《心经》《政经》等，其中影响最大的是《大学衍义》。该书的主题是正君心，肃宫闱，抑权幸。理宗说："《大学衍义》一书备君人之轨焉。"1737年御制的《大学衍义跋》中写道："西山之学……所谓集群书之大成，而标入道之程式也，近自修身，远及治国，引古证今。"真德秀对理学的最大贡献，是确立了理学的正宗地位，引领了宋朝的思想潮流和意识形态，在历史上影响朝廷执政五六百年之久。

真德秀不仅是一代大儒，也是一代贤臣。1197年考取进士，一生中他历任太学正、江东（现南京、安徽一带）转运副使，泉州、隆兴（现南昌）、潭州（现长沙）、福州知府，礼部侍郎、户部尚书、参知政事、资政殿学士等近20个职位。1235年病逝。

真德秀为官以公道正派、刚正不阿、勤政廉洁、敢于直言而蜚声宋代。《宋史·真德秀传》载："立朝不满十年，奏疏无虑数十万言，皆切当事要务，直声震朝廷。宦游所至，惠政深洽。"实事求是地说，对真德秀的这个评价是恰如其分的。真德秀建议朝廷：施仁政，结民心。他说："立国不以力胜仁，理财不以利伤义，御民不以权易信，用人不以才胜德。"理宗当政时，任命真德秀为户部尚书。在任职谈话时他恳切地进言理宗：好酒色、贪游乐会损害威信。

真德秀曾以"律己以严，抚民以仁，存心以公，莅事以勤"与同僚共勉。他说："士之不廉，犹女之不洁，不洁女虽功容绝人，不足自赎；不廉之人，纵有他美，何足道哉。"真德秀还是南宋官员中廉政的典范。他为官数十年，家乡的旧居"西山故里"也不过是寻常之宅，并不豪华气派。

真德秀任江东转运副使时，正值蝗灾和旱灾。他连续两三个月马不停蹄风尘仆仆深入一线走村访户，到灾情最严重的广德（现安徽广德县）、太平（现安徽当涂县）等地，开粮仓赈灾，甚至把他母亲的金银首饰都全部捐了出来。真德秀在泉州任知府时，更显德才兼备。由于地方风气败坏，官史层层敲诈勒索，致使泉州的经济日趋衰退。真德秀到任后，采取"整饬吏治""发展生产""崇尚风教""安固海疆"等措施，革前弊，禁重征，深得人民群众欢迎。海运船舶由原来每年三四艘，增至36艘，经济繁荣，社会发展。1232年当他再次到泉州任知府时，出现了"迎者塞路"的场面。

真德秀有着高尚的民族气节。他多次提醒理宗："宗社之耻不可忘。"1214年，金派使者到南宋索要银两。他上书千言，坚决反对。理宗采纳了真德秀的主张，予以拒绝。

真德秀是我的同乡，我曾不止一次地前往他的故居"西山故里"瞻仰。西山故里在仙阳镇东街，历代均有修葺。现存建筑为1888年于原址重建。故居坐北朝南，四进平房，砖瓦结构，每进三开间，以围墙和廊屋构成船形建筑。正厅内高悬康熙四十五年（1706）御笔"力明正学"金字木匾。

我每次走进西山故里，心中总会油然而生一种肃然起敬之感，为家乡诞生了这样一位贤臣大儒而自豪。我也常想，今天的各级公务员，不妨将真德秀当成一面镜子，时不时地拿来照一照，这对国家对人民对社会对自己都会大有裨益。

（刊于《福建通讯》2004年第3期）

一个女人的葬礼

一个女人死后，经朝廷批准，从952年开始每年由官府组织祭拜活动，并在数百年间还不断被朝廷加封加爵，这在中国历史上恐怕是空前绝后的。我漫步在建瓯市的芝城公园，在一棵柳树旁找到一个空位坐了下来，于随风摇曳的柳枝下，仰望着眼前这个女人的铜像，体味着她的博爱，感受着她当时的义举。

1000多年前，这里曾刀光剑影，硝烟弥漫，是这位女人——南唐太傅公章仔钧的妻子练寓力挽狂澜，以女人之柔情，克勇士之刚强，拯救了建州城十多万百姓的性命。话要从935年发生在我老家的那场战火说起。那年，南唐李昇率兵攻入福建后，即派兵进攻浦城。练的丈夫章仔钧率兵在西岩山一带屯兵把守，一面以逸待劳，伺机出击，一面派边镐、王建封二人到建州府求援，限七天赶回。经章仔钧部七昼夜的奋力还击，南唐军队败退。建州方面的援军因暴雨受阻，第八天才赶到。按军法规定，边、王二人将被处死。练劝章说："时危未靖，公奈何杀壮士？"意思是说，现在是多事之秋，闽国又在内乱，不如宽赦了他们。经章默许，练出面并资助盘缠，将关押在牢房里的两名校官偷偷放走。不久，章去世，练搬迁到建州与儿子一道生活。边、王二人投奔了南唐。

当初，练并没有军事上"放虎归山"的用意，更没有"引蛇出洞"的图谋，纯粹是女人的母性本能——爱的体现。这种爱一旦释放出来，就能化干戈为玉帛。十年后,南唐李景派兵大举进攻福建。任命查文徽为大将军,边镐为行军招讨使,王建封为先锋桥道使,率兵攻打建州。由于建州军民顽强抵抗,致使南唐将士久攻不下。查发誓,破城后屠城。经血战,建州城被攻克。边镐和王建封当晚找到练寯家中,递上金帛和一面白旗,说:"吾且歼此城,夫人宜植旗于门,已戒士卒勿犯矣。"练拒收金帛和白旗,并表示:"欲保我家,必顾全此城,否则唯有先死。"沈括《梦溪笔谈》里的这段对话是说,南唐要屠建州城,请练把白旗悬挂在门框上,以免兵乱。练当即回答,城里十多万人口,大多都是无辜百姓,如果非要屠城,就从我家开刀,我愿先于全城百姓而死。边、王二将被练的大义所感动,并说服了查,最后放弃了屠城,只杀了二三十名民愤较大的官吏。可以断言,如果没有练寯,就没有现在的建瓯。因此,1000多年来在建瓯百姓的心里,练寯是"芝城之母"。

873年,练寯出生在浦城仙阳,曾居住的县城马车街彩门楼,是我的近邻,离章仔钧曾屯兵的城郊西岩山也不过三四里的路程。我已记不清到过多少回仙阳镇,上过多少次西岩山,去朝圣这位"芝城之母"。

练寯虽死犹生。1000多年过去了,家乡人民为了纪念她,把她的生长地命名为"练村"。每年的端午节,建瓯的老百姓家家户户门前挂满了柳枝,以缅怀这位"芝城之母"。就连远在浙江的萧山,也修建了"章氏祠堂"。当我驻足在祠堂门口,凝望"渭水功德扬九州,全城恩泽贯古今"时,心中忽然闪出歌德的一首诗:"永恒之女性,领导我们走。"

(刊于《福州日报》2005年3月12日)

江淹"才尽"

"梦笔生花"和"江郎才尽",两个成语出自一人,这在中国文学史上是独一无二的。

时光毕竟已经流逝了1500多年,岁月的沙尘已经吞蚀这里的一切,不要说梦笔山房、江淹祠什么的,就是断壁残垣、破砖碎瓦也荡然无存,留下的只是美丽的传说。474年,江淹从京城被贬到我的老家当县令。他深深地被这里的佳山丽水吸引,他说:浦城"地在东南峤外闽越之旧境也。爰有碧水丹山,珍木灵草,皆淹平生所至爱,不觉行路之远矣。山中无事,与道书为偶,乃悠然独往,或日夕忘归。放浪之际,颇著文章自娱"。离我家二三里路,有一座山,名叫孤山。它在平野旷畈中崛地而起,景色秀美。据传,有一天江淹郊外漫步,徜徉孤山,夜宿在山上的寺庙中。睡梦里,梦见仙人授给他一支五彩神笔,此后,文思如涌,落笔皆成华章。后来,孤山也因江淹而改名为梦笔山。"梦笔生花"成了千古美谈。

"逆境出诗才,悲愤有佳句。"江淹是在仕途上遭受挫折后被贬到浦城的,此时他政治上不得志,精神上受压抑。他把抑郁的情感用文字进行宣泄,这种惊天地泣鬼神的文字和情感不是任何时候都可以达到的,就像苏东坡被贬才有《赤壁怀古》的千古绝唱一样。此外,浦城的奇山丽水为江淹的创作提供了丰富的营养,造就了他的文章题材新颖别致,文辞绮丽多彩,音韵铿锵优美。

"江文通遭逢梁武，不敢以文凌主。"江淹回到京城后，在梁武帝身边工作。武帝也喜好文艺，并以文待人，广纳名士，但他性格固执好强，虚荣妒忌。沈约因为私下里说了一两句对梁武帝文章不恭的话，差点被问罪。刘峻因为文才锋芒，编著了一部120卷的《类苑》而遭到武帝的忌恨。鉴于这些，聪明豁达的江淹为了保护自己，给自己一个台阶，就故意编了一个故事，说自己已经"才尽"，写不出东西了。"江郎才尽"最早出现在南朝梁钟嵘的《诗品》中："初，淹罢宣城郡，遂宿冶亭，梦一美丈夫，自称郭璞，谓淹曰：'我有笔在卿处多年，可以见还？'淹探怀中，得五色笔以授之。尔后为诗，不复成语。故世传江郎才尽。"

此外，"才尽"还有几种可能：一是"晚年既富贵，岂非有所怠"。晚年，江郎官越做越大，地位越来越高，远离百姓生活，平民意识淡化，这种变化反映到文章里，直接影响到情感的真实和思想的品位。二是官大了，胆子却小了，有些真话不敢说了，有些真情不敢流露了，在这种心理状态下写出的文章，当然没有了震撼力。三是应酬多了，自己可支配的时间少了，哪有时间去孤灯挥笔呢？

尽管"梦笔生花"和"江郎才尽"是两个传说，但其间颇为严密的因果关系以及引无数文人遐想深思的文化魅力，已经永远根植在人们的心中。"梦笔生花"是前提，"江郎才尽"是结果，没有前者的耀眼光芒，就不存在后者的千古遗憾。正如花开花落、月圆月缺，世界上任何事物都要经历一个由盛到衰的历程。从这个意义上说，"梦笔生花"和"江郎才尽"不仅是两个成语，更是自然与社会中带有普遍意义的符号。

（刊于《福州日报》2005年2月26日）

章惇：潇洒与悲歌

千百年来，家乡浦城传诵着不少章惇的佳话。譬如：章惇少闻鸡练笔，博学多才，文采飞扬等。章惇长大后，不仅成为一代政治家，同时还是著名的书法家。《宋史》有章惇传，《宋人书法》《三希堂法帖》等都刊有他的作品，台北故宫博物院还存有他的尺牍。

自从王羲之的兰亭序问世后，书法的两大功效得到了充分的体现，即汉字作为表达思想的符号，具有实用价值；同时，汉字作为书法艺术的研究对象，又具有审美价值。历史上许多书法家力求通过信札这种形式，把这两者有机地结合起来，达到内容与形式的和谐统一。章惇的《会稽帖》就是宋人信札的书法艺术珍品。

章惇生于1035年，那时的书法界大兴帖学，宗法二王，追踪魏晋的书风遍及全国。在这个大背景下，章惇也不例外。宋黄伯思在《东观余论》中评论章惇的书法作品时说，近百年来，书法家中唯有章惇能表达笔意，虽然精巧方面不如唐人，但笔势上超过了唐人，意境在初唐四大家中的褚遂良、薛稷之上，暮年愈妙，神采像王羲之。明赵崡在《石墨镌华》中也说，章惇用卧笔，间作渴笔，游丝法迹既苍劲有力又飘逸潇洒。

章惇的潇洒不仅表现在字里行间，而且贯穿了他的整个人生。《宋史》记载，章惇与苏东坡曾是好友，一天，他们相约去游南山，走到仙游潭时，潭下绝壁万仞，章惇横木空架，挽苏东坡一同在绝壁上写字。

苏胆小畏惧，不敢过独木桥。章惇稳步过桥，垂索挽树，在石壁上书写："苏轼、章惇来。"写毕，苏对章说："君他日必能杀人。"章问："何也？"苏说："能自判命者，能杀人也。"果然不出苏东坡所料，三年后，章惇支持王安石变法，把苏东坡一贬再贬，一直贬到天涯海角。昔日的好友成了政敌。

宋元丰八年（1085）三月，哲宗继位。这时哲宗年方10岁，由宣仁皇后听政。五月，章惇知枢密院事（宰相）。章惇支持王安石变法，而且毫不顾忌，以勇往直前的风格，争辩于宣仁皇后帘前，终遭打击，黜知汝州。其后的七八年间，他被保守派数度弹劾。

元祐八年（1093），哲宗亲政。有志于改革的哲宗于第二年改年号为绍圣，意为绍述先帝遗业，也就是要恢复改革。为此，首先起用章惇，为尚书左仆射兼门下侍郎，地位显赫。章惇雄心勃勃，大展拳脚，成就了一番闪光的事业。他不遗余力地推行新法，扫除推行新法的绊脚石。以"诋毁先帝，变易法度"的罪名，对已死的司马光等人，剥夺赠谥；又以朋党之罪，对当时障碍变法的大臣包括他的好友苏轼在内进行排斥，重的贬去岭南，轻的贬在近地。由于他重拳出手，终使新法中的一些重要法度如《青苗法》《免役法》得到推行。在这场政治斗争中，他像行笔一样天马行空，挥毫泼墨，但也有矫枉过正、株连过众之嫌。

对外政策，他更是纵横驰骋，睥睨敌方，一改屈服妥协的政策。一方面以"浅攻耕"的战略战术，使虎视眈眈的西夏陷于被动而不易集中兵力进犯过境。另一方面则在泾原、鄜延、环庆邻近西夏的边境筑成坚固的防御工事。元符元年（1098）十月，在章惇的部署下，由渭州知州、浦城人章楶直接指挥，取得平夏大捷，击败西夏30万大军，使之不能成军而屡向宋朝廷请命求和，从而使宋朝西部边境局势得到暂时稳定，边界百姓得以安居。

哲宗去世后，潇洒的章惇在继承皇位的人选上出错了牌，犯了严重的路线错误。哲宗一去世，朝廷内就发生激烈的继位之争。章惇坚持礼律，要立简王或申王，皇太后一意孤行要立端王。面对显赫的至高无上的皇太后，章惇厉声抗争，并一针见血地指出，端王"轻佻不可以君天下"。但是，章惇还是败下阵，端王还是当上了皇帝。端王就是历史上有名的花花公子似的徽宗皇帝。历史证明了章惇的预言，这个穷奢极欲的徽宗，在靖康二年（1127）被金兵俘虏，死在五国城（今黑龙江依兰），北宋的江山也被他葬送了。

徽宗即位，章惇虽败阵，但虎威仍存。徽宗送给他一份假人情，封他为申国公，任命他为山陵使，就是负责把哲宗的灵柩运送到墓地。也许霉运落到章惇的头上，灵车陷在泽地中，过了一夜才起行。反对章惇的大臣大肆鼓噪，借此大做文章，弹劾他这是不恭。徽宗得此奏章，即把章惇贬为越州知州。不久，又贬为武昌军节度副使、潭州安置。这时，有一个右正言叫任伯雨的人，翻章惇的旧账，说他想追废宣仁皇后。于是，皇帝把他再一次贬到雷州，任司户参军，后又徙睦州（今浙江建德）。章惇终于心力两废，在崇宁四年（1105），病死于睦州。

政和（1111—1118）中，章惇被追赠为观文殿大学士。但绍兴五年（1135），高宗看到任伯雨告章惇诋诬宣仁皇后的奏章，为了维护皇权，再算旧账，又去掉章惇的追赠，贬为昭化军节度副使，并严规"子孙不得仕于朝"。

但历史永远记住了潇洒而悲歌一生的章惇。

（刊于《福州日报》2006年6月29日）

一代完人黄道周

福建漳浦县，一个普通的石案，历经四百多年风雨，规则的方格上，可以清晰地看到八个由小到大的同心圆。这是推演《易经》的器物，称作"天地盘""天方盘"。

天地盘的主人叫黄道周，这是他研学易经的工具，也是他讲学论道的教具。

穿越时空，石盘至今依然散发着理学的智慧光芒。

黄道周，明末著名大儒，官至宰相。他精通理学，专心教育，5岁时就学于漳浦铜山崇文书院，14岁起游学广东博罗，18岁时在铜山海中塔屿耕读，兼攻《易经》，23岁开始一边讲学一边写作，25岁迁居漳浦县城，28岁后来到东皋书院。天地盘就位于东皋书院内。

宋朝开始理学思想全面反省，进劲发力，推动着儒学再次复兴。

黄道周的理学学说在中国思想史上独树一帜。他博学多才，其治学方向和理学论著，传承自朱熹，保留了朱子学的格物穷理、求实力行、忧国爱民的品格，以及追求至德之境的主体精神，成为朱学熏陶下的杰出代表人物。同时，他又超越了学术樊篱，以"至善"为万物本原，反对有意形成的"气质之性"。

治学若只是空谈，便不能救国。黄道周将学术和治国融为一体，倡导仁义治天下，提出治国以爱人安民为先。他说："为国在养民，养民以致贤，则国治矣。"

养民，重在一个养字。养民，就是爱抚天下亿万的百姓。

黄道周的学说中，辩证地阐述了仁义与功利的关系。他将"仁义"的虚和"功利"的实进行剖析。他说："行仁义者即使不谈功利，也可收功利之实。谈功利者即使不丑化仁义，也已经灭了仁义的本真。"因此他强调：治国安民不能讲功利，讲功利就会急功近利。

他认为，仁义、功利是衡量人的邪正，学术真伪的准绳。专门著述说："人才的邪正要看其学术，学术的真伪，全看义利。为利而言，则谓之伪言；为义而言，则谓之正言。为利而行，则谓之伪行；为义而行，则谓之正行。"

在他的《辨仁义功利疏》中，我们看到：仁义，是天地权衡万物的纲纪。君臣、百姓均要讲仁义，关系才会和谐，社会才会稳定。

明天启二年（1622），37岁的黄道周中了进士。此后先担任天启朝翰林编修、经筵展书官，后任崇祯朝翰林侍讲学士、经筵展书官。黄道周任职后，将理学践行于政治。他提出了著名的"正君道，举贤才，做诤臣"。

黄道周说，君主"仁一人，即可仁天下"。进而，他提又提出了"法天""敬人"的君道观。即政治要清明，必须正君道。君主治国必须效法上天。上天无为但无所不为，以阳光雨露沐育万物。上天无逸，永远自强不息。要按上天的自然规律治理天下，国运才能长久。

治国兴邦需要贤才，在用人上，黄道周认为："天下之强弱，视于人才。"他主张要惜才、育才。"天下人才培养甚难，摧折甚易。养一忠贤者，即文绣十年，雕镂十年，不成一贤者。"

做诤臣，黄道周身体力行，验证理学观点，为官清廉，敢于直谏。

理学承自儒学，黄道周注重修心，疾呼吏治要廉明，为官要不趋权势，廉洁奉公。"硁硁之守，淡泊宁静，与物无争。"崇祯三年（1630）的夏天，恰逢浙江乡试，黄道周担任考官，好多人通过关系找他，想以此窃取名位，都被他一一回绝。

崇祯三年（1630），大学士钱龙锡受到牵连被问了死罪，满朝文武，没有人敢替他说话。黄道周激于义愤，挺身而出，为钱龙锡辩冤。他写给崇祯的奏折中，直接指出皇帝的过失："今杀累辅，徒有损于国。"崇祯看了之后大怒，命令黄道周回奏。黄道周再次上疏辩解，表明自己是"为国体、边计、士气、人心留此一段实话"。由于黄道周的据理争辩，钱龙锡被免死罪，黄道周却被连降了三级。

崇祯五年（1632）正月，黄道周生病，申请回家休养。在离京回乡之际，他上疏崇祯帝要"退小人，任贤士"，并推荐了一批德才兼备的人才。这一举动再次激怒了崇祯，将黄道周削籍为民。

黄道周返乡途经浙江余杭，受到大批学生和当地文人的极力推崇，在余杭县大涤山建了"大涤书院"进行讲学；之后，返乡在漳州紫阳书院授课。

崇祯十三年（1640），江西巡抚解学龙向朝廷举荐黄道周，认为他是"明道理学宗主，可任辅相"，令崇祯大怒，下令逮捕了解学龙和黄道周，以"伪学欺世"之罪重治，在几位大臣的力谏下，改为廷杖八十，并充军广西。

崇祯十四年（1641），崇祯下旨将黄道周复官。黄道周见朝廷昏庸，国运将尽，告病推辞后在漳浦专心读书、撰写著作。

明朝灭亡后，黄道周担任南明弘光朝吏部侍郎、礼部尚书。弘光亡后，隆武帝又封他为武英殿大学士兼吏、兵二部尚书。

黄道周与朱熹一样，极力抵抗外族入侵，鄙视投降。隆武元年（1645），面对清军南下，他招募了数千人，十余匹马，出仙霞关抗击清兵，后兵败被俘，关押在南京。

清朝派使臣洪承畴前去劝降，黄道周写下对联："史笔流芳，虽未成功终可法；洪恩浩荡，不能报国反成仇。"洪承畴又羞又愧，上疏请求免黄道周死刑，清廷不准。

1646年3月5日，黄道周英勇就义。临刑前，在南京东华门刑场上，他向南方拜别，撕裂衣服，咬破手指，留血书给家里人："纲常万古，节义千秋；天地知我，家人无忧。"临刑前大呼："天下岂有畏死黄道周哉？"

噩耗传到福建，隆武帝特赐谥"忠烈"，并命令在福建福州为黄道周立"闵忠"庙，树"中兴大功"坊；另在漳浦立"报忠"庙，树"中兴荩辅"坊，春秋奠祭。道光四年（1824），旨准黄道周从祀孔庙。

黄道周一生著述丰厚，所著《儒行集传》《石斋集》《易象正义》《春秋揆》《孝经集传》均流传于世。存世的2000首诗中，尤以被俘后在牢中所作300多首诗最为感人。有诗云："六十年来事已非，翻翻复复少生机。老臣挤尽一腔血，会看中原万里归。"

黄道周的理学思想是继承儒家和朱熹理学思想的成果，是在明末衰败的历史条件下提出来的，无论是重仁义、爱人安民的思想，举贤才、正君道的主张，都对当时的社会现实有很强的针对性。

百年后，被本应视他为敌的乾隆皇帝誉为"一代完人"，由此可见黄道周个人超越政治、种族与时空的力量。

2015年4月28日

福州的三坊七巷

早就听说福州"三坊七巷"的历史文化地位与江苏周庄、山西平遥、云南丽江齐名,在建筑界被誉为"明清建筑博物馆"。但省里每次接待北京和外省的客人时,参观的日程安排表上却从未出现"三坊七巷"。带着疑惑,我拨通了福州大学陈晓博士家里的电话,约他周末与我去"三坊七巷"看个究竟。

我们相约在塔巷的老字号"永和鱼丸店"集合,穿过塔巷到了南后街。陈博士边走边跟我说,"三坊七巷"由白墙、灰瓦、亭台、楼阁等组成,具有典型的闽越民居特色,是福州历史文化名城的标志性建筑,占地40多公顷。它始建于西晋末年,到唐代逐渐形成规模。当时在南街建起了"七巷",后来隔了一条街(南后街)又建起了"三坊",形成了以南后街为中轴线的"非"字形结构的大型建筑群。"三坊七巷"是南后街两侧从北到南依次排列的十条坊巷的统称。"三坊"是:衣锦坊、文儒坊、光禄坊;"七巷"是:杨桥巷、郎官巷、塔巷、黄巷、安民巷、宫巷、吉庇巷。

听了陈博士绘声绘色的介绍,我建议说,那我们就按古人的建筑顺序先去"七巷"再走"三坊"吧。陈博士摊开双手摇了摇头,遗憾地告诉我,杨桥巷已被改造成宽大的杨桥路了,遗址上仅留存黄花岗烈士林觉民的故居,剩下的全是高楼和商业街。

站在南后街与杨桥路的岔路口,面对车水马龙的杨桥路和衣锦坊的建筑工地，我们和"三坊七巷"一道仿佛一同被挤在高楼大厦的夹缝中。"三坊七巷"成了现代建筑群中的孤岛，现代派家居豪华大厅中的一件小古董。

不经意间我们走进了郎官巷。这里与最繁华的东街口只一步之遥，却是两个世界，一边是灯红酒绿的花花世界，一边是幽深的古老庭院，它静谧地躺在高楼大厦之中，散发出古老的芬芳。郎官巷20号是严复的故居，那是一幢三进三开式的古建筑，白墙灰瓦，精致的木雕，土筑的马鞍形风火墙。两个天井里各有一口直径40多厘米的水井，大厅正中悬挂着梁启超题的"读圣贤书，行仁义事"对联，厅后有他的半身塑像，两侧陈列了他的生平简介和日常生活用品等。这里的每块砖瓦仿佛都透出浓浓的书卷味，让人释怀。参观结束时，为了纪念这位中国近代史上的启蒙思想家，我还专门买了一本《天演论》。

现在的南后街成了一条时装街。据说，每一种时装新款刚上市，在南后街就能买到它的仿制品，而且价格十分便宜，每到节假日，满街都是购物者。在福州这片最古老的坊巷里，我们仅看到一家字画装裱店。这是南后街唯一的文化窗口。店内正中挂着一幅精致的匾额，上写"米家船"三个字。我走进店内向林师傅请教，他递给我一张名片后解释说，该店建于1865年，由清代著名学者何振岱题匾，取意北宋书画家米芾携带书画作品游览山水，以船为家。

"三坊七巷"自从唐"安史之乱"后，逐渐成为福州士大夫和文人墨客为主居住的地方，具有浓厚的文化气息。通过坊名、巷名就可以看出它的风姿。这里人杰地灵，福州近代史上许多知名的政治家、军事家、文学家都在这里留有足迹。

光禄坊附近是林则徐纪念馆，杨桥路口是黄花岗烈士林觉民的故居。宫巷有洋务运动先驱沈葆桢的故居，记录了现代海军的发展史。安民巷有"新四军驻福州办事处"的遗址，记录了福州抗战的历史等。

漫步在"三坊七巷"中，仿佛置身于明清时期，浮躁的心境也会随着挂钟不慌不忙的摆动而平和下来。随着城市建设的发展，杨桥巷和吉庇巷已分别扩建为杨桥路和吉庇路，衣锦坊的一大半已被推倒拆建为现代住宅小区。"三坊七巷"成了"二坊半五巷"。但尽管如此，"三坊七巷"宏大的规模和别具一格的建筑群，仍然掩不住昔日曾有的气派和辉煌。

在宫巷，我们慕名来到林聪彝的故居。据说它是明清以来福州最大的私宅，占地面积3000多平方米。现今里面居住了二三十户人家，内有十多个小天井，天井里栽培着各种各样的花草，把整个庭院衬托得更加妖娆。我踩着光滑的石板路，看着精美的木雕装饰，突然想起了云南的丽江，仿佛那远古的纳西古乐又在耳边回荡。

院外却是另一番景象。那具有深厚的文化底蕴和独特的建筑风格的坊巷，两边的高墙有的已倾斜，白粉墙有的已脱落，坊巷里的牌子有的已残缺，蓝天被零乱的电线分割得支离破碎。经过历史沧桑，昔日辉煌的历史文化景象如今已黯然失色，很难寻找到往日的风采。"三坊七巷"不知不觉地变得浮躁起来，那浓重的商业味，把整个坊巷压得透不过气来，承载着福州久远的历史文化的"三坊七巷"渐渐被现代文明吞没。福州是否在远离多样性、差异性和历史性文化特色中逐渐失去了记忆？

建筑学家黑川纪章说："建筑是一本历史书，我们在城市中漫步，阅读它的历史。把古代建筑遗留下来，才便于阅读这个城市，如果旧建筑都拆光了，那我们就读不懂了，就觉得没有读头，这座城市就索然无味了。"城市是一种历史文化现象，每个时代的文明都在城市建设中留下了自己的痕迹。保存城市的记忆，保护历史的延续性，保留人类文明发展的脉络，是精神文明建设的要求。城市现代化不仅仅意味着高楼大厦，更重要的是深厚的历史文化内涵。

当人类砍倒第一棵树时，文明诞生了；而当人类砍倒最后一棵树时，文明结束了。难道城市不也是如此？

（刊于《美文》2005年第11期，《福建文学》2006年第10期，选入2006年全国高考语文模拟试卷阅读试题）

聆听那遥远的声音

第一次到泉州距今已20多年了，曾写过一篇《泉州走笔》在《泉州文学》上刊登。当汽车进入泉州市区的一瞬间，一种久别重逢的亲切感涌上心头。瑟瑟秋风中的刺桐城，视野所及，刺桐花、紫荆花等姹紫嫣红，把千年的古老与文明衬托得活灵活现。1155年，26岁的朱熹云游到此，感慨地说："此地古称佛国，满街都是圣人。"过了773年，李叔同似乎为了印证朱熹的这句话来到泉州，最后发出"悲欣交集"的感叹。李叔同长期生活在"上有天堂，下有苏杭"的杭州，为何偏偏跑到泉州来感叹？是这海浪，这山风，还是这刺桐花的缘故？

到开元寺朝圣时，已经快进入冬季。这里的花草依然葱绿清纯，如豆蔻少女；树木雍容绰约，似风韵贵妇。我们沿着鹅卵石小径悠然慢走，不远处映入眼帘的是两座唐代建造的花岗岩石塔，塔高三四十米，坐落在开元寺的东西两侧，又称东西塔。我想登临远望，追寻朱熹那远去的足迹，聆听李叔同那遥远的声音，不料塔门紧闭。问附近一株千年桑树，古桑无语。往前走不远，到了大雄宝殿，门柱上高悬的就是朱熹的名联："此地古称佛国，满街都是圣人。"自古以来天才之作都是来自心灵的震撼和偶然的灵感，比如王羲之的《兰亭序》，罗丹的《思想者》，苏东坡的《赤壁怀古》，贝多芬的《命运交响曲》等。当年充满现实主义和浪漫主义精神的朱熹流连莲花寺（686年建寺，738年更名为开元寺）时突发灵感，随口吐出以上的词语，一下子幻化成永久的光环，把泉州照得通亮。

拐个弯，来到弘一法师纪念馆。大厅陈列了大量李叔同的佛学研究著作，东侧的两个展厅有他出家前的文学、戏曲和出家后的书法作品，西侧的两个展厅有他晚年的书法手迹和起居生活用品。李叔同早年留学日本，学成回国后，先后在天津、上海、南京、杭州等地任教。面对国家内忧外患，他要求学生"男儿若论收场好，不是将军也断头"。在黑暗和迷茫中，他把思想从乱世中超拔出来，把目光投向茫茫宇宙，寻求解脱，到虎跑寺出家为僧。出家前夕（时任浙江第一师范学校教授），他已经做好了思想上的充分准备：

众生病苦谁扶持？尘网颠倒泥涂污。惟神悯恤敷大德，拯吾罪过成正觉。（《晚钟》）

仰碧空明月，朗月悬大清。瞰下界扰扰，尘欲迷中道！惟愿灵光普万方，荡涤垢滓扬芬芳。（《月》）

从《晚钟》和《月》这两首词中可以看出李叔同的忧国忧民和寄托佛门的心绪，李叔同为何出家也就不言而喻了。受朱熹的影响，晚年的李叔同长期生活在泉州，直到1942年仙逝。记得朱光潜曾说：他是以出世的精神做入世的事业，虽是看破红尘，却绝对不是悲观厌世。丰子恺说他是"出于幽谷，迁于乔木"。

离开开元寺，到清源山拜见了当年从楚国骑着青牛到"佛国"的老子。只见他满脸慈祥，从容坚定，目光深邃，充满睿智。他席地而坐，似乎是"天人合一"，又似乎在对"佛国"的"圣人"阐述"道"的含义。我站在离老子不远的右侧，仔细观看赵孟頫书写的《道德经》碑刻，联想起托尔斯泰在《老子学说的实质》里的一段话："老子教导人们从肉体的生活转化为灵魂的生活。他称自己的学说为'道'，因为全部学说就在于指出这一转化的道路。也正因此，老子的全部学说叫作

《道德经》。"一切顺应自然法则，像水一样没有障碍，一直向前流去，遇到堤坝，停下来；堤坝出了缺口，再往前流去；容器是方的，它成方形；容器是圆的，它成圆形。如果人人都能同老子说的一样，人类将充满了爱、智慧和生命，世界就不会发生战争、饥饿和死亡。

"圣人"喜欢刺桐城，刺桐城的百姓崇拜"圣人"。古老的文明城市在"两相情愿"中孕育而生。到了明末清初，李贽轻轻地掀起"圣人"的盖头，一种千古不变的思想开始动摇。

李贽的故居在聚宝街一个很不起眼的角落。一扇小木门上挂着一把铁锁。司机跟我说："我在市委机关开了十多年车，只有两个人来看李贽，一个是两年前毛泽东的女儿李讷，一个是你。里面没有什么东西看。"我们找到附近的居委会。居委会主任热情地带我们到李贽故居的隔壁邻居家，穿过客厅、卧室、厨房一直到后院。后院是另一番景致，五六户人家连成一片，没有栅栏，地里种有白菜、扁豆、大蒜等。再往外是一条环城的人工水渠，当地人称八卦河，直通古时的刺桐港口，是当时通商的水上交通线。主任指着李贽故居厨房的窗户说：从这儿爬进去，再开启后门。用这种方式参观名人故居对我来说还是头一回，深感不安。正思量着，司机已翻窗进屋。故居极其普通和简陋。正门进来经过一段过道就是天井，客厅门框上挂着赵朴初题写的"李贽故居"匾额。厅内正中摆着一张桌子，上有李贽的塑像，正面和两侧挂着李贽的画像和生平简介。

我边看边想，心中涌起无边的惆怅。李贽是名战士，他一生都在战斗，都在为自由而战。他极力反对孔子、孟子等先哲"虚伪"的一面，提出不以孔子的是非为是非，说《论语》《孟子》是"道学之口实，假人之渊薮"。一个官职卑微的李贽竟敢在被封建王朝尊为圣人的头上动土，岂不是找死！李贽用激情构建起来的幻想虽然对宋王朝的意识形态形成了较大的冲击，但终究是昙花一现，76岁时他被强大的封建势力彻底摧毁，1602年，在河北通州的监狱里自刎。

天已垂暮，聚宝街顿时沉静下来。我们沿街走到尽头，来到刺桐港口。面海远望，一片片帆影已飘然远去，剩下的只是阵阵永恒的潮声。对了，这潮声就是泉州人品格的原动力。是这潮声把西方文明传播到泉州；是这潮声把泉州人推到大洋彼岸接受文艺复兴的洗礼；是这潮声唤醒了传统的儒家思想，催生了泉州的海洋文化。李贽就是在这浪潮中催生出来的代表人物之一，他是泉州海洋文化的先驱者，是泉州人品格的象征。但是由于人性的弱点，人们习惯了盲从和攀龙附凤，尽管不是故意的。泉州人只知道清源山上的老子、李叔同和到过开元寺的朱熹，绝大多数人对李贽一无所知。对于这一点，李贽早在400多年前就预知了，所以把他的著作取名为《焚书》和《藏书》。

是因为我们接受了太多的老子、朱熹、弘一法师的道学、理学和佛学，对李贽的心学不容易接受；还是因为老子、朱熹、弘一法师的声音巨大，李贽的嗓门儿太小，以至影响了我们的听力？

（刊于《福建文学》2004年第3期）

走进承德避暑山庄

承德避暑山庄又名承德离宫或热河行宫,是清代皇帝夏天避暑和处理政务的场所。避暑山庄位于承德市中心区以北、武烈河西岸一带狭长的谷地上,距离北京230公里。

据说当年康熙皇帝在北巡途中,发现承德这片地方地势良好、气候宜人、风景优美,又是清朝皇帝家乡的门户,可俯视关内,外控蒙古各部,于是选定这里建行宫。它始建于1703年,历经康熙、雍正、乾隆三代皇帝,耗时约90年建成。

走进山庄,这里古木参天,芳草萋萋,鸟语花香。一园宫阙,九重天宇。碧波千顷,山峦峰奇。从园到殿、从殿到林、从林到湖,"括天下之美,藏古今之胜",承载着清朝皇帝在一座园林内浓缩天下美景的梦想。

它,是清王朝鼎盛的标志。

避暑山庄的宫墙高大宏伟,形似长城,至今仍被当地人称为"小长城"。康熙废弛了长城的修筑,筑起一道坚不可摧的大墙,这道大墙是无形的,它不隔绝民族,不固守土地。康熙设置木兰围场,以木兰秋狝的方式获得蒙古族、满族之间的民族认同与融合,来达到"民心悦则邦本得,而边境自固"的目的。

康熙把避暑山庄建于长城之外蒙古人的牧场上,并兴建藏传佛教庙宇,以宗教、文化的民族融合手段解决了边患,显示出康熙高超的政治智慧、强大的信心与博大的气魄。

当地的朋友告诉我说，康熙和乾隆每年都有一半的时间在这里接见蒙古、新疆、青海及西藏少数民族首领和宗教领袖，这里是处理边疆民族问题运筹帷幄、决策指挥之地，也是接受朝鲜、缅甸、安南、琉球、暹罗等藩属国国王使臣朝贡的重要场所，许多事关民族团结、中华统一的大事要事都曾在这里发生或与之紧密关联。

避暑山庄名副其实地成为北京以外的第二个政治中心，经过几代人的励精图治，出现了在中国历史上足以傲视汉唐的康乾盛世，一个空前广阔、统一、繁荣、强盛的大清帝国屹立在世界东方。

它，也是清王朝没落的见证。

大清帝国在空前的繁荣盛世下潜伏着巨大的危机——奢侈、骄怠、贪污、腐败等罪恶的毒瘤借盛世疯长，正日益腐蚀破坏着大清王朝的根基。

当朝廷上下对乾隆的文治武功洋洋自得、沉湎于盛世而自我感觉良好时，清王朝正从盛世的顶峰迅速滑落。从康熙到道光五代皇帝，他们做梦也没想到，到了咸丰执政时，避暑山庄竟成了一代帝王贪生怕死的避难所。

咸丰皇帝从皇城狼狈而来，带着屈辱、带着羞愧，签下了丧权辱国的卖国条约，黑龙江以北、外兴安岭以南60万平方公里和乌苏里江以东40万平方公里给了俄国，帝国列强从此一步步蚕食着中国。咸丰也在避暑山庄里度过了最惨淡的日子，最终郁郁死去。

慈禧，撤下挡在座位前的帘子，在承德山庄的一个侧院发动了"辛酉政变"，推翻八大辅臣，镇压"戊戌变法"，走向政治权力的巅峰，也将中国带入了无边的屈辱和黑暗，大清王朝国运像长河落日一样，垂垂逝去。

历史的云烟在依旧恢宏的山庄内变得朦胧而遥远，昔日的刀光剑影、妃嫔们泣死的冤魂、皇族的自相残杀、帝王威严的敕令，却一幕幕清晰地映现在历史沉重的底版上。

前事不忘后事之师，以史为镜，方知兴亡。

清朝以少数民族崛起于关外而后入主中原，经过几代人的励精图治，完成了国家的统一大业，社会经济发展到一个崭新的高峰。但就在国家鼎盛之际，统治者放弃了文治武功和积极进取，因富而奢，因盛而骄，因腐化而衰败懈怠、落后挨打，在不间断的外国侵略和内部变乱中一步步走向衰败覆亡的不归路。

"四围秀岭，十里澄湖，致有爽气"，源源不断的湖水涌着岁月的烟雾，青山秀岭耸立着一个朝代的蹉跎与峥嵘。也许，鼎盛之后的衰败更容易让人铭记。纵观历史，有哪一个骄奢腐败的国家和民族，在岁月的长河里翻起过壮阔波澜？自我陶醉的君主也许会使歌舞诗赋焕发出一时的光芒，但自强不息却能把一个民族的性格砥砺得格外坚强。

当下，从历史中走来的百年民族复兴之中国梦，连接着过去与现在、历史与未来，承载着中华民族的自尊、自强与自豪，也包含着对人类美好未来的憧憬和追求。远去的清王朝，就让它永远覆盖着历史的尘土吧。

我信步于山庄之中，山色葱茏而静美，湖水荡漾且清宁。秋色渐渐浓重了，是长城外的秋天来了，避暑山庄的秋天来了，皇家盛大的秋围就要开始了。我仿佛又听见了震耳的号角和金戈铁马铿锵有力的声音。

莫高窟之殇

己丑初夏，我从新疆返闽，途经敦煌，当地朋友安排我参加了"莫高窟藏经洞发现110周年"的纪念活动。在博物馆展出的大量图片和文献资料，介绍了王道士发现藏经洞，以及斯坦因等外国人乘虚而入，采取坑蒙拐骗等手段，进行掠夺性考察，卷走了大批国宝级文献和文物等的全过程。我驻足在一组图片面前，遥想100多年前发生的那件震惊世界的事件……

1900年6月22日，住在莫高窟下寺的王道士，偶然发现了一个封闭近千年的藏经洞。面对这些来自中世纪丝绸之路上中华文明的顶级宝藏，清政府及其官员们在干什么？

王道士发现藏经洞后，立即从"古人废弃的纸堆"里，选一些精美的经卷和漂亮的绢画，送到县衙并报告了情况。随后，他又选了几卷书法精美的佛经送给酒泉的道台，道台看后不屑一顾地说，经卷的书法还不如他自己写得好，使王道士"颇沮丧，弃之而去"。

某日，敦煌县令汪宗翰等人到莫高窟视察，检查藏经洞文献文物。汪某趁人不注意，把一只精美的纯金佛炉偷偷地塞进袖管，还挑选了200多卷佛经和绢画带回县衙，将偷来的佛炉熔化成金条占为己有。不久，汪某又把经卷和绢画分别送给安西直隶州知州、安肃道道台等，藏经洞的文物逐渐在甘肃的一些官员名流中流散。

1910年，在罗振玉等一批中国学者的强烈要求下，清政府拨专款并电令甘肃布政使何彦升把藏经洞所有剩余的文献和文物运到北京。但专款到甘肃后，并没有得到专用，而是被各级地方政府层层截留，最后用于藏经洞的经费所剩无几。运送的车队在进京途中，又遭到各级地方官员和名流的掠夺或监守自盗。到北京后，文物和文献被秘密拉到何彦升儿子的府第，通过藏书家李盛铎等人遴选，截留了一批经卷。后来，李盛铎以8万日元的单价卖给日本人432卷。为了保证经卷的数量不出差错，与在敦煌清点的卷数相符，负责押送的官员竟把剩下的经卷一撕为二为三。呜呼哀哉！

发现藏经洞一个多月后，即8月14日，八国联军攻进北京城，15日光绪皇帝等仓皇出逃，清政府摇摇欲坠。即便有一两个像罗振玉这样的国学精英，以其区区布衣微不足道的力量，怎能抵挡一个国家全面的崩溃和全局性的腐败？藏经洞的命运可想而知。

1911年，辛亥革命一声枪响，清政府灭亡，一个政权被另一个政权取代，但藏经洞的厄运并没有得到扭转。

1921年，在苏俄国内战争中失败的白俄罗斯残部逃窜到莫高窟，900多人在洞窟里吃喝拉撒长达5个多月，他们在壁画上任意涂抹、刀刻，并在洞窟内烧火做饭，致使大批精美的壁画被熏得一团漆黑，遭到了严重的破坏。"敦煌者，吾国学术之伤心史也。"

敦煌是古丝绸之路上的重镇，从汉代开始，逐渐成为中国、印度、希腊、伊斯兰世界四大文化的唯一交汇点。莫高窟藏经洞发现的5万多件宗教、历史、文学、艺术等门类5000多种文献和文物，时间跨度达600多年，从十六国延续到北宋。与殷墟甲骨文、汉简、明清档案一起，被誉为中国近代古文献的四大发现，堪称"中国古代大百科全书"，震惊了世界。藏经洞的发现，标志着敦煌学的诞生。

在20世纪初期，由于清政府风雨飘摇，国力薄弱，地方政府昏庸，各级官员腐败，王道士愚昧无知等，导致了5万多件文献和文物，大部分流散到全世界十多个国家和40多家国家级的图书馆、博物馆和研究机构中，仅英、法、俄、日、美、丹、韩等7个国家的藏品数量就占总数的3/5。大批珍贵文献和文物流散国外，从民族利益的角度看，这是一种耻辱。幸运的是，流散在国外的文献和文物都得到了妥善的保护。而在中国则是另一番情景，在斯坦因入敦煌之前的7年里，无论王道士怎么呐喊，地方政府都无动于衷。一旦懂得了它的价值，官员们则千方百计以权谋私窃为己有。时至今日，仍然没有一件回到我们的博物馆或图书馆里。即便在"文革"中，甘肃等地虽也曾有一捆捆的经卷被红卫兵抄了出来，但仍不免杳无踪迹。中华文明的顶级文化宝库遭到如此严重的肢解，这在近代史上是罕见的。

藏经洞的发现，被称为20世纪人类最伟大的文化发现之一，很快被联合国列入"世界文化遗产"。从某种意义上说，藏经洞文献已经成为全世界的共同财富，这个"文化遗产"是中国的，也是全世界的。面对"敦煌在中国，敦煌学在国外"的尴尬，我期望流散在国外的文献和文物能早日汇聚在一起，重新回到它的大本营和发源地，受到完整的继承和保护，全面回溯它的文化内蕴，复活它的历史原貌。

站在莫高窟大泉河沙滩王道士的土塔旁，看着塔基上的墓碑，我想，作为藏经洞的发现者，无论后人为他立的是功德塔，还是纪念塔，或耻辱柱，都已成为历史。历史将永远铭记：藏经洞的发现，是人类的一次伟大发现；文献文物的流散，是清政府莫大的耻辱；经卷的损毁肢解，是中华文明史上永远的痛！

读 黄 山

一

845年，唐武宗会昌灭佛后，黄山道教盛行，从传说中轩辕黄帝在丹峰炼丹修道升天开始，黄山的轩辕峰、浮丘峰、容成峰、道人峰等山峰的命名均与道教有关，每一座山峰都有一个美丽的传说。

天竺国（今印度）僧人包西来倾慕黄山之神奇，认为此地即佛地，在翠微峰修建了翠微寺。朝廷得知翠微寺高过道教的九龙峰之后，便下诏要"毁佛寺，减僧民"。包西来在离开他心爱的黄山，离开他赖以生存的翠微寺时，悲切地写了一首诗：

敕命如雷到翠微，佛前垂泪脱麻衣。
深山有寺不能住，四海无家何处归。

1368年，和尚出身的朱元璋称帝后，佛学成了中国哲学思想发展的主流，佛教取代了道教的地位。

这期间，黄山的宗教活动发生了两次重大事件。智空和尚在炼丹峰建造了"大悲寺"。一天，智空和尚在峰顶上看到"日华"出现（一种光学现象，即阳光透过云雾时，经过折射、反射所产生的金光万道、灿烂无比的景象），认为这是佛光，便把峰顶称作"光明顶"，并从轩辕黄帝的炼丹峰中分离出来，另立一峰作为佛教的领地，与道教分庭抗争。

万历四十年（1612），为弘扬佛教，明神宗赐给黄山法海禅院"护国慈光寺"匾额，列为皇太后的香火地，并赐给金佛像28尊，还有袈裟、佛经、香烛等物。后又经过几次扩建，寺中有僧人1000多个，真是琉璃片片，殿宇重重，香烟弥漫，成为声振江南的名刹。

道教是我国传统文化的一个重要组成部分，对中国古代社会、思想、文化艺术等方面有着很大的影响。佛教蕴藏着深刻的智慧，它对宇宙人类的洞察，对人类理想的反思，对概念的分析，有着深刻独到的见解，给中国传统文化的长河注入了新的成分。道教和佛教在中国宗教史上，此起彼伏，既有辉煌又有衰微。历史上曾出现过三次扫荡道教、四次毁灭佛教的运动，直到1175年朱熹、陆象山鹅湖之会，将道、佛、儒三教合一形成唯心主义思想体系，创立理学。

1000多年的黄山宗教活动，不知给黄山带来多少灾难，但也填补了这座名山的宗教文化空白，在黄山活动的道士和僧人中就有相当一部分是诗人、文学家、画家、书法家和艺术家。

道教和佛教创造了黄山文化，黄山风光造就了文艺家。

二

历史上文学艺术大家中第一位上黄山的要数唐代的李白了。安禄山叛乱后，李白随永王璘东巡，被认为叛逆，囚于浔阳，后又被长流夜郎。李白在政治上失败后，即弃政从文，周游名山胜地。775年，李白到黄山，在轩辕峰下写了一首诗《赠黄山胡公晖求白鹇》，与碧山村胡晖换得白酒和两只白鹇，在此一边饮酒，一边观景，一边听泉，一边作诗，其中以《送温处士归黄山白鹅岭旧居》一诗最为脍炙人口，诗中写道：

黄山四千仞，三十二莲峰。
丹崖夹石柱，菡萏金芙蓉。

伊昔升绝顶，府窥天目松。
仙人炼玉处，羽化留遗踪。
亦闻温白雪，独往今相逢。
采秀辞五岳，攀岩历万重。
风吹我时来，云车尔当整。
去去陵阳乐，行行芳桂丛。
回溪十六渡，碧嶂尽晴空。
它日还相访，乘桥蹑彩虹。

在古代，真正把黄山看得认真、感悟透彻的还是那位不知疲倦的旅行家徐霞客。他两次上山，爬遍72峰，得出"五岳归来不看山，黄山归来不看岳"的绝句，成为数百年来赞美黄山、评价黄山的权威名句。

紧接着，画家、书法家、篆刻家、摄影家纷纷上黄山采风。

明末清初，渐江、梅清、石涛隐居黄山20多年，以黄山风光为蓝本，细心观察、揣摩，搜尽怪石、奇松、云海，厚积而薄发，创立了黄山画派，留下了大量的艺术珍品。

1693年，康熙皇帝诏黄山画派主要成员之一雪庄入朝做官。雪庄入朝后，日夜思念黄山，几个月后，他放弃了荣华富贵，偷偷跑回黄山，与这里的山山水水相依为命，潜心作画，给后人留下了140多幅精美的黄山画。

明代中叶，何震、程邃、巴慰祖、胡唐等人食宿在黄山，早出晚归，博采众收，终得黄山之灵气。《何雪渔印选》的问世，标志着徽派篆刻艺术的确立。

上黄山次数最多、跨越时间最长的要数刘海粟了。他从1918年到1988年的70多年里，十上黄山，以黄山为师，得黄山之魂，把黄山画派的艺术技巧推向了新的高峰。

在纪念他十上黄山的欢迎会上，刘海粟深情地说：我到过阿尔卑斯山、蒙不朗勃峰、格尔斯默尔、冰海、日本的富士山，它们都没有黄山好！徐霞客说得对，五岳归来不看山，黄山归来不看岳。我还要补充一句：黄山归来不看富士山，不看阿尔卑斯山……

三

我是坐缆车上白鹅岭。因为是旅游季节，又是假期，云谷寺人山人海，缆车售票处更是拥挤不堪。在缆车等候室，我听一位黄山的导游小姐说，上黄山不能坐缆车，一坐缆车就没味了，只有沿着石阶一级一级往上爬才有意思。这话当然有道理，只是时间不允许。我不假思索，坐上缆车，瞬间就到了山顶，但如此快捷地登上了黄山，脚下的著名景点一一闪过，实在有点对不起古人。

古人上黄山，条件十分艰苦，当时荒草迷离，道路依稀，食物匮乏，他们跋山涉水，攀藤跳涧，靠的全是手和脚。

徐霞客在游记中记载：1616年正月，大雪封山，白雪皑皑，"石级为积雪所平，阴处冻雪成冰，不容著趾。"在这种恶劣的气候下，他不畏艰险，攀上了黄山第一峰。

于是，我们放弃了第二天从丹霞站到松谷庵站和从玉屏站到慈光阁的索道计划，开始登山。

我们一行随着摩肩接踵、熙熙攘攘的旅游者游览黄山的各个风景点：始信峰、梦笔生花、猴子观海、飞来石、光明顶、莲花峰、玉屏楼、迎客松、鲫鱼背、天都峰、慈光阁……一看过去，有古人的诗、古代的庙、光滑的路，还有摩崖石刻和现代化宾馆，眼前有挑东西上山的民工，耳边有此起彼伏的叫卖。在这种情况下，不可能以自身的文化感悟与山水构成宁静的交流、深挚的默契，只有游山玩水。

在黄山，印象最深的是看日出，我们凌晨3点多起床，从北海宾馆出发，走了40多分钟到光明顶。我选择了一个制高点，架起照相机，不一会儿，云雾渐渐透明，朝阳透过厚厚的云层，从东方吐出一丝红霞，慢慢扩散，时而色彩灿烂，时而一片灰暗，时而灿烂与灰暗相间，云彩在不断地翻滚，色彩在千变万化，眼看云彩中最红最亮的地方太阳即将升起,却又被云层遮住,红点亮点又消失在云雾之中……

突然间,我想起了英国诗人济慈《希腊古瓶歌》里的一句诗:"听到的声音是美的,听不到的声音更美。"

(刊于《福建文学》2000年第6期)

雪山记行

一座雪山居然耸立在北回归线旁，这无疑是个奇迹。自从古生代地球发生印支运动，把它从海底托起之后，就给这片土地带来了无比的灿烂。早在唐代，这座雪山就被誉为"神外龙雪山"而闻名遐迩，让人着迷叹绝。

我们一大早从丽江古城出发，汽车在海拔2500米高的公路上奔驰，十多分钟，便到雪山脚下。这里四季如春，奇花异草争奇斗艳，令人心旷神怡。

在云杉坪索道售票处排了一个多小时的长队后，乘缆车到山腰，再沿着林间铺设的栗木栈道，漫步于原始森林中。成千上万棵云杉参差不齐，笔直向上。三五成群的牦牛在林中寻找食物，悠然自得。零零散散的"潘金妹"（姑娘）沿途叫卖，随处可见。

绕过一个大弯，来到了云杉坪。传说这里是古时男女青年的殉情地，被称为"玉龙三国"。草坪四周云杉环绕，是观看玉龙雪山的最佳位置。"这就是玉龙雪山。"导游指着前方说。我们顺着导游指的方向望去，一片雾茫茫，百米之遥就不见人影，何况更远的雪山？

相传，玉龙雪山和哈巴雪山两兄弟在金沙江以淘金为生。一天，突然来了个魔王，霸占了金沙江，玉龙和哈巴与之大战，哈巴不幸战死，玉龙一连砍断了13支宝剑，终于赶走魔王。从此，哈巴变成了没有头颅的哈巴雪山，玉龙日夜高举宝剑，捍卫金沙江，最后变成了13座雪峰。

神话故事不可深信，但我在昆明飞往西双版纳的飞机上，从杂志上看到的玉龙雪山，确实是山顶终年积雪，山腰云雾缭绕，云下岗峦碧翠，气势磅礴，宛如玉龙腾空，十分壮观。难怪当年大画家吴冠中要来这里挥笔作画。雪山开始也是不肯露面，他便安营扎寨，耐心等待，终天在第13天的月夜里，"看到皎洁多姿的玉龙，像刚出浴的少女似的裸露了整个身段"（吴冠中《东寻西找集》）。他欣喜若狂，伏地飞动画笔，终成神来之作——《月下玉龙山》，并即兴题了一首七绝："崎岖千里访玉龙，不见真形誓不还。趁月三更悄露面，长缨在手缚名山。"听当地人介绍，玉龙雪山一年四季很少露面，只有在"月下"才能看到"出浴少女"。我们只好怀着几分沮丧、几分抱怨，挥手辞别。

第二天中午，秋阳高照，晴空万里，我们在黑龙潭公园观景。公园以森林和潭水为主，久负盛名。

沿着清澈见底的潭边往前走，经过锁翠桥、光碧楼、东巴文化研究所、龙神祠，穿过水上走廊，来到潭中心的"行月楼"，这里四面临水，清幽洁净。猛抬头，只见海拔5000多米的山峰，错落参差，峥嵘绚丽，好像一柄柄利剑指向云端。主峰山势陡峭，像一座巨大的金字塔，昂首云霄。灿烂的阳光照射着万年积雪的峰峦，银光闪耀，向世界展示一种高昂圣洁的追求。俯视潭水，雪山倒映其中，水中有山，山中有水，山水相映，美妙绝伦。正如郭沫若当年题写的对联："龙潭倒映十三峰，潜龙在天，飞龙在地；玉龙纵横半里许，墨玉为体，苍玉为神。"

在得月楼上的意外收获，远比在云杉坪看雪山精彩多了。远距离观景，如雾里看花，有一种朦胧的美，多一份欣赏少一份挑剔，多一份激情少一份冷漠，多一份浪漫少一份现实。这也符合"距离产生美感"的美学规律。生活就是这样，常常带有戏剧性。有时你很迫切，尽管花了九牛二虎之力，却难以实现；有时冥冥之中，天时、地利、人和都具备了，在你不经意间就达到了目的。所以，凡事随缘，属于你的，挡不住，不该你的，别勉强。

　　我仔细地品味着这"阳春白雪"，回想与山的相知相识，泰山之雄，黄山之奇，华山之险，雁荡之幽，武夷之秀，都领略过，而雪山的圣洁之美，我还是首次感悟，原来"最是那一低头的温柔，不胜凉风的娇羞"。

　　面对雪山，我由衷地感到，远离浮躁，回归自然，才是真正的生活。

（刊于《福建日报》2001年4月6日）

华山偶遇

据清代学者章太炎考证,"中华""华夏"的出处源于华山。

我们一行六七人一大早就来到玉泉院。玉泉院后门即华山入口,从这儿到北峰是"自古华山一条路",俗称华山峪。我们在华山峪跋涉,一路上,山上的喜鹊、白鹭、山鸡等时不时地、漫不经心地发出几声鸣叫;山涧的泉水哗啦啦奔流直下,洼水里的鱼儿在不停地游动,给清静的山谷带来了几分欢乐和喜悦。脚下的石阶每隔一两百米,就有诸如"上下求索,进退维峪"的石刻,激励着游人。

好不容易走到五里关。这里西傍绝崖,东临深壑,万分险要,俗称"通天第一门"。我们坐在"门槛"上小憩,积聚力量准备登千尺幢。突然,不远处传来一曲悦耳的笛声,只见一位白发苍苍的老农一边挑担一边吹笛,身后跟着七八个挑夫。我邀他们坐下歇息。闲聊中得知挑物品到北峰,每公斤的价格为1角3分,一趟来回一般要八九个小时。他们中年龄最大的70岁,最小的38岁,每担40至50公斤不等。吹笛人名叫程玉良,今年60岁,是陕西华县的农民,从12岁开始上山砍柴挑担唱歌吹笛,练就了边挑担边吹笛、以吹笛来换气的本领。当地有民谣:"昨夜华山行,偶闻笛子声。铁笛程玉良,满头白发苍。身不高五尺,肩挑百斤担。不扶肩上担,边走边吹笛。一曲山丹丹,人担天梯上。笛声传千里,华山又一绝。"我从老程手里接过担子试了试,走了五六十米路就吃不消了。看着他们弯曲的脊梁和O字形的腿,我想起了几天前在宁夏西海固地区见到的农民，我认为老程他们的日子比西海固的农民更为艰难。

仰望千尺幢，壁立千仞如天开一线，是"华山第一险道"，有"一夫当关，万夫莫开"之势。在千尺幢入口处的岩壁上有"回心石"石刻，告知游人此处绝壁倒立，寒索倒悬，十分艰险。这里常常使游人魂魄不定，犹豫徘徊，顿生回心。我们一行跟在老程的后头，双手紧握铁索，时不时地低头看看脚底下不规则的石阶，又抬头盯住头顶上空的物品，生怕挑夫肩上的物品滑下砸到自己。攀上千尺幢，又遇百尺峡。眼前两块岩石间悬空夹住一块巨石，似欲坠落，上刻"惊心石"。我迅速穿过巨石，回过头来再看，石上刻有"平心石"，方知妙趣。

到北峰已是中午1点多了，顿感疲惫上身，在亭阁里找到一个空位坐下，要了一碗方便面。忽见不远处有"智取华山"碑刻。服务员说，1949年国民党残部一个旅在北峰负隅顽抗。解放军侦察兵依靠当地农民向导，从北峰后悬崖上攀越天堑，击败守敌，留下"神兵飞越天堑，英雄智取华山"的壮举。站在这里遥望"天外三峰"，西瞰华山峪十八盘山道，感受李白的"石作莲花云作台"的诗句，更是别有一番情感。

我心旌摇曳上天梯，面壁蹑足长空栈道。一口气登完了东峰、中峰、南峰、西峰，到华山极顶，如入云端，出神入化，真是"举头红日近，俯首白云低"。

下山途中在金锁关又遇见老程等挑夫，一首悦耳的笛声《走西口》在华山回荡："哥哥你走西口，小妹妹我实在难留，手拉着那哥哥的手，送哥送到大门口……"

（刊于《福州日报》2004年7月7日）

登方岩小记

在一个风和日丽的清明节，我和妻子陪着爸爸妈妈到浙江永康祭祖。第二天又马不停蹄去登方岩。从市区到方岩三四十里路，不到半小时，我们就到了橙麓村村口。一下车，一座明清时期的牌坊就映入眼帘，牌坊横额上"方岩"两个鎏金大字，虽然有点儿斑驳，但仍不减其雄风。石柱上的长联"名山誉腾海外，越数万里，奇峰巍巍，风姿懿美；丽州事标史册，垂二千年，人才济济，文物隆昌"，笔力遒健，高妙典雅，是对永康历史文化和政治经济的高度概括。我们穿过牌坊，漫步在油光发亮的鹅卵石路面上，随处可见明清建筑，如明代的"得耕居"、清代的"移经堂"等，马头墙、青瓦立脊，雕砖重檐，于古朴中显得清雅。千余座古代建筑或仿古建筑全部笼罩在现代商业里，各种各样的商店、饭店、旅馆、杂货店、五金店让纵横橙麓、岩上、岩下三个村的三里长街熙熙攘攘，热闹非凡，也带动了当地经济的繁荣和发展。70多岁的老爸，从小在永康长大，对方岩更是情有独钟。他跟我说，过去永康人一般是10岁开始登方岩，每年的八月十三和九月九日人最多，一是拜胡公，二是看山上的大型民间表演。

我们边走边聊，不知不觉就走到了岩脚。这里林木蔽天，万木竞秀，满山遍野的杜鹃花、金樱子花五彩缤纷，麻雀、喜鹊等百鸟争鸣，诗情画意。广场南侧，一座巨大的照壁上刻有宋高宗的御笔"赫灵"二字。仰望方岩山，平地突兀，气势雄伟，丹霞绝壁，形似擎天方柱。一进山门，就拾阶登高。我们沿着古人在悬崖上劈出的岩路，走走停停，停停走走，400米高的方岩花了一个多小时。爬过飞桥，就到了"天门"，抬头便见清人沈藻诗云："绝壁无他径，悬崖只一关。"这是上方岩山顶的唯一通道，有"一夫当关，万夫莫开"之势。天门上建有一座两层的凉亭，驻足亭前，临空远眺，有天上人间之感。登上天门即到"天街"，200多米长的天街有近百家"天店"，店里挤满了买香买纸的游客。妈妈信佛，她在一家店里买了三把香后，就独自一人去胡公殿、广悲寺和玉皇殿烧香去了。爸爸信主，只顾看山看水，不参佛事。天街西侧有"天池"，又叫"星月池"，旁有一口古井，后来不知何时又开了两口新井，人称"三井印月"。这里曾发生过一次重大战役：1120年冬，方腊揭竿起义，永康的陈十四等人响应，次年春攻克杭州等6州52县。永康等地方官军逃到方岩，凭障抵抗。义军选此断崖裂隙攀藤上山，被官军发现后，砍藤投石，义军许多人壮烈牺牲。后人为了纪念这次农民起义，遂在井边立了一块石碑，名"千人坑"，记述了那次惊天动地的壮举。正当我们在谈论那段历史时，一位解签先生走到我表弟面前，怂恿他抽签解诗。记得表弟抽了第36签。签诗的大意是，敬神礼佛要从实际出发，不要花费很多钱财，关键在于心诚志坚，持之以恒。要不断积累小的善行，才能养成高尚的品行。上上签也。我们听后也为他高兴。

  天街尽头，有一照壁，上刻"为官一任，造福一方"8个红色毛体大字，右侧是胡公祠。导游介绍说：1959年8月21日，毛泽东在庐山开完党的八届八中全会后，乘专列路过金华时，在火车上接见了几位地方负责同志。毛泽东问永康县委书记马蕴生："你们永康什么最出名？"马回答说："五指岩的生姜很出名。"毛泽东摇摇头说："你们那里有个方岩山，山上有个胡公大帝，香火长盛不衰，最出名。其实胡公不是佛，也不是神，而是人。他是北宋时期的一名好官，为人民办了很多好事、实事，人民纪念他罢了。为官一任，造福一方，很重要啊！"

下山的路上，胡公的故事一直在我脑海里荡漾。胡公名叫胡则，曾担任过北宋的工部、兵部侍郎。史书记载：胡则"逮事三朝，十握州府，六持使节，选曹计省，历践要途"。他为老百姓做了许多好事，特别是他晚年克服了重重阻力，奏免衢婺两州丁钱的举措，受到了当地百姓的感戴。但时隔千年，为何在胡公殿烧香的人经常拥挤不堪，抢签筒、抢拜垫、抢上香，特别是胡公庙会期间，更是人山人海，每天上山朝拜的人高达数万人？难道像狄仁杰、包拯、海瑞这样的好官需要数百年才能造就一个？历史需要好官，时代呼唤好官！

不远处，隐约可见著名的灵山湖蜿蜒在群山中，十里湖区笼罩着一片翠绿。忽然，我想起了刘禹锡的"山不在高，有仙则名。水不在深，有龙则灵"……

（刊于《福州日报》2010年4月29日）

且听风去

我曾在平潭岛工作、生活过3年。

我无法准确定义幸福的含义，却能实实在在感知：蓝天下、碧海旁，老人们脸上常带着惬意与祥和，清风斜阳里畅谈往事的清淡与高远；孩子们尽情玩耍嬉戏，畅快歌唱，任时间在指尖流淌；来自海峡两岸的青年，意气风发、以梦为马，如百卉在春风中萌动……这是大开发、大发展带来的看得到、闻得着、抓得住的幸福，真真切切地存在于每一个平潭人身边。然而，还有另一种幸福，需要用心体会、用情感受，它是自然的恩赐、天然的风情，是平潭最独一无二、魅力无穷的风。

乙未春，我带着福建省第二批挂职干部中的100多人从福州出发，奔赴大陆离台湾最近的岛屿——平潭岛挂职，怀着投身开放开发大潮的蓬勃激情，怀着建设两岸共同家园的美好信念。

汽车缓缓驶入平潭收费站，映入眼帘的数十台风力发电机齐刷刷地耸立在高速公路两旁，一座雄伟的大桥连接大陆与海岛，跨过海，蜿蜒绵绵，向远处延伸。桥的两侧是一望无际的蓝色大海，海风劲吹，汽车摇晃着慢速行驶在大桥上，翻涌的海水在桥墩上激起白色浪花，时不时飞溅到离海平面三四十米高的车窗上。也许是看出了大家的疑惑不解，负责接应的平潭本地干部调侃道："水在中国传统文化中是财气的象征，可见你们到平潭挂职，不仅给平潭建设带来了强大的智力支持，还为平潭发展提供了丰富的物力资源。"汽车下了大桥，沿着宽敞的环城大道驶入挂职干部小区。车停稳后,我习惯性地开锁推门,不料却推不开,我诧异地问司机,车门坏了?他笑着说,平潭风大,下车得用力推。我将信将疑用力推了几下,车门依然没有动静,司机呵呵笑着下车帮忙打开。平潭的风,果然不容小觑!

挂职干部小区坐落在平潭老城区城东一隅,面朝大海,闹中取静。院子里有一棵长得歪歪斜斜的榕树,只见枝丫不见绿叶,时不时有塑料袋或纸张被风刮到树上"哗啦啦"作响。起初,我请清洁工及时清理这些垃圾,但后来发现这是无用功,大风似乎是没有遮拦的小霸王,吹着响亮的呼哨,隔三岔五裹挟着塑料袋到处奔跑。深夜,楼道的铁门和入户大门常常被风吹得"啪啪"作响,风扬起的沙尘穿过门窗缝隙飘落在书桌上,弄得满屋狼藉。我查阅了相关资料,见《平潭县志》载:"相传清初,浦尾十八村,一夕风起沙拥,田庐尽墟,附近各村患之。"后来,平潭的民谚用"一夜沙埋十八村"形容风大,世代相传。

因风沙漫天飞舞,过去的平潭常年"光长石头不长草",生态环境不容乐观。平潭历届党委、政府都曾在吹沙地上造林下过功夫,其中有位深受群众爱戴的县委书记白怀诚。中华人民共和国成立初,平潭贫穷落后,自然条件十分恶劣,白书记带领群众筑公路、建水库、打深井、修水渠、造盐田,植树造林,治理风沙,短短几年时间,平潭的风沙得到了有效治理,群众的生活得到积极改善。时至今日,当地的老党员们还满怀深情地称白书记是平潭的"谷文昌"。他也成为一面旗帜,激励着一代又一代后来人,前仆后继,吹沙造林,绿树成荫。

2012年以来,福建省委、省政府启动实施"四个一千"人才工程,其中一个,就是每5年从全省选派1000名优秀年轻干部到平潭挂职,躬身实践,投入创业热潮,集智聚力支持平潭开放开发。绿水青山总关情,陆续奔赴而来的挂职干部们在本职工作之余,年年都参加吹沙造林活动。近十年来,大家种下的木麻黄从林地到林带、林网,已经蔚然成林,耸立起一道道巨大的绿色屏障。居高而望,触目皆是蔚蓝色的大海,海风习习,水波不兴,而平潭的大地绿色飞歌,林涛阵阵,绿光粼粼，正荡漾着坚韧的精神与动人的传说。

2016年"五一"期间，我在大练乡党委书记郭为建的陪同下，到福平铁路项目部三标三分部调研。三分部位于平潭小练岛，岛上有3个行政村、5个自然村，村里的青壮年大多外出打工，岛上人烟稀少，人迹罕至，每天只有一艘船能够在大、小练岛往返一趟，出入十分不便。调研过程中，我与"大桥人"在工棚里座谈、研讨，深入了解大桥建设情况，深切体会到建设者们的艰辛不易。别的不说，只看这平潭的风，便足以让人畏怯。据记录：平潭全年9级以上大风58天，8级以上115天，7级以上210天，6级以上314天，基本风速每秒45米，年平均台风6—7次。在这样恶劣的条件下进行如此浩大的工程建设，其难度可想而知。

次日，我在福平铁路项目部三标党工委书记赵进文的陪同下到一线走访调研，近距离了解工人的生活起居和工作情况。赵书记介绍："平潭的海坛风口，是世界三大风口海域之一，与北美佛罗里达半岛的百慕大、非洲西南端的好望角齐名，也是历史上出了名的航船行驶禁区。目前，海坛风口附近海域还发现有20多艘古沉船遗迹。"

在这样的条件下怎么建设？我的疑问更深了。不承想，当行至10万多平方米的海面建设平台上，之前的困惑竟然瞬间消散。一片浩瀚无际的蔚蓝色海面上，在阳光热切的注视下，跳跃着粼粼的波光。大风从海天一色处推卷着海浪，翻滚着层层叠叠、洁白无瑕的浪花，一波一波地涌上来，升腾、幻灭，此起彼伏，不停地拍打着钢架，在做一场华美而盛大的绽放。与小岛的荒凉迥然不同，眼前的建设工地车水马龙、热火朝天，满头大汗、斗志昂扬的工人们来往穿梭于铁架高台之间，紧张而有序地作业。面对着浩瀚无际的大海与豪情万丈的工地，胸中的满腔热血喷薄而出，令人顿时心生"三万里河东入海，五千仞岳上摩天"的感慨。一名工人告诉我，现在所处的位置就是海坛风口，工人们所有的吃住都在这个平台上，一日三餐、长年不休，生活和工作条件艰苦可见一斑。而最令我难忘的，是在调研中，见证了世界建桥史上的一项新纪录的诞生，我目睹工人们通宵达旦连续工作20多个小时，于海风呼啸之下，把一个3700多吨、足有8个篮球场大小的主塔墩钢吊箱围堰顺利吊装成功。

赵书记告诉我："平潭大桥是中国铁路桥梁的标志性工程，也是桥梁科技创新的代表性工程，它开创了在复杂海域施工的奇迹，称得上新时代信息化技术运用的样板。"我面向大海，海风吹在脸上生疼，但内心油然而生更多的敬畏。我们这个时代的传奇，就是这些怀揣着坚定理想、执守着赤诚信念、具有英雄气概的人们所创造的；我们这个时代的精神，就是这些无惧风浪、始终勇往直前，具有英雄气概的人们支撑起来的。他们，展现了新一代中国造桥工程师们的时代风采，也表现了中国人发奋图强的攻坚精神和不屈不挠的民族精神，更折射出一个坚强刚毅的大国的世界形象！

站在海浪拍打的礁石上，迎着扑面而来的阵阵海风，我内心久久无法平静。平潭的风，曾经令人畏怯恐惧，当地百姓一代接一代不懈地与之抗争，虽然也取得了不小的成效，却终究只能做到"防守难攻"；而今，五湖四海的精英人才会聚于此，与平潭人民凝心聚力、携手奋进，终于实现历史性的逆转。人们不仅在大风大浪中创造了中国第一座公铁两用跨海大桥、总长度50多公里的环岛公路和周边一座座拔地而起的新城等奇迹，更进一步集智聚力、因势利导做好"风"的文章：按照风力发电、风电制造、风电服务、融合发展四大板块精心打造风能产业链，充分发挥产业上下游之间的协同效应，推动经济社会高质量发展；以国际风筝冲浪节为亮点的风运动产业蓬勃兴起，带动风电与旅游相融合的新业态旅游产品设计研发；集观赏性、先进性、科学性于一体的现代化综合性"风博物馆"正在建设……而今，风已成为平潭一张独特的名片，展示着"海西风能之都"的无限魅力。这是国家战略的伟大规划，是所有建设者们共同努力的成果。

一个个风中奇缘正在书写，一曲曲风之赞歌飞扬流转，曾经令人畏惧的大风，吹皱了多少沧桑的容颜，吹散了多少远行的船舷，却吹不倒改革开放奋斗者挺拔的身躯，吹不灭新时代建设者灼灼的理想。

尼采说："我们来到这个世上，就应该跟最好的人、最美的事物、最芬芳的灵魂倾心相见。如此才好，不负生命一场。"来吧，来平潭走走，看看这里的蔚蓝深海，吹吹这里的飒飒海风，领略这里的幸福蓝图，感受那一个个自海风中淬炼出来的美好而坚强的灵魂！

（收入《石帆13》，海峡文艺出版社2020年版）

山那边有条河

我的家乡在闽浙赣三省七县接合部的一个小盆地里,四面环山,与武夷山紧紧相连,山泉聚成一条小河,从山林中腹地里缓缓流出,直奔闽江。

离我家二三公里有一座"梦笔山"。473年,南宋文学家江淹被贬任浦城县令,一日夜宿孤山,梦中得到五彩花笔,日后文采飞扬。此山因梦笔生花而得名。儿时,我不知道"仁者乐山,智者乐水"的深意,也不懂梦笔生花的传说。梦笔山对我的诱惑并非它景色美而完全是为了野果。野果是我们儿时奢望的零食。每逢节假日我就和同学们一道上山采果。

浑身长着刺的野草莓以其诱人的香味和富于刺激、挑战的魅力成了儿时觅食的首选。当我们争先恐后地采摘到一口袋的野草莓时,手指已被鲜血染红。另一种俗称"乌饭子"的野果则温柔多了,表面光滑柔嫩,紫红色,比黄豆略小一点儿,味甜。将采得的"乌饭子"一把倒进嘴巴猛嚼一口,紫红色的果汁即从嘴边溢出,伸手在嘴角轻轻一抹,接着往衣服上一擦,手黑了,衣服也黑了,同学们张开满口的黑牙,你笑我来我笑你,清纯的笑声在群山中荡漾,清爽无比。

此外还上山砍柴或扒松叶。记得每次上山砍柴,我就想起电影《小兵张嘎》中的游击队员,把木柴当"鬼子",双手握刀,一刀刀向"鬼子"劈去,看到"鬼子"纷纷倒地,心里很是痛快。但高兴之余,痛苦接踵而至。回家的路上，肩膀被柴火压得又肿又痛，感觉越挑越重，路越走越远。一路上走走停停，两三公里的路程竟走了两个多小时，后来我换了个轻松的活——扒松叶，只要用铁扒或竹扒在松叶堆积如毯的山地上轻轻一扒，松叶就像滚雪球似的越滚越多很快就滚成一堆，再装进竹篓。由于有了挑柴的教训，就把松叶蓬松地装进竹篓，一路春风得意。第二天做午饭时奶奶让我帮她烧火，结果饭菜未熟松叶就烧光了。奶奶微笑着对我说，你能挑100斤却为了轻松只挑50斤，怎么能锻炼成长呢？事隔30多年，奶奶的这席话还时常在我脑海里回荡。

山的那边有条河——南浦溪，它是闽江的源头、山城的母亲河，是一条流光溢彩、清澈甜润的小河。记得七八岁时，父亲就带我到河里学游泳，开始常常被呛，呛多了也就学会了。整个夏日里，每天午饭后就背上书包骗爷爷奶奶（我自幼跟随爷爷奶奶生活）说上学读书，其实整个中午都泡在河里：跳水，打水仗，游泳比赛，潜水捡石头。偶尔还能抓到一两只小鱼呢。

小时候的上山下河让我养成了游山玩水的习惯，长大后总喜欢抽点时间到各地走走看看。尽管跑了大半个中国，但真正让我魂牵梦绕的还是自己的家乡，那里的人文、山水乃至一草一木。我常常想起梦笔山，那漫山遍野的野果和野果给我儿时带来的欢乐；常常想起南浦溪，那清澈的河水在我童稚的心海里荡漾的绿波。我心中始终坚守着那座很普通的山，它不高不陡却让我站得更高、看得更远；始终坚守着那条清澈的小河，它不宽不深却让我健康成长、心灵纯洁。

（刊于《福州日报》2004年7月13日，获2004年福建省报业副刊作品二等奖）

浦 城 女 人

那天与几位好友吃夜宵，谈起浦城女人来。有位朋友说："福建美女，数浦城第一。"

女人的美丽其实都有原因。上海美女是和当地的时尚指数挂钩的；江浙女人美丽是因为水乡和富庶；而川湘出美女是因为空气潮湿和饮食的缘故；北京美女多是因为北京是首都，是国家政治、经济、文化的中心，优质资源云集，美女自然多；扬州盛产美女是因为当年盐商十万，富甲天下，温饱思美色，而后十万美女聚集扬州。

浦城出美女，首先是那里山环水绕，空气潮湿，滋润皮肤，紫外线弱，自然条件优越，很养人。其次是遗传基因好，浦城是中原进入福建的门户要道。南宋首都迁徙杭州，与浦城近在咫尺，金灭宋后，大批宫女纷纷逃到浦城隐居。清兵入关，中原许多有钱人南逃迁居浦城。人口流动性大的地方，人群肯定就会出现杂居，而研究证明，基因的地理隔离，可以培育出优良品种，最明显的例子就是混血儿大都漂亮可人。

据说过去福建才子进京考试，无论是陆路还是水路，都要途经浦城，因为那里的女人太漂亮，许多才子忘记了考试，乐不思蜀，上演了无数动人的故事。浦城有个九石渡，坐落在水北街镇观前村，村庄虽然已经破落，但是沿溪很长一排吊脚楼，现在依然清晰可见，那是当年才子佳人的聚集地。

浦城女人不仅长相标致，而且个个装扮得体。她们虽然身处山区，但是所采集到的时尚信息却非常新潮，她们看《瑞丽》，读《昕薇》，由于地理优势，许多有钱的女人还时不时专程去上海大百货购物，而没钱的浦城女人也能把普通衣服穿得有型有款，走出去一副山清水秀的好模样。

女人如花，浦城女人如桂花（素有浦城县花之美称），轻盈小巧，玲珑可人，散发幽香，有着江浙女人的婉约风范。她们外表如水般温婉，但内心直爽干脆，洒脱坦荡。戴望舒笔下撑着油纸伞、行走在雨巷的"丁香一样的结着愁怨的姑娘"在浦城处处可见。

浦城女人能干持家，贤惠淑良，上得厅堂下得厨房。她们忙于事业之余，也会把家里打扫得窗明几净，把家人打扮得光鲜得体。她们心灵手巧，是打理厨房的高手，烹制的家常小菜胜过八大菜系，泥鳅芋子煲、清明果、蛋皮燕等浦城名吃，她们都是信手拈来。如果你来到浦城，点上一盘蛋皮燕，首先你会惊愕于浦城女人的独特思维，居然能想到这样的方法来结合蛋与肉。而后，你一定会被它的独特口感所折服。普普通通的鸡蛋和猪肉，一经浦城女人神奇的手，立刻出神入化。

浦城女人做人低调，做事高调，不甘平庸。她们乐观向上，吃苦耐劳，实现自我价值。不少女人下海创业，当起了老板，产业遍及饮食、服装、百货，甚至工厂或建筑工程等，足迹遍布大江南北。

浦城自古人杰地灵，崇尚文化蔚然成风，无论大户还是普通人家都重视私教，不但名门闺秀吟诗作画，小户女子也喜读诗书，从古至今，孕育出不少才女。宋朝时浦城女词人孙道绚的词作曾名噪一时，《词苑丛谈》一书盛赞她："堪与李清照颉颃。"因为对文化的爱好，我因此有缘结识了不少文化界的浦城籍才女，她们中有的担任省文联主席，有的是报业副刊部主任等，无论哪个岗位，她们均秀外慧中，才华横溢，因饱读诗书而显得气质如兰，浦城才女也因此声名远播了。

曾见浦城女人的诗中有这样的句子："天地樊笼小，我心天地宽。"这是她们胸怀的写照。浦城女人相信宽阔的胸怀是永远的天空，每一个生命都能善意地相处。五代时期，浦城的练氏夫人，用大爱拯救了万户黎民，使其免受血光之灾，被建瓯百姓尊为"芝城之母"。浦城女人有着包容的情怀，通情达理，与人为善，她们以豁达乐观的人生态度，感染着周围的朋友和亲人。前年，北京市评选"十大道德模范"，一位浦城女人名列榜首，她以大爱捐助无数素昧平生的孤寡老人，使其安度晚年，用最朴素的行动折射出生命的灵光。

说到底，浦城女人，是泥鳅芋子煲喂大的，是桂花熏大的，是南浦溪水灌大的，是这一方土地养大的，因而她们是浦城所特有的。如果你想看美女，就请到浦城来吧，漫步五一三路街头，无论是亭亭玉立的少女，还是牵着小孩的少妇，或是霜染两鬓的阿姨，她们的灵秀和韵味，都会让你忍不住频频回首。

（刊于《福建人》2012年第9期）

浦 城 男 人

浦城交接闽浙赣三省，是福建的最北端，山延两脉，水流三江，山清水秀，历史悠久，是浙派文化和赣派文化的集散地，同时又散发着浓厚的本土气息。我在浦城生活了30多年，感觉这里的男人兼有浙人和赣人的基本特征。

浦城男人耿直，无论做人做事，直来直去，实实在在，不拐弯；说话像竹筒倒豆子，有多少倒多少，不留底。在酒桌上浦城男人更是豪气，即使酒量一般，也是大碗大碗地喝，否则就有待客不热情之嫌。要是迟到了，还要自罚三碗，表示很真诚、很男子汉的样子。都说"三个女人一台戏"，酒桌上三个浦城男人更是一台戏，他们说的是浦城话，猜的是浦城拳，喝的是浦城苞酒，吃的是泥鳅芋子煲。

浦城男人务实，他们待人真诚，做事实在，就像浦城水北的酸枣糕、黄壁洋的酸腌菜，美味可口，也许不好看，但一定好吃，而且有着独特的地方味道，是任何地方都无可替代的"实实在在"的味道。这种务实，体现在工作上，就是求实，一步一个脚印，讲诚信，不浮夸，工作富有成效。

浦城男人义气，这与赣文化有关，味重、吃辣、喝酒、出英雄。浦城男人自古以来重义，为朋友两肋插刀的事绝对干得出来，并且不计后果，他们只看眼前利益，只负当下责任。浦城男人又有浙文化的基因，他们既能想事，又能干事。浦城男人的义气还体现在老乡情结上，在外工作的浦城男人只要一听家乡话，就倍感亲切、易走近，能相互帮衬。

有位南平市直机关的"一把手"告诉我，他分别在南平的C市和浦城担任过领导，调回南平不久，就到省委党校学习，3个月里，就是与浦城人联系得最多，吃饭喝茶，谈天说地，无拘无束；而唯有一次C市人请吃饭，结果是有事找他帮忙，让他感慨无奈。

浦城男人包容。海禁开通前，浦城是连接南北的桥梁和纽带，备受朝廷重视。汉代，浦城称汉城；唐代，浦城改称唐城，是个移民县城，老百姓主要来自江浙、江西和中原的其他省份。浦城男人一般都会上海话、浙江话或江西话，有的乡镇甚至只会浙江话或江西话，而不会浦城话。浦城男人常常对讲普通话的外地人心怀敬仰之情，外地人在浦城工作，无论是从政还是经商，无论是老板还是打工仔，浦城男人都能以诚相待，时间久了，还能成为朋友。

浦城男人能干。自古以来，浦城儒学盛行，学风正统，梦笔生花。宋代有8位宰相、20位尚书和4位状元。恢复高考以来，浦城隔三岔五总会冒出高考状元。会读书、勤做事、会做人等几种因素凑在一起，铸就了浦城男人有所作为，事业有成。武夷山市委常委中一度80%以上都是浦城人，南平市直机关三分之一的处级干部都是浦城人，近几年还出了一位省委书记。上海的建筑市场60%以上由浦城人经营，亿万富豪还真不少。

浦城男人长寿。浦城秀山丽水，气候宜人，适宜人居。20世纪80年代曾以"舞城"著称，90年代又被冠以"休闲之城"。茶馆酒楼遍布大街小巷，甚至连水北观前的溪鲜酒店，无论是周末还是工作日，都绝对火爆。这些年，麻将摊层出不穷，城里乡下，高层市井，"砌长城""斗地主""打炸弹"，笼罩全城上下，个个都是活神仙。在这种小富即安、知足常乐的环境中，老百姓能不长寿吗？河滨街道宝山村，人均寿命92岁，我爷爷活了105岁。

2005年浦城的猫耳弄山商代龙窑遗址群和2006年浦城管九先秦土墩墓先后被列入"全国十大考古新发现"。浦城男人还有什么新特点，有待你去进一步考证。外地的姑娘，当你了解了浦城男人的这些特征后，假如你想嫁人，不妨带上你的嫁妆嫁给浦城男人。

爷　爷

爷爷叫陆英松，1904年出生，属龙——属得其所，一辈子游历四方：生于杭州，8岁迁居上海，14岁到南京学医，上海沦陷后，先后逃难到重庆、四川、浙江等地，最后定居福建。

我从小就在爷爷家生活。那时，爷爷月薪50多块钱，奶奶是家庭主妇。除了每月给太婆（爷爷的妈妈，住上海）寄10块钱生活费外，每天早饭后，爷爷就从上衣口袋里掏出一块钱给奶奶，作为我们仨一天的伙食费。那时物资匮乏，许多东西都要凭票供应，如每人每月猪肉半斤、面粉1斤、油3两、米23斤等。似乎除了空气、水和青菜以外，其他都要按计划供应，尽管生活艰苦，但很幸福。当时颇为时髦的"四大件"——收音机、手表、自行车、缝纫机，我们家早就已经有了两大件，至于自行车和缝纫机，我们家基本用不着。在我读幼儿园和小学期间，还没有"零花钱"这个概念，除了过年爷爷和父亲各给一块的压岁钱外，就是平时卖一些废品的收入，全年合计也不过六七块钱，但足够一年买小人书、学习用品和一些零食的开销了。在那些艰难的日子里，爷爷常教导我："好木头，既能做棺材，也能劈了当柴烧。"见我听不懂其意，爷爷接着又解释说："既要学会做皇帝，也要学会做乞丐。"我由此知道，男子汉，要经受得起大起大落和大风大浪的考验。

爷爷对我要求很严。学龄前，他就在墙壁上挂着一大一小两块黑板，他每天早上在小黑板上写五个字，教我识读，知其大意，接着就要我每个字在大黑板上用粉笔抄十遍。晚饭前考试——爷爷读,我默写,如果有一个字写不出来就要挨骂被打,直到考试合格,才能吃饭。如此几年下来,我在上小学一年级前,就已经认识500多个汉字了。在读一年级的时候,爷爷让我用钢笔抄信。有一次,我抄一封写给他妹妹的信,才抄第三行,就被站在身后的爷爷发现抄错了一个字。按照爷爷的提示,我立刻涂改更正,结果还是少不了挨打。爷爷身材魁梧,力气大,打起来痛得直钻心底。我一边哭泣一边重抄,很是痛苦。从二年级开始,爷爷就要求我没话找话地给他的亲戚写信了。每次写信都免不了或多或少地被打骂,写信成了我一个沉重的包袱。此外,他还要我临摹柳公权的《玄秘塔》,每天午饭后写一张纸——现在,我还保存有小学二年级以来的书法习作。后来,练习书法和写作成了我生活中的一种习惯。

每天早晨鸡一叫,爷爷就起床晨练。他总是第一个到单位上班。每次为病人治疗后,他都要用"来苏水"洗手消毒,这既是一种习惯,亦是他的基本生活态度。他不仅严于律己,对待家人也很严厉。一天,我父亲在街上看大字报耽误了上班时间,迟到了半个多小时,结果遭到爷爷的拍案批评。但他对待同志却非常热情宽厚。20世纪70年代初,我母亲和她的一个同事都请爷爷帮忙弄一张购买缝纫机的供应券。后来,爷爷搞到了一张票,给谁呢?爷爷考虑到,前不久他身患重病,近半年时间都是妈妈的这位同事每天到家里给他打吊针。为了报答这份情谊,最后他把票给了妈妈的那位同事。平时,如果遇到有家庭困难的病人,爷爷总是减免医疗费、手术费等。有一次,一个病人没钱买车票回家,爷爷知道后立即拿出10块钱给这个病人……奶奶得知后,责怪爷爷对家人抠门儿,对别人大方。爷爷却说:"帮助别人,就是帮助自己。"

爷爷的生活极其简朴。1954年从浙江龙泉迁徙到福建浦城后,他就一直住在后街那间古老破旧的40多平方米的木板房里。有些衣服裤子破了,他就自己缝补一下在家里穿,有两双长筒袜子是三双改成一双的，有两件内衣是由多件旧内衣拼接起来的。夏天由于买不到合适的汗衫，他就把破蚊帐改成汗衫穿，熟人看了跟他开玩笑说："您这么著名的医师，咋穿这个啊！""没钱买呵！"爷爷笑哈哈地回答。冬天，闽北天气湿冷，他不用电热器，坚持烧木炭取暖。一个冬天下来，一二十块钱就够了。为了节约用电，家里的灯泡一律都是15瓦的，后来又换成了8瓦的日光灯和3瓦的节能灯。为了节约用水，爷爷把洗脸用的长条毛巾换成了小方巾，我百思不解地说："用水又不要花钱。隔壁就是水井，要用多少我去挑就是了！"爷爷却说："要知足啊。"直到很多年后，我才悟出节约是一种习惯。

　　平时我的朋友到家里来访，只要在家门口叫我的名字，屋里的爷爷就知道是谁来了，常常直呼其名，分毫不差，其耳聪目明和超强的记忆力让人惊叹不已。更为神奇并让我吃惊的是另一件事：2007年10月，我陪爸爸、妈妈去浙江龙泉走亲访友。在河村，爸爸专门到老房东家看望儿时的好友，并合影留念。第二天，我们返回老家后把相片给爷爷看，我问他认不认识与爸爸合影的人。他摇摇头说，不认识。我提示道，那个人就是1949年前你们住在他家里的保长的儿子。"哦，是胡根生。"爷爷脱口而出，让所有在场的人听后都目瞪口呆。

　　2005年2月，爷爷的脚扭伤引起股骨局部骨折，骨科医师要求他卧床治疗三四个月，并告诉我们说："老人家想吃什么，你们尽量给予满足。从临床上看，七八十岁的老人一般躺个把月就没了，何况他已经100多岁了。"爷爷在卧床治疗的数月里，除了受伤的脚以外，仍然坚持每天锻炼，如举哑铃、自我按摩、练气功等。结果不到4个月，爷爷就奇迹般地康复了。卧床期间，他还让我弟弟（永基）烧掉了数十张借款收据。爷爷顽强的生命力主要源于他积极、开朗、自律坚守和豁达淡然的人生追求和生活态度。此外，一是运动。他常说："生命在于运动。"他每天早晨5点起床锻炼身体，几十年如一日，风雨无阻。二是食素。他告诫我们说："病从口入。"三餐要少盐少油少辣，提倡吃新鲜菜，反对吃腊、腌、熏、炸的食品。爷爷上班到81岁才离开单位回家休息，但病人仍慕名找到家里求医。为此，他专门腾出一间做工作室为患者治病，日复一日，年复一年，一直工作到92岁。

2008年春节前夕，我们全家从福州赴老家过年。晚上8点多钟，爷爷给我父亲挂来电话，当他老人家得知我们还要一个多小时才到浦城时，关心地说："你们一路辛苦了，晚上早点儿休息，明天再来看我。"接着又跟我母亲说："你要信耶稣啊。"这是爷爷留给我们的最后一句话。第二天早上，当我们去见他老人家时，他因脑梗已昏迷不醒。四天后，爷爷去了那个天国之家……

（刊于《福建文学》2011年第9期）

后　　街

后街，在浦城城北一隅，东接五一三路中段，西连马车埂205国道。大概是因为当年南浦溪水路交通发达，取沿岸的一条街为前街——有前就有后，这条街远离溪水，因此就叫后街。近二三十年来，后街几易其名，改到现在许多人已不知它曾叫后街。

后街是浦城最古老最热闹的街巷之一。我曾在这儿住了30多年，它的热闹躺在床上就能感受得到：凌晨3点多邻近的屠宰铺就开始工作，凭猪惨叫的声音大小和次数，我就知道宰了几头猪。板车拉着猪肉经过我家门口到供应点，每人每月凭票供应半斤。一会儿，雄鸡打鸣，邻居开的豆腐店石磨开始转动，将那些前一天用水浸得饱满透亮的黄豆磨成浆，然后沥浆、煮浆，成卤后舀到一块木板上压成豆腐，再加工成豆干或豆皮，边做边卖。农民陆续进城沿街卖菜、卖柴、卖鸡、卖蛋，此起彼伏的叫卖声不绝于耳，那是几个小摊贩在东方红小学门口做生意。卖烧饼的炉火烧得很旺，师傅把做好的烧饼坯整齐地放在台面上，再用一把湿湿的刷子在炉壁上迅速一刷，即在上面贴满烧饼，关上炉口两三分钟后，烧饼就做好了。刚出炉的烧饼色黄，入口脆香。还有卖油条、卖油饼、卖盒子糕的，那葱花和油炸的香味，缠绵得直钻心底，多少年来都不会忘记。

我的童年在爷爷奶奶家度过。爷爷是远近闻名的眼科医师，早年在南京中美眼科研究所工作，抗战期间逃难到浦城后一直住在后街。我们家的后门与五六户邻居的后院互通，分别住着闽、浙、赣等三四个省份的人，有医生、农民、工人、教师等，各种方言通过单调的灰蓝色服装交汇在一起。除了我们家之外，他们都有一到两分的菜地，种有茄子、韭菜、豆角等。还有三四户人家养猪，其中一户是干部，养的猪较多较肥。几乎家家户户都养鸡养鸭，客人来了，就到鸡窝去摸鸡屁股。后院还有一口水井，生活很是方便。黄昏，男人打赤膊，穿拖鞋，左手端碗，右手拿筷，不约而同地凑在一起，或坐或站，边吃边聊。老人惬意地坐在家门口的石碇上，慢慢悠悠地摇着芭蕉扇……

隔壁是第三旅社，门口有一个古井，井壁苔痕青青，有提水的、洗菜的、洗衣服的，还有刷牙、洗脸的，把水井围得严严实实。晨雾朦胧中街边门口或立或蹲着一些人在刷牙，也有刷马桶的。卖酱油的担子走到跟前，拉着长调喊一声："卖——酱油喽……"担子挨着马桶放下，主妇就三三两两地围拢上来。她们虽然身穿睡衣，发髻蓬松，却仍透出晚春般的缱绻，风韵依然撩人。

只要有时间，我总喜欢回后街走走。

细长的后街，两旁长满垂柳，常年一片翠绿，婀娜摇曳，绿影婆娑，映着泥墙灰瓦和木板房，古朴宁静。青石和鹅卵石路面被来来往往的行人踩得油光发亮，颇有戴望舒《雨巷》那种韵致。放眼望去，满街多是单层木屋，两边的房屋向街心对开门面，一间紧挨一间，一座挨着一座，鳞次栉比。居民把晒衣服的竹竿横在自个儿门前，也有搭在对门屋檐下的，人们在后街行走时，头顶常常飘着衣服裤子和婴孩儿的尿布片。开店铺的，白天卸下门板营业，晚上嵌上，吃住都在里面。没有一扇光洁通透的玻璃橱窗，原木的颜色被时光染成了酱黑色，却不失洁净整齐。

离我家一箭之遥的"水井头"（本地方言，水井周边的意思）有一座古宅，是后街保存较为完整的古建筑，里面住有二三十户人家。它是后街的符号：斑驳的泥墙，古老的砖雕，长满青苔的瓦背，雕梁画栋的建筑。这份古老和宁静，只有走近它，你才能真切地感受到。邻里的老人们聚在"大门头"（本地方言，门口的意思）抽烟、喝茶、打牌，谈笑风生；几个男人坐在街边的竹椅上下象棋，有时为一步棋争得面红耳赤。人们过着自个儿油盐酱醋、锅碗瓢盆的悠闲生活。

我家对面的东方红小学曾是我童年的乐园。操场旁边有一口池塘，里面少不了鱼、虾和螺。我们追逐嬉闹罢了，总忘不了到那儿，或在水面上飞瓦片，或沿塘摸螺蛳。有时也会遇到个把高一两年级的毛毛头，俨然头目，吆五喝六，指挥着一帮年龄更小的光屁股。教室后面有一片三五亩的菜地，地里种满了蔬菜、辣椒和葱蒜。每逢夏季，藤条附在泥墙灰瓦上不停地延伸，爬满了围墙，上面长满了凉粉籽。我常用竹竿把熟透了的凉粉籽打下来去换凉粉吃。

从教室到礼堂，从办公室到厕所，所有的露天连接路面都是青石板和鹅卵石。一场小雨就浇绿了路面，湿润细腻。嫩草和青苔一夜间挤出石缝，爬上石阶，露珠晶莹，绿意充满了石间的缝隙。低洼处流着雨水，清清的，浅浅的，一脚踩下，那水仿佛从石头中溢出。盛夏，校园也毫无暑意，四通八达的石头路让你沁凉无比，清幽的苔藓、灵秀的绿草和数十棵百年老树编织了一片阴凉儿。即使漏下几缕阳光，热能也已减半，还平添几许斑斓、几分趣味。有时，可见蟋蟀突然从围墙的石缝里弹出，飞得不远；知了在树上不停地浅唱，一只停了，另一只接着又唱；偶尔池塘里还会传出几声悠扬的蛙鸣……

哎，后街！

那是我儿时充满梦想和快乐的老街，黏糊糊的麦芽糖、五光十色的玻璃珠、竹节做的弹弓、木制的红缨枪；和小朋友从吴家穿陈家，围着猪圈捉迷藏；少男少女边跳牛皮筋儿边唱儿歌，那首伴随我童年的儿歌《月光光》，至今还记忆犹新："月光光，照四方。四方圆，卖铜钱……"

对门住着一个赣剧团的乐师。每天清晨，从二楼那间矮小的阁楼里就会传出清脆的笛子声或悠扬的二胡声，悦耳动听的旋律在后街回荡……

（刊于《福建文学》2011年第9期，收入《福建文艺创作70年选·散文》）

从"路索斋"到"三闲堂"

勇于追求是一种精神，勇于超越是一种境界。

的确，尘世中有太多的功名利禄，有太多的追求思慕。用什么样的心境看待世界、生活、人生，以什么样的人生观、价值观、世界观去感悟身边发生的一切，是一个人一生能否快乐与幸福的源泉。

我曾将屈原沉吟泽畔的"路漫漫其修远兮，吾将上下而求索"作为座右铭，以激励自己。求索已成为我生命的常态，那是一种探寻，一种追求，一种对文学、艺术、人生的审视和发现。我孜孜以求，探寻未知的世界，追求美好的理想，审视快乐的人生，坚持永恒的真理……因此曾给书屋取名为"路索斋"。

漫长的求索过程中，我感觉到无论是文学、书法、美术、篆刻、摄影，还是别的艺术追求，都有三种境界：描摹自然，"清水出芙蓉，天然去雕饰"，此其一；高于自然，走过最初的阶段，必然"见山不是山，见水不是水"，此其二；回归自然，返璞归真，毫无斧凿之痕，天人合一，此其三。

艺术如此，人生亦如是。一个人若要达到真正的成熟、圆融，也必得与尘世合而为一。这不是对尘世的妥协，而是一种自觉，是千帆过尽的淡然与超拔。

这时，拥有达观的人生态度，看淡一切名利得失，宠辱皆忘，平静如水。"不以物喜，不以己悲"，平和地待己待人、待事待物。放下一切俗务，犹如一叶小舟漂在浩渺水面，"纵一苇之所如"，放下目标，放下压力，无为，然后无不为。

这时，拥有安时处顺、自由自在、恬静淡泊的心境和生命情怀，这不仅是为人处世的状态，更是感应自然宇宙的态度，是人生的自由之境。

这时，虽身在尘世，精神却能超脱出来，不离开现实而又超越现实，不将外物当作满足功利欲望的对象，而是审美的对象。远置现实而又不隔离现实，对生活持若即若离的态度，就能于淡然、旷达的境界中品味、享受人生。

读闲书，做闲事，当闲人。读一批经典著作，与先贤进行心灵交流；走几处山水名胜，与自然的天地进行交流；写一些心得文章，与自己的灵魂进行交流；做一点儿慈善事情，与人类社会进行交流。从尘世的羁绊中解脱出来坐看云起，这样的生命安谧又超然、闲适又自由、自然又亲近。

于是，我将书屋更名为"三闲堂"，开始自己的另一种人生。

诗意的栖居
——浅谈文化与生活

什么是"文化"？古往今来，千言难解，万语莫辩。文化是屏风周昉，是岁久丹青，是"金蟾啮锁烧香入，玉虎牵丝汲井回"的悠渺轻绕，是"琢瓷作鼎碧于水，削银为叶轻似纸"的精巧细致，也是"日暮沙漠陲，力战烟尘里"的雄浑苍茫。《周易·贲卦·象传》有言："刚柔交错，天文也；文明以止，人文也。关乎天文，以察时变。关乎人文，以化成天下。"也就是说，"文化"即"人文化成"，是人类在社会历史实践过程中所创造的物质财富和精神财富的总和，大到历史地理、风物人情、文学艺术，小至生活方式、行为规范、思维理念，可以说是一个包罗万象、含意深远的概念。

往大处说，文运即国运，是一个民族灵魂。从小处来看，是精神记忆和心灵家园，它是活生生的，散落于寻常百姓间的点点滴滴："画罗织扇总如云，细草如泥簇蝶裙"说的是服饰文化，"人间巧艺夺天工，炼药燃灯清昼同"说的是器物文化，"廊腰缦回，檐牙高啄"说的是建筑文化，乃至"秦烹惟羊羹，陇馔有熊腊"的饮食文化，"寒夜客来茶当酒，竹炉汤沸火初红"的茶文化，和"红泥小火炉，绿蚁新焙酒"的酒文化……可以说，人类各种生活要素形态，如衣、冠、文、物、食、住、行等，都可以衍生成为独特的文化景观。从"元宵争看采莲船，宝马香车拾坠钿"的节庆民俗，到"飞鸿戏海逑劲藏，舞鹤游天灵韵扬"的书画艺术，文化并非仅是阳春白雪、高山流水，更多是下里巴人、田野乡间。在我看来，于日常琐碎中发现诗意，在繁杂庸俗里演绎诗情，就是走进文化、感受文化、拥抱文化最好的方式。就如诵吟的老僧、佩剑的侠客、抚琴的美人，都曾激起诗人们的灵感而得以吟咏成篇，即使平凡如伐薪的樵夫、垂钓的渔翁，甚至浣纱的村妇、弄笛的牧童，也因诗意的美妙赋予而入书入画，谁又能说这其中不是蕴含着深邃的文化情感和文化记忆呢？

然而，现代生活以便捷的交通、无处不在的网络，填满了日常生活的所有空隙，一味追求速度和节奏的粗糙不断滋生缺乏人文关怀的世界观与价值观，对人类生命自在和灵魂自由产生了越来越严重的侵蚀，建筑大同小异，景点似曾相识，流行转瞬即逝，传统逐渐流失……现代生活正在以它机械复制的枯燥和单调消磨人们对文化的敏锐体验和深度理解。追本溯源，其原因正是想象力的缺乏和诗意的缺失，是静观人生起落、体察人事冷暖、享受生命美好能力的退化。2017年春节，央视播出的《中国诗词大会》电视节目，掀起了古典诗词文化热潮，一时间，"朋友圈"被诗词曲赋刷屏，无数男女老少被诗词达人圈粉，显示了人们内心对传统文化所蕴含的民族精神、人文价值和生命力量的渴望。而这不得不归功于古典诗词辞采优美、意象丰富、情感充沛和蕴含隽永独特魅力的启迪，也就是诗情的召唤和诗意的启发。

《文化生活报》将文化融入生活，在生活中体现文化，在寻常物象间经营审美形式，追寻诗意精神，以图文并茂、诗情画意的方式，营造高雅的艺术交流氛围，致力于推介优秀文化，提倡品质生活，表现诗意栖居，体现了浮华喧嚣中坚持艺术品位的追求，在当下的快餐消费观念中，更是难能可贵。《文化生活报》还始终保持着对福建文化深切的关注，以诗意的深情，挖掘城与人的故事，探寻历史和经典的传奇。其内容从文苑资讯到艺术动态，从人文景观到风情民俗，从传统工艺到城市文明，通过关注与人们休戚相关的环境、绵延不断的传统与深邃广博的心灵，守护榕城文脉，启迪民众智慧，让城市的人文精彩得到璀璨绽放。这份在现代生活中明确自我定位、清醒自我认识的坚持，有如安慰人心的和风细雨，更如月夜盈亮的光华明灯，蕴藉和指引着每一个在城市中不息奔波的灵魂。

（刊于《文化生活报》2018年第1期）

永恒的飞翔

我生长在福建北部的一个山城，那里有清澈见底的小河，连绵不绝的青山，高远蔚蓝的天空，稻浪翻滚的田野……这一切，让我陶醉和入迷，使我对大自然有着天然的感怀和依恋。大自然以其力量之源、艺术之泉，召唤着我，激励着我，在现实生活中寻找超越，寻找感恩，寻找自己的精神寄托。

我很欣赏柳宗元的"心凝形释，与万化冥合"，其意思是：为了与自然生命抗衡，追求人与自然的同一，达到庄子的"天地与我并生而万物与我为一"的哲学化境。这，就是我进行摄影创作和散文创作的动机，是我追求的境界。

纵情自然、融入山水、天人合一是一个艺术家的文化品格，是逃避平庸、远离丑恶、追求宁静、回归天然的最佳生活方式和创作境界。我始终追求雅致、超脱、闲适、淡泊和智慧的艺术人生，与自然山水结伴而行。

《飞翔的痕迹》共分为七个部分，分别是："生命之旅""行走西藏""新疆印象""八闽散记""九州采风""异乡行吟""延伸阅读"。这主要是根据行走的地域范围进行划分，但又力求突破地域文化的表面描述，在面对中华大地这块充满人文情趣、古老神秘的疆土时，努力表现它在历史演进中的深层人文内涵，并融入人生哲理的阐发和人生况味的体验。因此，我眼中、笔下的自然山水，不完全是"眼中"

的自然山水，更多的是"心中"的自然山水，我尝试在书中构筑起一个拙朴、沉稳、恢宏、深邃、超然的艺术境界。

我努力把自然、生命、宗教融合到一起，追求自由、人道和终极关怀，竭力表现人文立场和精神姿态，表现血性和风骨的支撑。如第二辑"行走西藏"，这种指向就比较明显："让我们以敬天祭地之心仁爱于万物和众生，让神的光辉照耀到自己的身心，让我们的生命海拔，拔地而起。""他们的灵魂是飘扬在路上的经幡，迎风祈福，并宽恕所有的苦难与伤痛！""不是流落天涯，没有年华虚度，而是一路血性的长啸，一路彻底的释放，一路智者的沉思。"……我努力使摄影散文创作指向一种深度的开掘，力求突出人文的光辉和禅意的境界，同时强调内在意蕴的性情或禅意化。如："禅宗，就是入世后的出世，拥有后的放弃，是安静，是空灵，是淡泊。""常有大隐者，在喧嚣的尘世、熙攘的人流中，安静着一方心田。禅存于心，无论在何处都是安静的。"

创作中，我努力融入对中华文明的思索与缅怀，力求写出历史的灵魂，借山水风物与历史精魂默默对话；提倡散文的真实美和自然美，力求在哲学层面和文化意蕴上寻觅更广阔的空间。如，在第六辑"异乡行吟"中，徜徉于山水之间的我，时刻从自然中体味真理，体味思辨："岁月流逝的是战争，是权谋，是欲望；历史绵延的是情感，是佳话，是大爱。""敦煌是一个奇迹、一个传说、一个建立在尘世上的宫殿，它在流变中固守自我，在传播中兼容并蓄。它寂寞而又神色灵动，灰暗而又光彩夺目。它是宗教，是信仰，是神灵，又是众生。"我对中华大地上自然景观的描绘，并不仅仅是一种表层美的铺陈与渲染，而是致力于一种更深入肌理的求索和思考。

在语言表述上，我努力呈现一种原生态的、充满着自然和想象的诗性思维。我将生命的体验予以真实记录，将内心的情绪与对自然、生命的体验相互融合，在开阔而舒缓的语言节奏中，力求一种闲适、灵动的情调，做到细腻而自然，富有质感，带给人遐想。如："与天为伍，与地为伴，逐水草而居，仰天地而存，生旷古之幽情。""它是包容，天南地北，举杯邀月，共饮今宵的醉。它是前卫，乘着时光的列车，风驰电掣，抵达明天的世界。它是独特，在现实的门外，如一把冷月弯刀，直击世俗的平庸。"

《飞翔的痕迹》一书中，根据不同的地域，我力求写出不同。如，名胜古迹，写出它的美学内涵和深沉悠远的历史沧桑感；山川景物，努力写出一种灵动的境界和超拔的感怀；风土民情或人物生活，努力注入人类的精神品格和新的文化憬悟，让自己在艺术穿透力和美的哲思方面得到提升。

此外，书中还有个特殊的部分——"哲学履痕"。在这一部分，我努力冲破规行矩步，放逐山水之间，认识它，体验它，让自己在感应中获得警醒，获得哲思。如："减轻肉体的负重，提升灵魂的品质，返璞归真，回归自然，才能找到生命的真实存在，才能回到人生的原点。""心里有光明就看见光明，心里有黑暗就看见黑暗，心灵如果是空灵的明镜，就照见大千世界的本相。"在此，哲学与自然、哲学与人文共同创造了一个美好的精神世界，这也是我与自然契合和厮守的结果，是我的精神渴求和理想愿望在现实之外思索和寄托的结果。

我一直认为，散文与摄影是相似的。它们都是以拼合、呈现的方式，使某些事物更加完整，具有美感；都是通过节奏、画面、形式、质感、发现、表现等，来表达作者的情绪、意趣、审美，往深里说，就是以深邃的、奇崛的意象，折射作者的人生观、世界观。

个人的审美意境、人生态度直接支配着整个摄影创作过程：从审美体验、艺术构思到艺术传达，从审美表象、审美意象到艺术形象，甚至从具体的取景、构图、布光到后期制作，每个阶段、每个环节都不同程度地体现着个人的审美理想和艺术情趣。或"寓情于景"，或"借景抒情"，将个人的意境潜藏在客观写实的艺术形象之中，深入发掘心灵深处的意境变化，让瞬间氛围和人物的喜怒哀乐等意境成为永恒，如《遇见》《男人和女人》《宝贝》《母亲的脊梁》等。此外，根据不同的题材，提炼主题、构图、调控光影效果，将自己的主观情绪和意境糅进艺术形象中，如《坐而论道》《天问》《故乡》《泸沽湖上的等待》等。

  在摄影与散文相结合的创作过程中，总是一先一后，一个是直接面对生活或自然，一个则是面对已经完成的艺术品。这就是说，摄影是从生活或自然中去发现，并把它艺术地再现出来；散文则从已有的发现中去再发现，从而把欣赏者的目光引导到某一个特定的视角上。我将摄影与散文相结合，不是简单地再现人文形象和自然景观，更多地考虑如何糅合进自己的意境、思考，使作品超越有限的方寸之地，具有更深邃的内涵，实现从画面的感性认识到文字的理性认知的飞跃，呈现出在有限画面中表现出无限理性外延的状态。

  要创作出好的摄影散文作品，关键在内在功夫，即人文关怀、精神魅力与文化品格的铸造上。具备良好的品格、素养，超越功利、安雅从容的心态，才能使拍出的图片、写出的文章有灵气和大气，才有深厚的内涵和永恒的感染力。古人说："何处楼台无月明？"只要自备一双"审美的眼睛"，培育一个"易感的心境"，那么，一山一水，一草一木，即使平凡渺小，也能触动个人的情致，寄予理想，陶冶情操，也能以独到的感悟，拍出独到的图片，写出独到的文章。

  从镜头的对话到心灵的激荡，到对现代社会的了解和体验，到对人类文明的观察和思考，乃至对自身存在的价值和评估，我以为，摄影散文深层的意义在于此。

（收入《飞翔的痕迹》，海峡文艺出版社2011年版）

百 姓 美 食

有的人以吃"燕鲍翅"自诩为高档次，一餐下来少则几千元，多则数万元。菜贵得离谱儿不说，而且有时同桌的人互不熟悉，坐在一起没话找话——找话题干杯，找理由敬酒；还得注意自己的仪表是否得体，言辞是否得当。一顿饭下来，既花费了时间，又让自己身心俱疲。

相比吃这种"大餐"，我倒更喜欢那种百姓美食。

三年前，我出差到四川成都，在当地朋友的陪同下，上午游都江堰，下午逛宽窄巷、观武侯祠。参观结束已近黄昏，朋友说："到隔壁的锦里走走，晚上就在那儿尝尝四川小吃。"

锦里是四川历史上最负盛名的古街之一，早在秦、汉、三国时期就闻名全国。这里的一砖一瓦都渗透着蜀汉文化，店家的招牌别具一格：三顾园、张飞牛肉、三大炮等，处处古色古香；富有三国时期浓郁特色的皮灯影、曹营坝、煮酒坊目不暇接……

还没有游遍锦里，就已经饿得两腿发软了。我看了看表，跟朋友商量："7点多了，我们找个地方吃饭吧。"

"小吃一条街"全长约150米，有四五十家店，路边的小方桌张张爆满，两米多宽的巷子人山人海，被挤得水泄不通。我走到一家担担面铺前停下，店面虽然很小，却有汤汁等三种面臊十多个品种。面臊就是我们通常所说的"面卤"或"浇头"，四川人习惯把面臊分为汤汁面臊、稀卤面臊和干煵面臊。我喜欢汤汤水水，就要了一碗红烧牛肉面。

红烧牛肉面，按字面理解，就是面里有牛肉，其实远不止这个。我记得师傅还在碗里加有盐、醋、酒、味精、酱油、生姜、葱花、生蒜、芝麻粉、胡椒粉、辣椒油、花椒粉、碎米芽菜等一二十种调料。我左手端碗，右手拿筷，站在路边的人群里稀里哗啦地吃了起来，那热气腾腾、又麻又辣的感觉直钻心底，直吃得满身大汗、涕泪俱下、感叹不止。

平时吃饭，面食是我最爱。但我怎么也没想到，担担面居然这般好吃！我问朋友有何玄机。他指点说，担担面好吃，关键在面臊和调味。面臊的制作很讲究：把猪腿肉剁成酱，用少许的油把甜面酱划散，然后用文火煮，加盐、胡椒粉、味精等调味，等肉酱变成茶色即起锅。此外，调料也非常重要，川菜的精髓就在于把很多的调味原料组合在一起，达到和谐统一。怪不得这么好吃，原来是样样都有讲究啊。

几片牛肉一挂面，是绝对上不了宴席的，但在百姓手里却化为神奇。柔韧的面，麻辣的汤，说不出的美味。于是，后来两次去西藏出差途经成都，我都要专门到太升南路的担担面馆去吃三块钱一碗的担担面。

做工讲究的担担面毕竟还有几片牛肉，而30多年前在建阳地区（现南平市）少体校期间，一碗更贴近百姓的美食——豆腐酿粉，则让我至今难忘。

1976年冬，我被选拔到建阳地区少体校射击队。这是一所半军事化管理的业余少年体校，每天早晨5点起床跑10公里，上午在地区一中读书，下午到军分区靶场训练射击。我在小口径步枪组，为了提高枪支的稳定性，按规定，训练都要穿棉衣棉裤和大皮鞋，把自己武装得严严实实。那时条件很差，户外训练没有遮盖或遮阳，特别是夏天，每次训练完毕，棉衣棉裤都是湿漉漉的。第二天衣服裤子再反过来穿，继续训练。因此，我们的衣服和裤子都黄里带白，并且有咸咸的味道。晚上进行体能训练，如举重、俯卧撑、杠铃等，记得我才十四五岁就能推举90公斤、挺举80公斤、俯卧撑一次200多下。由于体能消耗量较大，加上物资匮乏，常常上到第二、三节课就饿得前胸贴后背了，待下课铃声一响，我就背起书包开溜。

一中大门右拐到黄华山脚下的大榕树旁，小巷里有一家小吃店，老板是邻县的建瓯人，专卖豆腐酿粉。建瓯人把豆浆叫作"豆腐酿"，豆腐酿粉实际上就是豆浆泡粉条。

豆腐酿粉的制作工艺很讲究：粉条原料要选用小松乡的晚米，磨粉的粉浆要揉透，榨粉要用细孔粉饰，粉条煮熟捞起后还要用清水洗三遍，再放到竹筛里沥干；豆子以绿皮田埂豆为佳，豆浆里不能有一点儿泥沙，煮豆浆要煮到面上结起豆腐皮才行。

我找了一个空位子坐下，老板熟练地把粉条夹到碗里，倒入豆浆，再加酱油、红酒、味精、姜末、葱花、辣椒等，一碗花花绿绿的豆腐酿粉很快就好了。

我迫不及待地埋首于五彩缤纷的碗里，刹那间，高强度训练后的疲惫、比杠铃还沉重的饥饿感，都在氤氲的豆香气中化为乌有。顿时，五脏六腑舒坦无比，浑身上下充满了力量。

如果比豆腐酿粉还简单，用最少的原料能做出什么呢？那就是我儿时在老家常吃的豆腐丸啦。

记得在读初中一年级时，那时的浦城二中才刚起步，它是从1949年前的一所农业中学逐渐发展起来的，一共只有四幢两层楼的教室，老师挤在一间旧木板房里上班。学校没有大门、没有围墙，四通八达，周边都是农田、鱼塘。从我家到学校除了一条铺有水泥路面的小巷外，还有五六条通道，如穿过徐宅、潘宅、张宅、李宅、"一百间"（院内有99间房屋，当地百姓称100间）等都能到校，具体走哪条路完全凭感觉。我常常是经潘宅上学，放学从"一百间"出来，这都是因为"一百间"的隔壁有个豆腐丸店。

师傅是个左脚残疾的中年男子，个子瘦小。店铺很简陋，七八平方米的空间，门口摆着一个木板架子，底下有两个炉灶——锅有猪骨头和目鱼骨的高汤，一锅清汤。四周的壁板被烟熏得发黑，但客人却络绎不绝，两张小圆桌常常爆满，门前还站着不少人等候。

我站在师傅身旁一边等一边看他制作。记得，他先把嫩豆腐置于钵中搅烂成酱，裹猪肉粒做馅儿，用汤匙一粒一粒地舀到装有面粉的碗上摇滚，做成橄榄球状后倒入锅中煮熟，待丸子浮出水面，即连汤舀到碗中，接着又往碗里加酒、醋、酱油、辣椒、葱花、姜末、胡椒等作料。

  我双手接过满满的一碗豆腐丸，立即俯首深深地吸了几大口那香喷喷的味道，接着一口一粒，连嚼带吞，吃了一碗又一碗，一连吃了三四碗，还觉得意犹未尽。老天爷，这热气腾腾、清香四溢、雪白柔嫩的豆腐丸实在太好吃了！如今的豆腐丸店虽然满街都是，但我再也没有吃出当年那种美妙的滋味了。

  民以食为天，食以简为真。简单，是酣畅，是通达，更是一种境界和追求。简单而不简易，平凡中见不凡，真正的美食就在百姓之中。

  （刊于《福建日报》2011年3月1日）

豆

南方人钟情豆，是因为豆在南方人眼里有灵性。"红豆生南国，春来发几枝；愿君多采撷，此物最相思。"就是最好的写照。我与豆却是因为缘分。

因为种在田埂上，南方人称豆为"田埂豆"，实际上也就是北方的大豆。

我的家乡在闽北山区，那里到处是莽莽苍苍的青山、穗浪翻滚的稻田。山区中稻田的面积都不大，尤其是那些山脚下的梯田，一直往半山腰上延伸，越往上面积就越小，有的甚至仅容一只木桶，农民称它为"脚印丘"。因为稻田的面积小，田埂就很多。田埂一多，种的"田埂豆"也就跟着多了。

这种豆在家乡还有另外一种叫法，在"青春期"，因为色青，故称之为"青豆"。青豆是一道可口味美的蔬菜，譬如"青豆炒辣椒""青豆炒鱼干"等，都是人人喜爱的佳肴。

记得小学三四年级的时候，跟着爸爸到乡下吃喜酒，从"开鼓饭"到"谢厨"，一吃就是四天，那几日天天跟着几个表兄上山砍柴、抓鸟，下田摸田螺、捉泥鳅、"烧青豆"，很是快活。所谓"烧青豆"，就是到田埂上把结果的青豆连根拔起，放在架起的火堆上烧烤，一会儿就热气腾腾，待闻到香味，青豆就熟了，再一把一把地掰开，塞进嘴里，大口大口地吃。那种感觉，至今不能忘怀。

俗话说七颗黄豆抵一个鸡蛋，意思是说黄豆的营养价值高，在市场上可以出好价钱。"一粒豆子还可以讨一个老婆呢。"这是小时候听奶奶说的。她说从前有一个小男孩，自幼父母双亡。有一天，邻居老爷爷送一粒豆种给他，说："孩子，你拿去种吧。"于是，小男孩就把这粒豆种种下，当年就收获了一些豆子。第二年，小男孩又把这些豆子全部种下。如此好些个年头过去了，小男孩靠一粒豆起家，终于娶了一个老婆。

说到黄豆的营养，又勾起一桩往事。14岁那年，我被选送到地区少体校射击队练习射击运动。那时每个月的伙食费只有9块钱，为了增加营养，家里每个月要磨5斤米粉（4斤米、1斤黄豆分别炒熟后，再混在一起用石磨磨成粉）托运到体校，每天晚上训练后，就舀四五瓢米粉到碗中，加少许白糖，再用滚烫的开水调拌，直到糊状，香喷喷的。两年多高强度的体校生活，黄豆是我健康成长不可缺少的营养品。在物资匮乏的年代里，豆是我们这一代人最美味的零食和最滋补的营养品了。

家乡有一种苦槠树，结的果叫苦槠果。秋天，苦槠结果了，农民就用竹竿敲打，直到苦槠果全部坠地，而后剥壳、晒干。用苦槠果做的豆腐叫"苦槠豆腐"，用苦槠豆腐熬泥鳅，是家乡的一道名菜。苦槠果炒熟了吃，带有淡淡的苦味，一定要加黄豆一起炒，那淡淡的苦味融入黄豆浓浓的香味后，其味妙不可言。

黄豆装进竹筒里，加入些水，口子用稻草盖着，半个月后就长出长长的尾巴，成了豆芽菜。如果把黄豆磨成浆，还可以做豆腐、豆浆、豆沙饼等。若炒上一碗，扔进嘴里，再喝上一口家酿的糯米醇酒，那实在是一种田园诗般的享受。前几年到西泠印社参加一个国际书法篆刻交流活动，绕道绍兴拜访了兰亭，还在鲁迅笔下的咸亨酒店感受了一回孔乙己。说实在的，家乡的黄豆配苞酒绝不比茴香豆配老酒逊色。

时代的发展在不断丰富我们的生活内涵的同时，也逐渐淘汰了一些跟不上时代的生活，这就是优胜劣汰的自然法则。社会发展到今天，人们的生活水平得到了很大的提高,对生活的需求开始讲究一种质量、一种境界。比如说原先似乎洋的东西都好,什么"洋油""洋火""洋布"等。现在却不同了,"土"的东西备受青睐。如今,吃鸡要吃"土鸡",吃菜要吃"野菜"。不过,青豆也好,黄豆也罢,并没有随着时代的变迁而落伍。在家乡,每每到了酒家饭店,不少人还会高喊一声"炒一碗黄豆配苞酒";要是到了乡下,在农民家里,能吃上一盘"苦槠炒黄豆",那已经不是一件容易的事情了。

因为豆,引出了许多话题,虽然对于今天来说,这些陈年往事不能说有多大的意义,但是,至少可以勾起人们对昨天艰辛生活的回忆,唤醒人们对今天富裕生活的珍惜,激发人们对明天小康生活的追求。

(刊于《福建通讯》2003年第12期)

吃 茶 去

在唐代，从谂禅师对来访的人总是说一句话："吃茶去。"到了宋代，圆悟禅师把吃茶提升到更高的层面，提出了"茶禅一味"的哲学命题。禅师们把吃茶作为研究禅学的一个重要载体，甚至把吃茶当成禅学的一部分，通过吃茶，悟出禅意。所以，古人吃茶以独饮为最高境界，吃的是禅茶。在这种文化背景下，普普通通的吃茶从物质层面被炒作到了精神层面，从老百姓开门"柴米油盐酱醋茶"七件事，到文人雅士"琴棋书画诗酒茶"七件宝，吃茶成为中国人的物质生活和精神生活不可或缺的一部分。

现代人吃茶并没有那么讲究，主要是休闲，8小时以外，邀三五位朋友到茶馆小坐，想怎么吃就怎么吃，想吃什么茶就吃什么茶，白茶、红茶、绿茶等应有尽有，任你挑，早茶、午茶、晚茶形式多样，任你吃。茶文化博大精深。吃茶成了中国人的国饮。

我曾在红茶和乌龙茶的发源地武夷山工作了5年，起初并不吃茶，原因是浪费时间、浪费金钱、你喝我喝的杯子不够卫生。一天，市委书记张建光跟我说："不会吃武夷岩茶，就不懂武夷文化。"还送了两盒大红袍给我。为了了解武夷文化，我在办公室里配备了一套上好的茶具，一有空就学着吃文化茶，四五年下来，茶吃了不少，但茶文化却没有多大长进，以至于三年前答应张建光书记的一篇茶文章迟迟写不出来。

武夷山的茶叶品种繁多，有以茶树生长环境命名的不见天、过山龙等；有以成茶香型命名的肉桂、十里香等；有以神话传说命名的大红袍、铁罗汉等。此外，还有产自保护区的红茶，如金骏眉、正山小种等近千个品种。为了搞懂茶文化，我多次到"三坑两涧"和桐木村等茶山茶场，与著名的"三刘一王"等茶人交朋友，吃茶聊天，听他们讲茶；还经常陪客人去"大茶壶"吃金佛手，看骏眉令；去茶博园看茶史，观武夷印象；去天星村看斗茶，观表演；去御茶园看十八道茶艺表演，茶女演绎的是人生，嘉宾吃的是道茶。

吃茶是武夷山一道亮丽的风景线，"千年儒释道，万古山水茶""大红袍，红天下"等横幅标语随处可见；大街小巷，城里乡下，茶叶店铺天盖地，无论你走进哪家店铺，店主都会热情地请你吃茶。旅游是武夷山的支柱产业，游客一旦吃了生意茶，一般都会买一些上好的大红袍，价格高低，那就要看你吃茶的功夫了。

到机关单位、工厂学校乃至部队营房办事，遇到熟人，必先吃工作茶，然后再办事，如果碰到一泡好茶，水厚、香正、甘爽、味活俱全，吃着吃着就开始逗起茶来，吃到甘味生津、唇齿留香，陶醉在岩韵和兰香中。在这种氛围里，不懂茶也会吃茶，吃多了，自然就懂了。如果你想吃好茶，不妨在清明节前后去一趟武夷山，这是制茶的最佳时节，茶香弥漫着整个武夷山。九龙窠是武夷山最负盛名的吃茶处，涓涓溪水，薄雾缥缈，鸟语花香，一边听"武夷第一泡"讲茶，一边吃大红袍茶，一边看悬崖绝壁上的6棵大红袍树。

吃完茶，在返回度假区的途中，赵朴初先生的"千言万语，不如吃茶去"又在脑海里回荡。

明天再去吃茶……

（刊于《福建日报》2010年12月26日）

岩茶滋味

一种茶有一种茶的滋味。要吃出一种茶的滋味，既难，又不难。

难的是因为祖国地大物博，江山如画，凡风景名胜处，必产名茶。唐宋以来，名茶就遍布大江南北：西湖龙井、洞庭碧螺春、庐山云雾、云南普洱、湖南毛尖、苏州茉莉、四川甘露、台湾高山、武夷岩茶等，数不胜数。

有了好茶，还得有好水，否则，再好的茶也吃不出滋味来。苏东坡说，泡茶要用山泉水，他在《西江月·茶词》里说："龙焙今年绝品，谷帘自古珍泉。雪芽双井散神仙，苗裔来从北苑。"古人的"评水观茶"，在宋人颜奎眼里觉得意犹未尽："茶边水经，琴边鹤经，小窗甲子初晴。"弹琴必有鹤舞，名茶须用山泉，则是对水提出了更高的要求。

有了好茶和好水，就能吃出茶的滋味吗？早在宋朝的皇帝徽宗就下过结论了："不行。"他在《大观茶论》里说："盏色贵青黑，玉毫条达者为上，取其燠发茶采色也。底必差深而微宽，底深则茶宜立而易于取乳，宽则运筅旋彻不碍击拂。"可见，要吃出茶的滋味，好茶、好水之外，还必须要有好盏。

不难的是，有时一票好友、一番景致、一段茶话，突然让你激动起来，顿悟出茶的神韵，吃出茶的滋味，立马有了难舍难分的依恋。就像鱼儿在水中游却忘记了水的存在，人在吃茶却忘记了茶的存在一样，把物质上升到精神，把生命融入自然中，达到天人合一的境界。如武夷岩茶之于我，它的滋味是空气里飘过的茶香，是晨露中渗出的茶汁，是阳光下飞翔的鸟儿……

我曾在岩茶的原产地武夷山工作了5年,对岩茶有过全面的了解。武夷山的农民世代以种茶为主,家家户户都有茶山茶场、茶馆茶店,无论富裕程度高低,他们都悠闲自得,乐在其中。陆游曾说:"建溪官茶天下绝。"岩茶让武夷山人富有,岩茶使武夷山人长寿,武夷山人是幸福的。在他们眼里岩茶就是神,他们每年都要在九龙窠举行盛大的祭祀活动。数百名僧人云集九龙窠,在天心永乐禅寺方丈的引领下,佛经在山涧回荡,香火在茶山袅袅,大红袍被"披"上了红装。

岩茶品种众多,有岩茶之王大红袍及铁罗汉、白鸡冠、水金龟、半天腰、白牡丹、金桂、金锁匙、北斗、白瑞香等十大名枞上千个品种。即便每天吃一个品种,1000多个品种也得吃个三四年。有如此多好茶相伴,岩茶的滋味不经意间不期而遇。

初夏的一天下午,武夷山庄总经理李军约我到"秋水潭"吃茶。秋水潭坐落在一片绿茵中央,一望无际的草坪和各种树木尽收眼底,潺潺潭水在脚边流淌,时不时还看见几尾鲤鱼悠闲地摆着小尾巴,美不胜收。大厅正中,挂着张天福老人的书法横幅——中国茶道精神:俭、清、和、静。李军从怀里掏出一泡包装精良的大红袍,边泡边说:"这是赤石村一个制茶世家送的,据说已有73年了。"我俩自泡自饮,从大红袍聊开去,谈古论今,嬉笑怒骂,吃着吃着,忽然豪情涌来,唇齿留香,两腋生风,心有所动,虽暮霭四合却浑然不知,身处红尘已魂游天外。

只因眼前这一泡7克重的大红袍,让生活充满了憧憬,岁月显得无限美好。滋味这东西,有时候千金难求,有时候如野花闲草,信手拈来。这一刻,岩茶是如此美丽:"从来佳茗似佳人。"名壶名器名心在,佳茗佳人佳气生,品味恬淡宁静的心境,淡定中见滋味,苦涩里有兰香。

或许,这就是岩茶的滋味。

(刊于《福建日报》2011年9月15日,《福州日报》2011年1月24日)

洗尽古今人不倦

——读乾隆《冬夜煎茶》有感

乾隆爱茶，是清朝皇帝乃至历代帝王中出了名的。相传，当乾隆85岁即将退位时，一位大臣谄媚："国不可一日无君啊。"乾隆却笑言："君不可一日无茶啊。"这位爱茶也爱诗的皇帝，一生曾写过几百首茶诗，如《观采茶作歌》《坐龙井上烹茶偶成》《荷露烹茶》《再游龙井作》等，至今仍是咏茶诗词中的经典佳作。而乾隆少年时期写的《冬夜煎茶》，无疑是当时最杰出的代表作之一。

《冬夜煎茶》收录在乾隆的作品集《乐善堂全集》中。"乐善堂"是雍正御书赐名之所，是乾隆少年时期研习经典、吟诗诵文之处。此时的乾隆，已深得雍正的赏识，在此接受正统的学习和系统的训练，其习作内容也十分精彩，既有兴邦富民的政论，也有读书学习的心得，更有不少日常生活的随感，尽显乾隆青少年时期的意气风发、壮志雄心，《冬夜煎茶》是其中的一篇率真之作。虽然该诗是乾隆少年学习苏轼《和钱安道寄惠建茶》的习作，但全诗对仗工整有序，文辞典丽优美，内涵丰富多彩。而最令人叫绝的，是它区区百字篇幅，从"味道""情趣""境界"三个层次，将武夷岩茶的醇香、妙绝、通达的特征展现得淋漓尽致。

茶是饮品，故论茶先品其味。作为喜欢品茶的乾隆，饮遍大江南北名茶珍品，从杭州的龙井，到湖南的银针，再到云南的普洱……可以说，天下没有乾隆不曾品尝过的好茶，其中武夷岩茶是乾隆的最爱之一，他在《冬夜煎茶》一诗的开篇即对武夷岩茶的品质给予了很高的评价："建城杂进土贡茶，一一有味须自领。就中武夷品最佳，气味清和兼骨鲠。"在乾隆看来，建宁府进贡的各种特色茶品，武夷岩茶是其中的佼佼者，究其原因就在于："定州花瓷浸芳绿，细啜慢饮心自省。清香至味本天然，咀嚼回甘趣逾永。"无疑，武夷岩茶品质的上乘，就在于它出自天然的澄碧之色、不事雕琢的淡雅之香，以及那霸道醇厚却极耐咀嚼的悠长回味，这是武夷山水得天独厚的神作。这方灵秀佳境，有千壑竞秀的三十六峰云蒸霞蔚泻飞翠，有蜿蜒婉转的九曲溪水碧波涟漪荡流光，奇秀甲东南的碧水青山孕育了武夷岩茶"流华净肌骨，疏瀹涤心原"的曼妙生命。再经采摘、萎凋、做青、炒青、揉捻、初烘、复焙等十几道传统工艺的精心制作，造就了武夷岩茶绝无仅有的品质：在色泽乌润的外表下，具有香气幽远而耐人寻味、滋味甘醇而回味绵长的"岩骨兰香"，难怪乾隆盛赞其味甚至超过了茶圣陆羽描绘的"隽永"滋味。

　　茶是生活，故论茶重在情趣。乾隆嗜茶成癖，除了喜好茶的清醇回甘、唇齿留香之外，更是沉醉于赏茶品茶的意趣和情调。据徐珂《清稗类钞》等文献记载，深谙"茶佳还得泉水好"的乾隆，用"水以轻者为上"为原则，曾为了煎煮茗茶，特制一银斗，专门用来衡量天下名水名泉轻重而定优劣等次。所谓茶的情趣，就在煎茶的讲究、品味的过程、赏鉴的氛围中氤氲弥漫，闲雅而悠然、宁静而致远。正如《冬夜煎茶》一诗中，有星空闪烁的寒夜、影影绰绰的灯光、轻曼摇动的月影等环境渲染，有阶前取井水、竹枝生火、石鼎煎焙等煮茶程序铺陈，还有观察茶汤逐渐沸腾、欣赏泡沫逐渐绵密泛白等识茶意趣白描，衬托了平常无奇的寒冬之夜，因一杯温热的茶而显得格外生动活泼，这正是茶不同于其他饮品的独特情趣。

　　而对于盛产岩茶、喝着岩茶长大的武夷山人而言，这份情趣更纯粹自然。一方面，是武夷岩茶自身特性带来的"绝·妙"意趣。岩茶的粗壮结实、性和不寒、久藏不坏的独特品质，适合活水慢煮。品饮前，先用沸水洗涤茶具，再把茶叶倒入盖碗，然后沸水高冲，片刻后将茶汤倒出，整个操作过程必全神贯注、利落灵巧、分寸得当，犹如艺术表演,美轮美奂。品饮时,茶未入口,香气已沁,瞬间劳倦顿消、心旷神怡的感受,更是堪称奇妙。品饮方法更是奇妙,袁牧在《随园食单》中曾入木三分地评析:"杯小如胡桃,壶小如香橼,每斟无一两,上口不忍遽咽。先嗅其香,再试其味,徐徐咀嚼而体贴之,果然清香扑鼻,舌有余甘。一杯之后再试一二杯,令人解躁平矜,怡情悦性。而觉龙井虽清而味薄矣,阳羡虽佳而韵逊矣。颇有玉与水晶品格不同之感。"把品饮岩茶的情趣展现得十分生动形象。

武夷岩茶的独特情趣还在于"茶即生活"带来的"慢·享"体验。2021年习近平总书记在武夷山考察时,颇有感慨。漫山遍野,碧海缀金。茶,成了武夷山千家万户的宝。因为盛产岩茶、历史悠久,茶进入了武夷山千家万户,这里几乎人人喝茶。邻里串门喝茶,走亲访友喝茶,即使闲来无事,也要喝上几杯,方觉身心畅快。武夷山不仅随处可见茶的身影,而且处处都能听到人们谈茶论茶,从茶的起源,到武夷岩茶的特性,从鉴茶的标准,到品茶的层次……武夷山是名副其实的"茶道"之乡。所谓茶道,其内涵正是强调氛围和情趣,提倡在人与自然的和谐共处中,静观溪水流云,倾听鸟语蝉鸣,享受淡泊宁静的人生。无疑,武夷山具有这样"天时地利人和"的独特条件,青山环绕,绿水蜿蜒,品一杯岩茶,润一道回甘,那些烟尘俗世的烦愁被渐渐抚平,都市快节奏的焦虑被缓缓消解,何其享受,何其美妙。

茶是文化,故论茶谈的是境界。乾隆对苏轼的《和钱安道寄惠建茶》中前所未有地以耿直名臣汲黯、盖宽饶比拟好茶的神来之笔,毫不掩饰地表达了钦慕和欣赏,更是参照模拟苏轼原句"纵复苦硬终可录,汲黯少戆宽饶猛",写下了"坡翁品题七字工,汲黯少戆宽饶猛"的词句,不仅提升了品茶的境界,更传承了中国文化"知人论世"的精髓。

中国是茶的故乡,也是茶文化的发源地。中国素有礼仪之邦之称,茶文化的本质内涵,就是通过煎茶、沏茶、赏茶、品茶等一系列生活习俗,与中国文化的礼仪传统相结合,形成具有鲜明民族精神文明特征的文化现象,即"礼节现象"。"礼"在中国,自古以来就被用于定亲疏、决嫌疑、别同异、明是非，是社会的道德规范和生活准则，更是民族精神文明传承的核心。因此，茶文化的"礼节现象"，其实质就是关于人与人、人与社会、人与自然关系的深刻理解和生动实践。由此衍生出无论是种茶、采茶、制茶等工序精细的茶业，还是茶联、茶画、茶书等流传悠久的茶事，抑或是茶艺、茶德、茶理等奥义深邃的茶道……都体现了古人对茶的极致追求，不止于舌尖滋味的直观感受，而是深入生命的意义探寻。所以，以茶喻人，以茶道论世事，正是中华文明礼仪的体现，更是千百年来传统文化的承传。武夷岩茶条索紧结而香气清远，汤味醇厚而回甘清爽的"活、甘、清、香"特征，十分符合中国古代礼仪对于君子刚直不阿而敦厚诚朴、博大仁爱而儒雅从容的高标人格想象，更符合中国传统文化对于善其身而兼天下的生命理想追求。

　　唐代著名诗人元稹曾作一首誉茶的名诗谓《一七令·茶》，其中一句"洗尽古今人不倦，将知醉后岂堪夸"一语道破茶的风韵无穷。而今重读这些诗词名句，我们更深刻体验到中国茶、中国茶文化的博大精深，武夷山茶文化更是其中的瑰宝，岩茶不仅象征着武夷山水的灵秀，更承传了中华民族优秀传统文化的精粹。在万涛激涌蓬勃、百舸争流的新时代，我们要按照习近平总书记"把茶文化、茶产业、茶科技统筹起来"的指示，牢牢立足本土优势，充分发掘丰富资源，科学合理探索开发，使武夷岩茶绽放新彩，真正达到"洗尽古今人不倦"之新境界。

2021 年 11 月 3 日

运 动 之 旅

我与体育运动结缘于少年时期。1976年,那年我13岁,从浦城县第二中学初中一年级被选送到建阳地区(现南平市)少体校小口径步枪射击队,从此开始了两年的射击运动训练。射击队实行半军事化管理,每天早晨5点半起床做操、跑步,上午在建阳一中读书,下午在少体校训练,晚上在健身房锻炼,直至10点关灯睡觉,周而复始。

艰苦的训练,让我学会了苦中作乐。记得有一次,我和一名队友在实弹射击月考评中未达标,林教练罚我们俩在足球场上跑30圈。彼时正值盛夏,烈日当空,沙尘炽烫,我们光着膀子从下午3点一直跑到傍晚5点多。当跑到仅剩两三圈时,队友好像突然发现新大陆似的叫嚷道:"你快看,教练早走了,根本没人管我们,跑30圈和跑27圈有什么区别?咱们回去吧!"我望了望周边,也有点心动,但转念又想,既然跑到这了,不如权当作训练也罢,于是笑着说:"算了,就剩两三圈,跑完拉倒。"于是我们连跑带走,边说边笑,互相鼓励着坚持跑完了全程……欢乐的笑声伴着洒满操场金黄的余晖,那是飞扬少年倔强而无畏的稚嫩,是青春年华灿烂而蓬勃的憧憬。

虽然在体校的日子才两年,但这样高强度、严规范、有规律的训练生活却让我终身受益。多年后回望这段时光,炽热的骄阳不再滚烫,涔涔的汗水不再酸涩,留下的是淡淡回甘的清泉,缓缓流淌在悠长的岁月中,沁润滋养着生命的成长。诚然,运动之于人类而言,其重要性早已不言而喻，不仅能够锻炼强健的体魄，更是锤炼坚忍的意志、培养自律的品德、敞亮开阔的心胸、修炼通达的性情的重要方式。对于我而言，因为射击训练的专业特殊性，于是更有了一层特别的体会，那就是对于"专注"的感悟。

射击是所有运动项目训练中最枯燥的一种，队员们必须笔直地站成一排，齐刷刷面对靶板，反复训练几个规定动作：举枪——瞄准——射击，一站就是两三个小时，要求身体稳定、动作娴熟。这可不是一件容易的事。因为那时的设施条件十分简陋，日常训练都是集中在临时搭盖的简易木棚里，难免风吹日晒雨淋。特别在炽热的炎夏，当头烈日直晒下来，甚至晒得头顶油毡冒烟，酷热难耐。为了保持动作的稳定性和连贯性，我们还得穿着军用棉衣棉裤，更如火炉中烘烤，不消几分钟便汗流浃背，全身虚软。往往训练完毕，衣裤早已被汗水层层浸透，人也精疲力竭了。我还特别能出汗，以至于每次训练之后，我的棉衣棉裤都能拧出水来，因为来不及清洗，只能挂在走廊风吹晾干，反一面第二天继续穿。如此日复一日，步枪队所有队员的棉衣棉裤正反两面都是一道道醒目的白色汗斑，我们常互相取笑这是典型的"花衣裳"。

对于这样艰苦的训练生活，一开始我是很难适应的，所以初到体校时，我总是努力不够、表现一般，于是教练对我的印象也很一般。到体校后的第二年正逢全省青少年射击比赛，赛前教练特地找我谈话："看你这周训练的成绩是否稳定，如果成绩没有上去，就没有资格参加这次全省比赛了。"眼看处于淘汰的边缘，我不觉有点慌了，于是拿出前所未有的劲头，认真刻苦训练了一周，结果出乎意料地打出了入队以来最好的成绩：在小口径步枪 3×10 项目比赛中，以 253 环的成绩打破了全省最高纪录，被授予国家二级运动员称号。基于这次比赛成绩，在离队后的几年里，我还陆续受邀参加了全国小口径步枪通讯赛、福建省第五届体育运动会、全省（宁德）青少年射击比赛等三项赛事，颇有点"一战成名"的意思。

这次比赛虽然只是漫长人生岁月中的一次经历，却让我深刻体会到"专注"对于个人意志培养训练和能力进步提升的重要性。清代段玉裁《说文解字注》中释"专"为："从寸，叀声。职缘切。一曰专，纺专。"即手转纱轮纺纱，离散的纤维被集中于一束，所以"专"引申为专注、专一；而"注"则是"挹彼注兹"，引申为"灌"也。由此可见，"专注"便是专一关注，即集中思想、汇聚精神、倾注精力。以专注之意心无旁骛深悟精研，以专注之志披荆斩棘攻坚克难，以专注之力砥砺奋进突破创新，可以说，"专注"是考验水平高低、决定事业成败的重要品质。但人是社会性动物，不可避免要处于各种错综复杂的人情交往和烦冗琐碎的事务交杂中，要做到在万象缤纷中聚精会神、于千头万绪间潜心笃志，首先需要集中时间和精力，因此实现"专注"的首要前提，就是要科学高效管理时间。

意大利著名政治家、哲学家马可·奥勒留在经典的《沉思录》中早有明言："大多数我们说的话和做的事都是可有可无的。如果避免这些，你将获得更多的时间，更多的宁静。"科学管理时间，就是正确辨识和高效处理人情事务，从而实现精力的最大能量化和思想的最大价值化。以我的体校训练生活为例，每天除了体育训练，就是文化知识学习，训练作息简单到枯燥。但正是这种高度节律、规范、严格的时间安排，最大限度保证没有人事芜杂分散注意力，没有信息纷繁影响判断力，从而确保运动员达到精神的高度集中和能量的强效发挥。这种极致化的时间管理方式，提醒我们注意时间安排对于实现"专注"的重要性。毕竟人的精力是有限的，无法事无巨细平均分配，要想"专注"于一事一物，就必须保证投入的时间和精力最大化。科学规划、合理安排、高效管理时间，就是要删繁就简减少不必要的人情世故，以去芜存真整合同类的事项杂务，化零为整利用日常的碎片化零散……在时间的磨砺中锻炼更专注的品质，打造更专注的修为。

科学高效管理时间，为实现"专注"提供了充足条件，但"聚精会神"只是"专注"的初级状态，要达到"物我相融"乃至"物我相生"的更高境界，还需要身心的协调统一。以我参加的小口径步枪射击为例，该项目对立姿、跪姿、卧姿都有极其严格的规范要求，运动员要做到端枪、瞄准、扣扳机等动作完全协调，就必须熟悉掌握并很好地协调心跳频率、呼吸节奏、身体稳定等因素，这也是为什么炙热的三伏天还要身着棉衣棉裤训练的原因，即通过对身体的高强度训练，促进身体律动配合精神集中，达到"身心一致"的境界。从事任何一项事业，皆同此理。身体的散漫，必然影响注意力的集中和能量的发挥。著名的日本作家村上春树早就直言，作家除了要有才华之外，最重要的就是专注力和持续力，而这两样能力都可以通过后天训练来提升。他数十年如一日坚持跑步，几乎每天都要跑10公里以上，参加过大大小小几十场马拉松比赛，就是以高度自律的运动训练身体、锤炼意志、提升能力。而更进一步看，身体自律其实也是时间管理的生动体现，合理安排规律的训练或科学的修养，就是高效调度与自我身体坦诚对话和开敞交流的时空，从而更深入地了解、把握和管控身体运行的规律，这是开发身体潜能、促进"身心协调"、实现"全神贯注"的重要方式。

身心协调的境界固然美好，但并非一朝一夕可以达成，必须经过反复磨合与不断炼造，所以体育训练要日复一日地强化练习，就是为了促进形成深刻而强大的肌肉记忆，熟悉掌握丰富而奥秘的身体密码，从而使运动员更充分自如地调整控制身体状态。而精神训练往往比身体训练更为重要。亚里士多德曾把人类的智慧分为三类：纯粹理性、实践理性和技艺，他认为运动属于技艺，不是简单的机械操作，而是在实践理性指引下实现的智慧开发，这就是人们常说的体育运动是"力与美"的深层含义，即体育运动不止开发身体的物质潜能，更拓展思想的精神境界，这也正是"专注"的核心本义。与规律的身体运动训练相似，思想精神的训练，就是要坚持持之以恒的学习积累和与时俱进的探索进取，在不断适应新的趋势变化中了解新的范围领域，在掌握新的知识技能时充实新的思想观点，不断开敞辽阔的视野，丰富思想的格局，让精神和身体在积极提升中同频共振，实现完美的协调统一，爆发蓬勃的生命能量。

时至今日，回想起现代奥林匹克运动的发起人顾拜旦所言，仍觉得警示深刻："生活中重要的不是凯旋而是奋斗，其精髓不是为了获得而是使人类变得更勇敢、更健壮、更谨慎和落落大方。"我十分感谢那段青春年少的体育训练经历带给我关于运动与生命的开悟启迪。体育运动从来不只是身体体能的训练，更是精神意志的磨炼，所有汗水与泪水浇灌下不懈与坚韧、拼搏与顽强、自信与乐观、进取与积极，都为人对于自我，以及对于世界关系的认识、理解、判断和调整打开了一扇新的明窗，那是光照进来的地方，那是生命起舞飞扬的地方。

2016年10月写于平潭
2020年12月8日改于福州

阅读的境界

我自幼与爷爷奶奶一起生活，爷爷对我要求十分严格，在我三四岁的时候，爷爷就在客厅的壁板上挂上一大一小两块黑板，每天早上在小黑板上写5个字教我认读，并要求我在大黑板上用粉笔把每个字抄写10遍，待他中午下班回家后即小测——他读、我写，写不出来或写错了就打手板心。后来，识字量由每次5个字逐渐增加到10个字，并慢慢加入唐诗宋词吟咏、读写信件等内容。如此坚持到上小学一年级，我已经能阅读一些简单易懂的书籍了，更重要的是，阅读成为我生活中的重要习惯。

关于阅读的重要性，自古以来诸多智圣先贤早已做出过丰富的诠释，从苏东坡的"腹有诗书气自华，读书万卷始通神"到欧阳修的"立身以立学为先，立学以读书为本"，从郭沫若的"韬略终需建新国，奋发还得读良书"到臧克家的"读过一本好书，像交了一个益友"，从高尔基的"读书是人类进步的阶梯"到伏尔泰的"读书使人心明眼亮"，特别是莎士比亚以诗意的语言，高度概括了书籍对于人类精神文明进步乃至人类社会发展的重要意义："书籍是全世界的营养品。生活里没有书籍，就好像大地没有阳光；智慧里没有书籍，就好像鸟儿没有翅膀。"书籍作为记录人类生活经历、生命经验等历史实践活动的重要载体，凝聚着人类思想智慧的结晶。阅读的意义，从大的角度而言，是人类文明传承的根本需要，从个体角度来看，则是个人素质能力提升的内在需求，于个人发展和社会进步而言，都是不可或缺的。

根据中国新闻出版研究院组织实施的第16次全国国民阅读调查结果显示，2018年我国成年国民，对包括书报刊和数字出版物在内的各种媒介的综合阅读率为80.8%，较2017年有所提升，数字化阅读方式（含网络在线阅读、手机阅读、电子阅读器阅读、Pad阅读等）的接触率为76.2%，较2017年上升了3.2个百分点。正如中国新闻出版研究院院长魏玉山所说："数字化阅读的发展，提升了国民综合阅读率和数字化阅读方式接触率，整体阅读人群持续增加，但同时也带来了纸质阅读率增长放缓的新趋势。"信息化极大地改变了人们的生活方式，手机和互联网成为人们接触媒介的主体，电子阅读逐渐增加，纸质书报刊阅读时长日益减少。在网络阅读和手机阅读"零进入门槛"和"交互式共享"的特征影响下，阅读数量看似增加，阅读质量却不断下滑，快餐式阅读、碎片化阅读多，精细阅读、深度阅读少。因此，在这样一个多元信息爆炸和精神信仰离散的时代，读什么书、怎么读书等问题，显得尤为迫切和重要。

毫无疑问，经典书籍永远是阅读的首选。所谓经典，指的是那些经过历史考证而经久不衰的精粹典籍。虽然岁月沧桑变迁，但经典书籍仍然以对世事的生动表现和人情的深刻揭示，凝聚宇宙万象的丰富内涵，提炼人类精神生命的根本性问题，与特定历史时期鲜活的时代感及当下意识交融碰撞，充满着原创独特的艺术魅力和广泛持久的震撼影响。我们可以在经典中感受蓬勃的生命经验，如在博尔赫斯的《小径分叉的花园》内做虚构梦境和真实现实的迷宫游戏，在普鲁斯特的《追忆似水年华》里进行往事迂回的人生回忆，在马尔克斯的《百年孤独》中经历拉丁美洲人神共舞的魔幻风暴；我们可以在经典中探问深邃的灵性奥秘，如倾听福克纳喧嚣与骚动的心灵之殇，体悟托尔斯泰复活的生命追求，享受泰戈尔诗意的个性自由；我们更可以在经典中传承重要的思想文化传统，如读孔孟知"仁礼"的儒学文化本义，读老庄解"道法自然"的道家思想精粹……从某种意义上说，阅读一个时代最有代表性而具有历史典范性、权威性的作品，是我们穿越历史漫长悠深的隧道，认知传统、沟通当下、探求未来的重要方式，也是开智明德启悟的最佳选择。

除了阅读经典之外，专业书籍和休闲娱乐书籍在人们现实阅读中占据相当分量。对于这种明显带有"实用主义"或"娱乐消遣"意味的阅读选择，我们恐怕不能以传统观念进行一味批判或简单否定，应该看到潮流形成的市场经济基础和审美文化趋势。毕竟，随着现代社会经济技术水平的快速发展，传统媒体已经发生了深刻的变化，按照传播学研究者的说法，就是"开始了从大教堂模式到集市模式的根本转变"。铺天盖地的博客、微博和微信等所谓"共享媒体"强调的是一种崭新的交互式共享经验模式，象征着现代媒介传播已经从"教堂"宣教方式，转变为具有公平交易与平等互动内涵的"集市"交流形式，"传统文化、体制惯习、权力结构以及联定的文体边界、道德规范及观念限制，也无可避免地松动了"。

因此，在提倡交互体验的"共享媒体"潮流冲击下，面对信息爆炸和知识剧增的多元文化环境，我们的阅读方法也应该"顺势而为"进行调整。在我看来，信息的芜杂纷繁并非坏事，反而有助于我们博学广记增长见闻，这就是信息时代阅读的第一个层次——广读而开阔眼界。马未都曾经说过："读专业书和教科书都不算读书，那叫术业有专攻。读杂书才叫读书。"诚然如是，术业可以有专攻，读书却不必局限专域，所谓"行万里路，读万卷书"便是此意。传统经典可读，当下时谈也可读；人文社科可读，自然科学也可读；专业理论可读，时尚休闲也可读……只有读得丰富，眼界才能开阔；只有读得广泛，胸襟才能豁达。更重要的是，广读还有助于我们实现多元化地融会贯通、促进提升。对于这点，我是深有体会的。因为家庭教育的关系，我自幼便兴趣广泛，阅读的书籍也十分博杂，既读审美艺术史，也读生化物理学，既读军事政治谈，也读天文地理观……这种数十年从不懈怠"漫无目的"的广泛阅读，和打破砂锅问到底的求知欲，极大丰富和拓展了我的生命视野，并启发我融会贯通的创作：写作随笔时，我辅助以摄影艺术的图像表达；创作书法时，我借鉴了音乐的韵律格调；研究篆刻时，我又参考了建筑美学的格局设计……多元阅读融通了多领域互鉴，这不仅为活跃个性思维、突破陈旧规范、实现创意创新提供了根本保证，更对个体的生命观、世界观和价值观产生深远的影响。

这便是阅读的第二层意义——精读而格局高远。宋代理学大家朱熹一向倡导熟读精思，他在《读书之要》中说："大抵观书须先熟读，使其言皆若出于吾之口；继以精思，使其意皆若出于吾之心，然后可以有得尔。"读书要"杂"，却不可迷乱于"杂"，更不可陷落于"杂"，由"杂"而"精"、摈"杂"至"淳"才是核心本义。这就需要参考个体性情、根据兴趣爱好、立足本职专业、结合当下现实，对书籍进行个性化的精确挑选，并认真深入地阅读。以对我影响深远的《中国通史》为例，带着"了解中国社会发展历史""把握传统文明特征及规律"的目的，我从众多书籍中精选出此书，并反复通读了七八遍，每一遍都有新的体悟和启发，并最终深刻领会到"察史鉴今"的意义：从公元前221年秦王嬴政统一六国始称"皇帝"，直至1912年中国历史上的最后一个封建皇帝溥仪退位，中国浩浩汤汤的历史长河一共经历了83个王朝，出现了408个皇帝，历时2132年，但能让我们记住的却寥寥无几，更遑论三公九卿文武百官。那些为后世纪念传颂的历史人物，或建国立业或改革兴邦，皆为创立显著功勋之人。因此，从个人角度看待和理解历史的意义，就是要提高站位、开阔格局，积极投入伟大事业，将自身与历史发展联系在一起，才能在奔腾不止的历史浪潮中留下一片浪花的印记。"有所作为才能有所回响"，从此成为我坚持执着的价值观和人生观。

可见，精读不仅是精挑细选合适的书籍阅读，更是要带着问题、带着思考地深入阅读，不仅理解字词表面，更要深入文义核心，把握思想内涵。正所谓"字求其训，句索其旨。未得乎前，则不敢求乎后；未通乎此，则不敢志乎彼"，达到朱熹所说的"使其言皆若出于吾之口"，

"使其意皆若出于吾之心"的融会贯通、理解水平。

理解之后便是转化，将知识转化为自己的思想，将理论转化为有效的实践，这便是阅读的最高境界，即第三个层次——研读而创新突破。如果把"精读"理解为与文本的沟通对话，是关于意义的认知，那么"研读"就是思想的碰撞交流，是对内涵的生发和创造，不仅需要认真反复阅读，更需要深入思考、积极探索地阅读。这些年来，因工作关系，我养成了阅读与思考紧密联系的习惯：从事组织工作之初，我阅读彼得·德鲁克《管理的实践》，思考党政机关属性职能与职责分工，撰写了110万字的《县（市）科级领导职务职位说明大全》；在武夷山青竹山庄任职时，我阅读戴维·M·克雷普斯《博弈论与经济模型》，研究现代酒店产业核心竞争力提升，兴建了全国最大的天然景石碑林——青竹碑林，并编著完成82万字的《现代酒店文化》；赴平潭综合实验区挂职期间，我阅读《习近平谈治国理政》等，学习领会习近平总书记视察平潭时的重要讲话精神以及党中央对平潭高标准高起点加快开放开发的战略规划，组织科研人才成立"平潭实验"课题组，完成省级智库课题《平潭综合——实验区开放开发创新研究》，并与作家沈世豪合著长篇报告文学《千年一遇——平潭综合实验区开放开发纪实》……回顾每个阶段探索开拓的成果，都得益于我坚持在阅读中联系现实的思考、把握大局的研究、前瞻趋势的探求。我想，这也正是阅读的最大意义。我们每个人都要做既走得进书屋汲取知识，又走得出书斋应用理论的人，做"带着问题学""联系实际学"的人，真正把卓越典籍中的智慧转化为自己的思想方法和思维方式，把优越精神成果中的科学思想和先进理论，转化为认识世界、改造世界的物质力量，转化为奋进新时代的坚定信心与强大动力。

2015年10月写于平潭
2020年12月改于福州

生命的欢歌

转眼到平潭挂职已周年，春去秋来如昼夜更替。夜时漫步，阵阵海风飒飒，烁烁星火明灭，不由念及，人与万物在这浩瀚无穷的宇宙中犹如微渺飞萤，纵生死不过一瞬。而这匆匆一生，该怎样度过才更有意义？

关于生命意义的追问，是一个古老而永恒的话题，千百年圣贤智者孜孜不倦探索不绝，这首先源于人们对生命无常的深切感知："死生，命也，其有夜旦之常，天也。人之有所不得与，皆物之情也。"纵逸从容如庄子，也必须承认生命的难以预测和难以把握，位高权重抑或平庸寻常，都要面对生老病死，不可抗拒，无法逃避，如昼夜星辰轮转，如花谢花开更迭。

因为终将逝去，更显弥足珍贵。医书《十问》记载，尧曾问舜，天下万物谁最可贵，舜答："生最贵。"诚然如是。生命的消逝不仅代表着物质身体的消亡，更意味着精神意识的虚空。正如赫拉克利特明言："人不可能两次踏入同一条河流。"生命这种不断向前、无法回返的单线运动方式，决定了其独一无二不可复制的特征，所谓"唯一性的最大价值性"，无时无刻不在提醒着人们，尊重生命、珍爱生命最好的做法，就是把对生命长度的关注，转移到对生命深度与厚度的探索上来，发掘生命的意义，发扬生命的价值，实现生命的升华，这就是苏格拉底所说的："追求好的生活，远过于生活本身。"

但究竟什么才算"好的生活"？怎样的"追求"才能为人们带来"好的生活"？这又是一个千古难解的奥义。有趣的是，生命的奇妙恰恰在于，它不仅独一无二，而且拥有无限可能，每个人都有理解、阐释、再创造生命的权利，如同上帝给予了一抔泥，捏塑成什么样子，全看个人不同的想象和发挥。但事实上，许多人发挥得十分勉强乃至尴尬，尤其在当今现代信息社会，科技突飞猛进，经济快速发展，文化多元芜杂，人们的物质条件虽然有了显著的提高，但思想空洞、精神贫瘠等问题，却越来越严重，生命的质感愈发粗糙，生命的量感愈发浅薄，生命在缤纷闪耀的霓虹绚丽下，显得愈发苍白而软弱。

当然，"快乐"本身是一种感觉，一种人对于自我发展、外在环境、间性关系等综合判断、评价的感觉，它可能产生于悲欢离合的聚散，可能来自跌宕起伏的经历，可能源于嬉笑怒骂的性情，无论如何，都是人们对此在生活状态的体验。一般认为，这份体验往往受客观外在的影响，如物质状态、社会环境、人情关系等，是不以人的意志为转移的。但实际上，所有客观因素，最终都要经过生命主体的吸收、消化和转化而淬炼成型，这淬炼的"炉火"，便是一个人的思想观念、价值取向、情感态度等。这就意味着，所谓的生命体验，其实是关于个体生命态度的检验。"一蓑烟雨任平生"的苏轼便是最好的诠释。公元1097年，62岁的苏轼被贬海南，这是他人生第三次被贬谪流放，其时的海南远离中原，莽荒贫瘠，瘴气弥漫，且不说"食无肉，病无药，居无室，出无友，冬无炭，夏无寒泉"的恶劣环境，就连欣赏帮助他的县令张中，都因为私借官舍给苏轼居住而被朝廷革职查办，可谓处于"贫寒无一物，凄惶无一人"的境地。但他坚持随遇而安、随缘自适。没钱，就变卖私物还钱；没吃的，就想着法子挖生蚝；没书，就写信求助友朋支持；没笔墨，就自己研发自制……还与当地黎族人打成一片，不仅访邻交友载歌载舞，头顶西瓜嬉笑孩童，还带领当地人挖水井、办学校，将"也无风雨也无晴"的逍遥而丰盛、自在而充实发挥到了极致。苏轼的魅力在于，他将苦难熬成甜羹，将困顿制成蜜糕，在生命这场短暂的行旅中，勇敢接受坎坷的历练，用心经营曲折的砥砺，一步一个脚印地践行着"以生为乐"的生命态度。

这种生命态度，正是生活能力的体现。所谓积极乐观的生活态度，不是靠心灵鸡汤养成的，而是一点一滴的积累修成的，是持续探索的思考，是与时俱进的学习，是伴随一生"吾生也有涯，而知也无涯"的不懈追求、探问和精进。不必人人皆胸怀天下、足行万里，但可以人人都明智开悟、精取善进，最有效的方式无疑就是学习。在学习中丰富眼界，在学习中开阔心胸，在学习中完善自我，无疑是一个老生常谈的话题，但这里说的学习，与其说是端正严肃的学习状态，不如说是求知探索的学习精神，这在当下显得尤其重要。21世纪是一个开放与沟通、合作与竞争并存的时代，酝酿着蓬勃的新机，也潜藏着凶险的危机，当经贸融合、文化多元、信息爆炸如汹涌浪潮向人们扑面而来时，有关生命意义的指标刺目地提醒着人们生命质感不断降低。这是一个颇有意味的现象，人们越急切渴望、热烈追求维持和满足日常生活欲望的外在资源，就越容易放弃对内在生命的耐心经营，而当人们满心喜悦地享受声光电影堆砌而成的"当下"快乐之境时，却往往发现这份体验并非想象中美好而恒久，社会结构的"抽象去个人化"和思维逻辑的"理性碎片化"，越来越猛烈地冲击而使得每个人都变得敏感、孤独、急躁而失落。

在这样的时代，要持守独立的精神，维持理性的判断，提升生命的质感，毫无疑问，只有加强对内在生命的经营。所以我们说的学习，不是一味地吟咏念诵，不是机械地誊写抄撰，是对于新范围领域的勇敢涉猎，是对于新思想观点的及时补充，是适应新趋势变化的积极进取，是掌握新知识技能的水平能力，是不断充实、滋润、壮大生命能量的主动。所以这样的学习，不限于端坐校园课堂，不止于研读典籍书册，行事所见所闻可得，交友探讨交流可得，独处沉默静思可得，观览千古传记可得，赏鉴当下杂苑文论可得，传阅时讯信息可得……让学习成为无处不在的自然而然，成为无时不在的与日俱新，吸收为个体性情，消融于生活烟火，转化为生命能量。

生命的境界是多元的，博大高远者有之，静水流深者有之，激越矫健者有之，敦实沉稳者有之……与其拘泥于某种状态某番境界，不如保持对自我不足的认知而完善提升，保持对世界无穷的好奇而探索发现，保持对人事驳杂的辨识而体悟思考，让有限的生命在不断丰富中获得新的开发、获得新的拓展，让这刹那飞鸟在深邃苍茫的无尽天穹中，唱出最嘹亮的欢歌。

          2016年5月3日写于平潭
          2020年12月6日改于福州

漠视精确

记得一个叫史密斯的美国传教士曾写过一本《中国人的性格》，他把中国人的性格归纳为节俭持家、勤劳刻苦、讲究礼貌等20多种特征。其中有一种特征叫"漠视精确"，值得我们思考。

前些日子，看了一篇文章，现摘一段给读者："博士后站点的数量有了较大增长，博士后人员的培养质量有了显著提高，改革有较大突破，管理更加规范，服务体系得到进一步健全完善；博士后工作服务于实施人才战略、服务于经济建设的效果更加明显。"

类似这种文字随处可见，报纸杂志、总结简报、通讯文章铺天盖地。如："国民经济在困难中保持了平稳增长的势头，在复杂情况下呈现出均衡发展的特点，精神文明和民主法治建设全面推进，整顿和规范市场经济秩序初见成效。"

看了上述两段文字，让人如入八卦阵，如堕五里雾中。何谓"较大增长"？何谓"显著提高"？何谓"较大突破"？何谓"更加明显"？何谓"保持了平稳增长的势头"？何谓"全面推进"和"初见成效"？这些表述，既没有过去和现在的数字做比较，又没有事例做证；既没有说服力，又让人感到模糊不清，不知所云。

这种模糊性，不仅在文字中泛滥成灾，也时常表现在日常工作和生活中。

我曾在机关做过几年行政接待工作，最常见的是"原则上"这个词，如："接待上级领导，原则上不超标。"我们先来看"原则上"这个词：它是指坚持原则，还是指在特殊情况下可以突破原则？结果是各有各的理解，各有各的做法。

还有"差不多"这个词，也是被广泛应用到各种场合。前年，我出差到外地，得知当地有三条干道在改道或扩建。在一次宴席上，我问一位县领导，三条干道何时完工。他说，差不多了，再过一段时间就基本上完成了。这"差不多"，是指70%，还是80%，或90%？此外，"一段时间"是指多久？"基本上"是指几成？结果，两年过去了，干道的改道、扩建至今仍未完工。

此外，还有"研究研究"，其实不一定研究；"以后再说"，不一定有"以后"，也不一定"再说"。

总之，像"大概""看看""差不多""原则上""基本上""快了""过一段时间"等模糊的表达，在我们的生活中司空见惯。前不久，我和几个朋友到一家饭馆吃饭，服务员给我们每人倒一杯茶，递上一次性餐具并点好菜，但老半天就是不见饭菜上桌，我们催促了几次，服务员都非常有礼貌地说："来了、来了。"腿脚却一动不动，你拿他一点儿办法也没有。林语堂在《吾国吾民》中把这种"漠视精确"的性格特征叫作"幽默滑稽"；柏杨在《丑陋的中国人》中说它是"老奸巨猾"；梁漱溟在《中国文化要义》中管它叫"马虎"和"弹性"。其实，不管学者把这种性格冠以什么美名，只是角度不同罢了，其实质是一样的——不得罪人、留有余地、好打马虎眼。它如狗皮膏药，到处可贴，但毫无作用。

前不久，上面文件通知说，新一轮援疆干部工作时间要求"三年多"。不少当事人问我，到底"多"多长时间，3个月还是半年，还是"多"更长时间？我说，可能是因为上一批规定援疆三年，结果两年半就结束了，所以，大概新一轮援疆干部要多干半年吧。

你看，一不留神，又犯了这个毛病。

尴尬滕王阁

出差途经南昌，到"一省之徽"的滕王阁观景。一下车，就直奔正门。入阁前，驻足浏览了这座临江的园林建筑群，主楼气势宏伟，层台耸翠，高阁连城。毛泽东题写的"落霞与孤鹜齐飞，秋水共长天一色"条幅高悬门柱，为滕王阁增色不少。入阁后，迅速从一楼的"西江第一楼"木刻蜻蜓点水到顶楼的"大唐舞乐"唐三彩壁画，各楼的艺术珍品美不胜收。站在顶楼远眺，西山气爽，南浦水碧，江水滔滔，马达声声，序与阁长在水长流。

不知下楼走到第几层，眼前热闹非凡。一个不小的屋子被模拟成一个御殿，龙椅两旁站立着两名清宫服饰打扮的宫女，妩媚妖娆。几十个人挤在里面，有的在化妆，有的在更衣，有的在照相。游客们纷纷扮演着皇帝的做派，八面威风，在摄影师的摆弄下，按要求的坐姿拍照。此情此景，乍看与滕王阁相得益彰，其实不然，这一创意与先进文化方向背道而驰，带给滕王阁的是尴尬。

仔细发现，生活中这种尴尬还真不少，"皇帝"离我们越来越近，"皇帝"的影子愈来愈多。家里，打开电视，各个皇帝就会在眼前晃来晃去；书店，厚厚薄薄各种各样的帝王系列书刊令人目眩；街上，你冷不防便会撞上"皇帝"，因为很多广告招牌，都离不开有关皇帝的内容。

一时，皇帝成了一种新文化、新时尚，大江南北、大街小巷、屋里屋外，男女老少都被笼罩在这一"文化"中。

辛亥革命推翻封建帝制已有一个世纪，为什么还会有铺天盖地地说皇论帝，做起皇帝梦来？究其原因，归纳起来大致可以罗列以下几条。

一是崇帝心理作祟。中国人崇尚权力，封建帝王在老百姓的心中至高无上，这种心理一直传承到现在，真正的皇帝当不了，扮个假皇帝也好过把瘾。

二是窥私心理作祟。中国人好奇心理强烈，渴望了解荣华富贵而且绝对私密的帝王宫廷内幕，于是围绕帝王政治、军事、生活的影视、书刊、广告等应运而生。

三是盲从心理作祟。中国人喜欢凑热闹，什么热就搞什么，哪行赚钱就干哪行。旅游景点中的阁、殿，哪个没有遭遇滕王阁的尴尬？

请牢记孙中山的遗训："帝王者，吾之大患也！"

（刊于《福建日报》2006年5月24日）

"感觉"是否可靠

在公安机关工作的日子里，我曾两次参加建阳地区（现南平市）公安系统英模报告团巡回全区十县市演讲，其中在建瓯的一次奇遇，至今仍是个谜。事情是这样的：

1990年4月，我们报告团一行到建瓯市公安局大院已是下午五点多了。闽北山区，道路崎岖，数十公里也要走一两个小时，一天跑两个县演讲，实是一项较为艰苦的工作。晚饭后，我们就住在公安局办公楼四层（一至三层办公），我们三人住一间，两个同伴很早就上床睡觉了。深夜，睡意蒙眬中我清楚地看见一名五十多岁、中等身材、小平头、国字脸、黑皮肤、身穿蓝警服、脚穿皮鞋、操莆田口音的男人，推门进屋站在我的床前，冷冰冰地对我说："起床，跟我走！"我浑身无力，动弹不得，大脑却异常清醒。潜意识中，我坚决地回答："我不认识你，你给我出去！"接着，陌生男人开始拉我……经过几个回合的奋力抗争，我终于把这个陌生人赶出门外。惊醒后，我开启电灯不敢入睡，只好在床上打坐，我看了看手表——时针指在凌晨两点四十七分。这时，耳边隐约传来门口的两个人的讲话声音……就这样，直到天亮。

次日清晨，我问陪同吃早餐的公安局办公室叶主任："你们局里有没有一个身高约一米六五、小平头、国字脸、黑皮肤、穿蓝警服的莆田人？"叶主任回答："有，是范政委，你们认识？他前几个月去世了。"我说："不认识，我昨晚梦见他。"我又问："昨晚四楼除了我们报告团外，还有其他人住吗？""没有。"叶主任答道。早餐后，我与叶主任一同来到他的办公室，在墙上挂着一张集体照片。我指着一个人问叶主任:"他就是范政委吧?"叶主任听了我的叙述后,惊讶地说:"你们昨晚住的房间是范政委生前的宿舍。他身患重病期间一直都住在那儿,你躺的那张床铺原来就是他的,去年他就死在那张床上……"

我想起了两千多年前的庄周,有一次他梦见自己变成了一只蝴蝶,醒来后,他提问:"究竟是刚才庄周梦见自己变成了蝴蝶,还是现在蝴蝶梦见自己变成了庄周?"庄周的提问,成为中外哲学史上的著名命题。他提的问题是:我们凭感官感知到的现象究竟是否真实存在?庄周认为,我们在梦中把不存在的东西感觉为存在的,这说明我们的感觉很不可靠,那么,我们在醒时所感觉的一切事物的存在也很可能是一个错觉,一种像梦一样的假象。长期以来,哲学界对"庄周梦蝶"各持不同的观点。有相当一些哲学家与庄周的看法相似。他们认为,人们通过感官来感知世界,但感官是不可靠的,所以我们所感知的世界是一种假象。至于假象背后是否存在着一个与假象不同的真实世界,则有不同意见。有的说有,有的说没有,有的说没法儿知道。也有许多哲学家反对他们的观点,认为人的感觉是可靠的,能够证明世界的真实存在。以庄周梦蝶为例:庄周之所以会梦见自己变成一只蝴蝶,是因为他在醒时看见过蝴蝶,如果他从来没有看见过蝴蝶,就不会做这样的梦了。所以,庄周和蝴蝶的真实存在以及真实的庄周看见过真实的蝴蝶是前提,证明了醒和梦是有区别的,醒的感觉是可靠的。显然,这种解释说服不了庄周。在庄周看来,当你看见蝴蝶时,你怎么知道你不是在做梦呢?凭什么说看见蝴蝶是梦见蝴蝶的原因?

根据我的经验判断,我认为人的感觉既可靠又不可靠:我在梦中清晰见到我醒时从未见过的范政委的真实存在,所以感觉是可靠的;为什么又是不可靠呢?因为范政委数月前已经离开了人世,其真实的躯体已不复存在。抑或梦中的"我"不是现实中当下的"我",而是数月前范政委在世时的"我"。由此,我认为人的感官背后一定存在着一个真实而虚幻的世界,这个世界只有通过我们的第六感官才能感知。

(收入《思想与性情》,作家出版社2014年版)

淡定看"末日"

前不久，在央视六套收看了一部关于2036年世界末日的影片。根据它的描述，我在网络上查阅了有关资料。

2004年6月，美国科学家在计算小行星"阿波菲斯"的运行轨道时发现，它将于2029年3月14日与地球距离18640英里擦肩而过，由于地球引力作用，它将于2036年撞击地球。在俄罗斯圣彼得堡举行的小行星安全问题研讨会上，俄国天文学家肖尔说，2036年"阿波菲斯"这颗直径3.28公里、重达4200万吨的小行星如果撞击地球，其爆炸产生的能量将比广岛原子弹高10万倍；冲击波掀起的灰尘，将笼罩地球1/4以上的地区，这一地区的动植物和人类将因为严寒和食物链被破坏而死亡；同时，还会出现大规模的地震、海啸和火山爆发等灾难。2007年美国科学促进会年会上，科学家发出了"世界末日警告"。

我并不想知道"阿波菲斯"撞击地球的概率是多少，也不想了解科学家研究的核爆炸说、引力拖船说、激光拦截说、太空碰撞说等各种应对方案的情况，那些都是科学家想的事情。我所关心的是，假设末日降临，面对生死，应该怎样看待。

海德格尔认为："人生是一种向死的存在，人生观即人死观。"肉体的生命是一个有限的过程，思考生命都是从认识死亡开始的，没有死，焉有生？一个思想深邃的人，是懂得如何用生命意识去看待人生、看待人文环境和整个自然界以及宇宙的。

从现在起到2036年，还有25年时间。我们要珍惜每一天，活好每一天。好日子不仅仅是物质的，更是精神的。幸福源于内心的感觉，并不取决于物质的多寡。池田大作说："物质上的富裕反而招致精神上的贫困。"很多时候，物质的诱惑反倒让人失去了体验幸福的触觉，人间的纷扰太多，不要在眼花缭乱中迷失自己。

所谓末日，那是相对人类而言的，地球还照样转。在大自然面前，我们必须顺应自然，按规律办事。如果你不能成为一棵大树，就做一丛灌木；如果不能成为一丛灌木，那就做一株小草。人定胜天、战胜自然，是精神层面和意识形态上的事。只要你保持自己的本色，认识你自己，把握好方向，生命就会绚丽多姿。

与其说"阿波菲斯"是一颗定时炸弹，不如说工业文明在改善人类生活的同时，又在毁灭人类自己。所有的自然灾害，都是人类所处的自然环境不断被恶化的必然反应。臭氧层的"漏洞"，大城市的堵车，一些地方水和空气被重度污染等，已经严重地影响了人类的生存环境和身体健康。保护我们赖以生存的自然环境，已刻不容缓，我们必须立即从现在做起，从自己做起。

如果说有一天灾难要降临到我的头上，我坦然承受，没有什么好说的，这是命中应有之义。用淡定的心看待末日，生即是死的开始；同样，死也是生的开始，只是以另一种生命状态出现罢了。就像季节更替秋风落叶、果实成熟落地收获、昼夜轮回入夜则睡一样，是最自然不过的了。"人生天地间，忽如远行客"，在历史的长河里，人的毁灭和新生是一件很寻常的事情。至于新生后是什么状态，会到哪个家做客，只有上帝才知道。

"杀猪"有感

一天晚上，我和几位朋友在武夷山的一家茶馆喝茶。其间，进来了三四位游客买茶，在陪同来的一家酒店部门经理和女店主的游说下，几杯茶后，很快成交。店主看着远去的消费者背影，自言自语道："猪！"原来她把几十元一斤的劣质茶忽悠成3万元一斤的顶级"大红袍"，游客花9000元买了三两茶。按行规，那个酒店部门经理获利6000元。

过了许久，我才明白，"杀猪"是骗人的一种抽象比喻，"杀"是一种欺骗手段，"猪"是指上当受骗的对象。一般由两人以上合伙设计某种圈套引诱消费者上当，达到欺骗的目的。

说来惭愧，5年前的一天，我一不小心也充当了一回"猪"。那是在一次远行的途中，在云南边境的一家商场里，商场经理"热情"地招呼着我们说："你们是福建来的吧？我们是老乡呀。"在祖国边陲地区遇到老乡，倍感亲切，在"热情周到"的服务中，我们纷纷解囊消费。分别时，人人言谢，还与"经理"合影留念。次日，在西双版纳"宝石一条街"购物时才恍然大悟，发现自己昨天做了一回"猪"。既已做"猪"，只有认了，乖乖被宰吧。

"一朝被蛇咬，十年怕井绳"。后来的几年里，我再也不去旅游区购物了，若被导游或的士司机纠缠住了，我就会随口说上一句："我才不当'猪'呢。"后来又发现，"杀猪"现象遍及大江南北各行各业。

这种"杀猪"行为，使消费者的合法权益受到损害，使诚信道德和交易秩序受到了严重破坏，既害人又害己，更危害社会。

为此，有关部门要规范营销人员的营销行为，完善相关法律法规，提高消费者的自我保护意识，净化营销环境，解决营销中存在的道德等问题，让老百姓放心消费，全社会做到公平、诚信。

（刊于《福建通讯》2004年第12期，《福州日报》2005年12月18日）

说"病"

我出生在一个医生世家，从小随爷爷奶奶生活，爷爷早年在中美眼科合作所工作，是个远近闻名的眼科医生。小时候，爷爷教导我说，要注意卫生，防止病从口入。长大后，爷爷又告诫我，做人要站得正、行得稳，说话做事要言必行、行必果，防止病从口出。

通常说的"病从口入"，指的是因饮食卫生问题引起的各类生理上的疾病。如果犯了"病从口出"之病，并任其发展，那就会转化为"小人病"，这种病的特征是专门制造谣言诽谤陷害他人，其本质是思想病。

被"小人"盯上后所染的"病"，那可不是一般性质的"病"，非得"住院"或"手术"不可。此"病毒"专门攻击人的精神系统，它如幽灵，会破坏人的情绪，扰乱人的思想，摧垮人的意志，甚至毁灭人的生命。它类似眼镜蛇，却比眼镜蛇更恶毒，它无须接触到人的身体，却能给人以致命的打击。此"病毒"在不健康的人的大脑中繁殖很快，他们专说损人、诬人、害人的话，专干损人利己、损公肥私的事。

该"病"的病史悠久。北宋有个副宰相叫王钦若，在宋真宗称帝的第七个年头时"病毒"发作，致使宋史上的"澶渊之盟"成了寇准的"澶州之冤"。

1004年9月，辽20万大军直取黄河边上的澶州，威胁都城。王钦若等人极力主张弃城，迁都南京或成都。真宗在征求寇准的意见时，寇准气愤地说："是谁出的馊主意？要我说，应砍掉这些人的脑袋祭旗，再发兵北伐！"寇准见真宗低头不语，便放缓了语气："如今我军尚强，若皇帝亲征，辽军必仓皇而逃。而放弃都城，必然全国人心涣散，天下大乱。"说完即下令备驾请皇帝亲征。

澶州有南北两城，由浮桥横跨黄河将两城相连。此时辽军已包围了城北。真宗在城南的城墙上看到铺天盖地的辽军时，又想弃城迁都。寇准阻拦道："如今只能进尺，不能退寸，否则全军瓦解，那时陛下还走得了吗？"真宗无奈，只得下令继续前进。真宗进城后，宋军士气大振，辽军开始气馁。

辽军得知兵力不及宋，即打算体面撤退，派人到城北议和。寇准不同意，想借机逼辽称臣，并退还被侵占的燕云故地。他对真宗说："这样能保证宋朝廷百年太平。不然，几十年后，辽军还会卷土重来。"真宗不耐烦地说："几十年后，一定有能人阻挡辽军，我只管目前。"说毕即派曹利用跟辽议和。经过一番讨价还价，终于达成和议：宋每年给辽30万银绢，宋辽君主以兄弟相称。

事后几个月，王钦若在背后跟真宗说："寇准好赌，澶州之役，他是拿你皇上的性命做赌注啊。"就这么一口，寇准就被"咬死"了，就地被免了相。

"君子坦荡荡，小人长戚戚"。人的一生中，每个人在某个时段都可能会遇到小人。首先，我们要学会分辨小人。余秋雨在《历史的暗角》中对"小人病"列了几个特征：小人见不得美好；小人见不得权力；小人不怕麻烦；小人办事效率高；小人不肯放过被伤害者；小人必须用谣言制造气氛。其次，我们要注意同小人相处：一是和小人保持距离，"敬"而远之；二是思想上警惕，言行上谨慎；三是一旦吃了小亏，不要太计较。当然，在原则问题上，我们还要学会与小人斗争的方法、勇气和精神。

鲁迅先生早就说过，中国人思想上的病比身体上的病严重得多。对于身体上的病，医生能够妙手回春；但思想上的病，则需要德治和法治。

（刊于《福建通讯》2005年第4期，《福州日报》2005年1月3日，2020年12月15日修改）

战 蚊 记

在杭州西子湖畔参加西泠印社组织的一次艺术活动的最后一天晚上，一群蚊子，搅得我彻夜不得安宁。

面对来访的蚊子，我的初衷是：蚊不叮我，我不灭蚊；蚊若叮我，我必灭蚊。但我没有能力把这个想法告诉蚊子。

不久，蚊子开始进攻，我挥手驱之，它即又进犯。是以慈悲为怀，还是大开杀戒？这关系到人与自然和谐。在人与"害虫"之间，我对和谐的理解是消灭则和谐，放生则不和谐。这是人的生存法则。我开始"鼓掌欢迎"蚊子的造访，一阵掌声之后，双手已被鲜血染红。然而，这是我自己的血，于是乎，我心安理得。

原以为蚊子已消灭，可以安心睡觉了。刚熄灯躺下，又闻"嗡嗡"之声，在万籁俱寂的夜晚，蚊子发出的声音特别刺耳。我无法破译这种声音，按人类的一般逻辑思维，推断它们可能是在缅怀刚刚死去的同胞，抑或是在召集同类对我进行报复。

烦人的噪音，迫使我又打开电灯，看了看手表，已近深夜2点。我想置之不理，把头和脚都缩进被窝，盖得严严实实。

炎热的夏季，空调又未开通，热得我翻来覆去难以入睡。无奈，我把腿伸出被外，让蚊子叮，以腿脚被叮为代价，换取大脑的休息。结果事与愿违，蚊子叮了脚又叮腿，最后都集中在头部围着脸转。

忍无可忍，我踢翻棉被，打开所有电灯，决心跟蚊子决战。

我冲了一个冷水澡，赤身裸体，坐到床沿，听声观蚊。顷刻间，又飞来一群蚊子，它们三五成群出击，以分散我的注意力，分别锁定不同的部位降落。我耐心等待它们把又细又利的吸管扎进肌肤，便立即将该部位的肌肉收紧，再迅速击之，"啪"的一声，一只蚊子瞬间粉身碎骨。照此，先后消灭了十多只蚊子。待我收拾完这些可恶的蚊子，已是凌晨3点了。

我此刻睡意全无。通过这场疲惫不堪的人蚊之战，我对蚊子有了新的想法，并归纳其几大德行：

A. 蚊子觅食前先预告，"酒足饭饱"后则返还一个"红包"。

B. 蚊子见不得光明。白天，总是躲在阴暗的角落；夜里，闻人而动，见人就叮，叮后即逃。

C. 蚊子爱唱歌，唱的是全世界最恼人的噪音，一旦歌声戛然而止，你则更需提防。此时无声胜有声，鲜血的厄运即将开始，运气不好的还会被传染上登革热等疾病。

D. 蚊子活得累，死得惨。它察言观色，鬼头鬼脑，躲避人类的视线，伺机下手。一旦吸血过分，引人发怒，则倒在滔滔血海中，死无葬身之地。

蚊子属昆虫纲双翅目蚊科，全世界共有3000多个种类，我国有130多种，分别是按蚊、库蚊。通常吸血的都是雌蚊，它们是疟疾、黄热病等病原体的中间寄主，能传播80多种疾病。据统计，1929年全世界共有200多万人因患疟疾致死，蚊子对人类的危害极大。

凡蚊子及一切害虫，人类须毫不留情地灭之。

（刊于《福州日报》2006年10月10日，2020年12月21日修改）

青竹广场记

青竹广场，占地百亩，坐落在世界文化与自然遗产地——武夷山国家旅游度假区内，与错落有致的青竹山庄主体建筑珠联璧合。

七百余日辛劳，一扫往昔荒芜；各方鼎力相助，换来今之胜景。仿宋花岗岩牌楼气势恢宏，荡气回肠；名家诗联、题字满目琳琅，赏心悦目。石碑、石雕、石亭，布局奇巧，相映成趣，蕴含着浓郁的文化内涵。一泓清泉潺潺流淌，汇入半亩塘。千米青砖路、砾石路交错蜿蜒，匠心独具。健身场，老少欢乐；足球场，队员驰骋；半亩塘，荷花艳丽。徜徉其间，桂花、木槿花，芬芳拂面；名树异木，挺拔郁如。好雨初歇，蓝天白云，蛙鸣蝉叫，蜂飞蝶舞，鸟语花香，美韵浑然天成。月照石亭，箫鼓笙歌泛夜外；清风明月星光里，一派清幽祥和。放眼望去，万米绿茵，万丛灌木，万竿翠竹，与大王峰交相辉映，苍翠葱茏。湖光山色间，鲜艳的旗帜迎风飘扬。

青竹广场的建成，为武夷山绘就新画卷。愿以竹之坚韧不拔、虚心进取、高风亮节、乐于奉献的品格共勉，建设武夷，发展武夷。

（刊于《福建日报》2007年8月5日）

闲事的分量

如果说2005年开始筹建青竹碑林是我在武夷山干部培训中心工作的一部分，那么，自2009年初夏调回机关工作以后，青竹碑林的建设对我来说则是一件"闲事"。

其实"闲事"并非闲也，有许多具体事务需要扎扎实实去落实，来不得半点儿马虎。几年来，我利用闲暇时间无数次地穿梭于福州和武夷山，量身定做每一件作品，现在终于尘埃落定。

为何闲事干得不亦乐乎？我想这可能是对传统文化的一种自觉和坚守吧。怀着崇敬之心自觉地坚守，才是对传统文化最好的热爱，才能捍卫它的尊严和体现它的价值，使之绵延不断、代代相传。传承和弘扬传统文化的最好方式，不是终日刻板地顶礼膜拜，而是要恢复历史的记忆，使优秀传统文化在现实的图景中复苏、发展。

此前，我曾把碑林划分为伟人、名人等四个园，并请中国书法家协会何应辉副主席和潘文海副秘书长题签，但在编辑中发现这种划分在体例上不够规范。为了便于参观和阅读，我把碑林划分为武夷、柳永、朱熹三个园。

武夷园。远古，武夷一片洪荒，彭祖率彭武和彭夷两个儿子以夸父逐日之悲壮，把蛮荒之地改造成人间仙境，从此，这方山水被冠名为武夷。武夷既是人名又是地名，既古老又现代。在这里——武夷园，可以容纳除了以柳永和朱熹诗词进行书法创作之外的一切作品。该园现有碑刻作品200多幅，绝大部分都是中华人民共和国成立以来伟人、名人书家颂扬武夷山水之作。

柳永园。众所周知，柳永是武夷山人，宋词婉约派代表人物。"凡有井水饮处，即能歌柳词"，柳词是独具特色的唯美文学，它的文字、意境和音乐的美，深受大众喜爱。但以柳永为园名则纯属偶然。我的朋友陈旭约我共同创作柳永电视连续剧文学剧本，该剧本2008年由海风出版社出版。在此期间，碑林建设正如火如荼。为了突出和弘扬地方特色，我从柳永的《乐章集》中遴选出100首诗词，请全国知名书家进行创作，迄今为止，已有90多首柳永诗词入碑。

朱熹园。朱熹是南宋著名的思想家、理学家和教育家，曾在武夷山生活和著述40多年。"东周出孔丘，南宋有朱熹。中国古文化，泰山与武夷。"蔡尚思教授的五言，高度概括了中国传统文化的两座丰碑。是武夷山成就了朱熹理学，还是因为朱熹使武夷山有了灵魂？"为有源头活水来"成为千古绝唱，800多年之后仍在耳边回荡。但在编辑《武夷山青竹碑林》（增补本）时，我感到很吃惊——我敬重的朱熹，其作品才刻碑20多幅！

中国传统文化历来有"励"和"闲"两个方面，分别为儒家和道家所倡导，宋代的朱熹和柳永就是其中的典型代表。其中道家的"闲"，得到历代传统文化名人的肯定和向往，如李白、王羲之、苏轼等。他们热爱本体生命，追求精神自由，这种人性的解放和心灵的表达，如行云流水，似朗月长空，把中国传统文化推到了空前的高度。儒家提倡励志的建设、奋斗，道家则讲究休闲时的享受、微笑。那么，青竹碑林于我来说，就是休闲时建设过程中的一抹微笑吧。

谣言：听说你想扮演柳永

2015年10月，省委某领导赴平潭调研并看望挂职干部。在共进午餐时，领导问我："听说你曾写过一部电视剧文学剧本《柳永》，还想自己扮演柳永，后来导演没答应，就没拍了？"

我回答："我从来没有想过自己要扮演柳剧中的任何角色，这是谣言。"接着，我又对《柳永》电视剧的相关情况大致作了简要的说明："《柳永》出版后，北京、福建等四五家传媒公司都想拍摄，曾先后与其中两家制片商签订了框架协议：共投资1800—2500万元，拍30集，在央视8套黄金时段播出，其中武夷山市政府出资300万元。经协商，武夷山景区管委会同意出资300万元，经市长办公会议研究同意并报市委，但市委一直未列入议程。其间，南平市委两位副书记先后找武夷山市委书记，未果，拍摄《柳永》电视连续剧之事不了了之。"

关于摄制电视连续剧《柳永》，经历了一段曲折而漫长的过程：2004年5月，我到福建省委组织部武夷山干部培训中心（武夷山青竹山庄有限公司）履职，工作之余，2006年与作家陈旭合著完成了52万字的28集电视连续剧文学剧本《柳永》，2008年1月由海风出版社出版。其间，中国传媒大学影视艺术中心、北京的一家影视传媒公司、福建电影制片厂等影视机构制片人得知后，分别到武夷山找我商谈拍摄柳剧事宜。让我感动和难忘的是，武夷山市委书记张建光高度重视，多次找我商谈拍片及建造影视城等相关事宜，并选择相关乡镇作为柳剧拍摄基地，结合旅游景点进行建设。张建光是我的良师益友，早在2000年，他就为我著的《县（市）科级领导职务职位说明大全》（上下卷）请全国人大常委会副委员长吴阶平题签书名。2007年5月，张建光在调离武夷山市委工作前夕，还把他心仪的围棋及红豆杉棋盘送给我作纪念。张建光调任南平市委常委、宣传部部长不久，曾两次到武夷山找我，建议我调到南平市某局任职，继续推动柳剧的拍摄工作。当时，我有两点考虑：一是从浦城县委组织部调到省委组织部工作时间不长，来回调动太折腾；二是某局长是我的老友，让人有"乘人之危"之嫌疑。于是，我提了一个折中的意见——挂职。但南平市委组织部认为，市政府组成部门主要领导要人大任命，不宜挂职……

2009年5月，我调回部机关工作。

2010年11月，在武夷山市市长胡书仁的支持下，《柳永》文学剧本研讨会在武夷山召开，参会代表主要来自北京、台湾、福建和武夷山，其中：北京代表是导演夏纲；台湾代表是导演陈烈、影视演员慕钰华和影视制作人钟田明、肖锋等；福建代表是省电影制片厂厂长詹金灿、编导郑宏志和邓洁、编剧陈欣欣、制片人刘宝林、制片主任陈健、省艺术研究院编导于卓明、摄影家池泽清等；武夷山代表是文化和体育局局长罗秋涛，以及《柳永》文学剧本作者和责任编辑共20多人参加。我介绍了柳永及其文学成就和剧情，与会代表畅谈了《柳永》剧本的修改意见建议，并到柳永故乡——下梅乡进行实地考察。会后还形成了会议纪要，主要内容是：一是组织专业人员对《柳永》剧本进行修改完善，内容扩充到30集，时间约2个月；二是武夷山市政府出资10万元，作为剧本创作人员的稿费；三是2011年春节后再到武夷山商谈拍摄等事宜。会议由我主持，胡书仁市长到会看望了参会人员。不久，胡书仁调离武夷山。

2014年6月，原武夷山市委书记因严重违纪被查，后被"双开"，并追究刑事责任……

到了2016年10月，南平市政府主要领导约我在武夷山见面，详细了解《柳永》电视连续剧文学剧本及拍摄等情况，并就相关事宜进行了交流。2018年6月，该领导调离南平。

直到2019年4月，柳剧才有了新的转机。那天下午，省委另一位领导约我交流诗词创作等，我送了一本《柳永》给他，领导说："柳永是我省文艺创作的一个重大题材，《柳永》文学剧本是一项重要文艺成果，要尽快搬上银幕。"不久，南平市委宣传部部长张培栋给我挂来电话，了解柳剧的相关事宜，并嘱托陈金健副部长等到福州与我协商《柳永》电视剧摄制等相关事宜。

"柳剧"的拍摄，经历了一个漫长曲折而富有戏剧性的过程，不知不觉一晃十多年过去了，"柳永"何时才能修成"正果"？我们拭目以待。

此外，关于"你想扮演柳永"的谣言出自哪里，制造者基于什么目的，我不想去追究，这里仅谈谈对谣言的看法：15年前我曾写过一篇杂文《说"病"》，说的是宋真宗时期辽军入境，宰相寇准力劝真宗督战，最终双方议和，史称"澶渊之盟"，后因谣言，寇准被免去了宰相职务。明末著名抗清将领袁崇焕，甚至死于满人制造的谣言。可见谣言不仅伤人，而且还能杀人。谣言自古有之，像一种流行"病毒"，不仅害人，还危害社会。记得《韩非子》中的"三人成虎"寓言，说明了一个悖论的存在——"谣言千遍成真理"。在如今这个信息爆炸的时代，谣言与真相并存，如何才能摆脱谣言的困扰？荀子早在2000多年前就说过："流言止于智者。"

感谢省委某领导的提问，让我有了以上的思考，并以文字的方式把它写出来，让"流言止于公开"，让真相大白于天下。

"三坊七巷"之残

2001年11月,我从浦城县委组织部被借调到福建省委组织部。工作之余,我坚持每个月撰写两三篇散文随笔,连续数月在《福州日报》上发表。

2003年6月,我写了一篇《福州的三坊七巷》,并通过电子邮件发给福州某报副刊部编辑,编辑来电:"文章写得很好,下周一见报。"一周过去了,不见文章发表。我拨通了编辑的电话,编辑回话:"文章上周五已出清样,但终审时总编说这篇文章太敏感了,临时被撤了下来,换成三篇短文。"几天后,编辑给我寄来了《福州的三坊七巷》清样。

后来,我又将此文寄给福州另一家报社。不久,编辑来信:"文章写得很精彩,建议在外省刊发。"

两年后的2005年8月,武夷山景区管委会邀请著名作家贾平凹到武夷山撰写《大红袍赋》,贾平凹一行四五个人下榻青竹山庄。其间,贾平凹还为我的散文集题写了书名。后来,《福州的三坊七巷》在《美文》2005年第11期上刊登。接下来的一段时间里,《福州的三坊七巷》被北京大学等十多所高校和文学研究机构收录到文库中。

2006年4月,《福州的三坊七巷》被选入2006年全国高考语文模拟试卷。这一年,我女儿就读浦城一中高三,中午放学回家后,她告诉我:"临考前,班主任张老师说,试卷里有一道题是我们班级里一名同学的家长写的文章。我当时就想,可能是你写的文章。"当天晚上,我到一中找到张老师要了一张试卷作纪念。

该考题为：

阅读下面的文字，完成12—16题。（20分）

12.给下列加点的字标上拼音。（2分）静谧（　　），浮躁（　　）

13.在作者看来，福州的"三坊七巷"具有怎样的特点？请整合文义作答。（6分）

14.本文的题目是"福州的三坊七巷"，文中又多处将"三坊七巷"与"高楼""商业街""现代化小区"联系在一起，请说说作者为什么要这样写。（4分）

15.作者引用黑川纪章的话的目的是什么？（4分）

16.能否将文章的最后一个自然段删去？为什么？（4分）

女儿指着该考题问我："这道题20分，要是你自己解答，可能也得不了满分。"我微笑着问女儿，这道题你考了多少分？她骄傲地说，19分……

女儿从小读书就很用功，并一直担任班长，2006年高考成绩为全县第19名，16岁那年考上中南大学，读大一时还出版了一本散文集《刻在高三的门槛上》。

2006年7月，《福建文学》编辑部找我要了《福州的三坊七巷》的电子稿，更名为《"三坊七巷"寻踪》，刊登在《福建文学》2006年第10期上。

曾有人问我："三坊七巷旧城改造被叫停，是不是因为你的这篇文章，在社会上产生了较大的反响的原因？"我回答："当年梁思成对古建筑保护提了那么多宝贵的意见建议，不是很少被采纳吗？至于'三坊七巷'旧城改造为什么被叫停，你知道的。"但据我所知，《福州的三坊七巷》是第一篇用文学的方式，反对"三坊七巷"旧城改造的文章。

从媒体对《福州的三坊七巷》文稿的处理态度，一个更为严峻的问题浮现在我的眼前：从媒体这个侧面，反映出一个沿海经济开放城市部分人的思想保守、观念落后、故步自封等问题，这种思想观念所带来的危害，是否比拆毁整座"三坊七巷"古建筑还要更糟糕？

其实，对于"三坊七巷"之残（现在的"三坊七巷"实际上是"二坊半五巷"），我们也不必过于伤感，说到底，那只是一座年代较为久远的古建筑罢了。试问，谁见过汉唐时期的房子？汉唐建筑物随着那个时代的结束而不复存在，同样，宋元的民房也随着王朝的更迭而终止。新事物不断取代旧事物，新陈代谢是人类社会发展的必然。但是，我真心实意地希望，我们对"三坊七巷"的乡愁以及这座城市的记忆，关键是要留住它的人文精神亦即城市的灵魂：严复的思想、沈葆桢的方略、林觉民的革命、冰心的爱……

这种人文精神远比"三坊七巷"重要得多，对福建更有价值，对中国更有意义。

改变我人生轨迹的一本书

"书不仅是生活,而且是过去、现在和未来文化生活的源泉。"库法耶夫的说法我感同身受,我认为,读书是与思想者交流,写作是读书的升华,是写作者与自己的灵魂交流。我从小就酷爱读书,读小学时最爱的是"小人书"。记得小学四年级的一个礼拜天,从隔壁邻居家借阅了一本《三国演义》,第一次感受到阅读经典所带来的喜悦,后来一发不可收拾,读书成为我少年生活的一种兴趣和习惯。我想,这主要源于我儿时生活在一个崇尚学习的时代,生活在东方红小学这个充满希望的校园里,生活在重视家教的医生之家。没想到二十多年后,我开始著书,《县(市)科级领导职务职位说明大全》等一批书相继问世,从读者变成了著者。

为何把"职位说明"作为课题研究,并写成110万字的专著?这要从30年前我刚踏进组工干部队伍时对某项干部工作的提问和思考说起。

1991年,我从浦城县公安局办公室副主任岗位调到县委组织部秘书科工作。到任后第二周的一天下午,我接待几位到组织部等候谈话的科级干部,其中有平级交流,有提拔使用……之后,我好奇地向老同志请教:干部考察的评价标准是什么?选拔领导干部的依据是什么?干部交流、提拔,如何做到人岗相适,人尽其才?答复大致是,根据中央和省里的相关文件精神及本地工作的需要进行安排。这话既原则又笼统,听了不知其所以然。但这个问题的提出,却启发了我研究和撰写《县（市）科级领导职务职位说明大全》，也成了我后来打开"职位说明"这项社科课题"大门"的一把钥匙。

也许是组织上的有意安排，第二年，县委组织部副部长江翔安请示县委书记吴连田同意，将我从秘书科交流到干部科。在新的工作岗位，我一方面如饥似渴地学习干部管理的相关政策、文件，领会精神；一方面向老同志学习，不懂就问，不让疑惑过夜；一方面抽空到基层一线了解情况，掌握第一手资料。经过一年多的努力，对培养使用领导干部的文件要求、工作程序等有了进一步的认识。1993年，地方各级领导班子开始换届，在浦城县乡镇换届及之后的两年多时间里，组织部部长林敏以改革者的气魄，大刀阔斧进行"实绩考核"和"公开选拔"干部工作创新。

他首次将审计思维和措施运用到领导干部考察中来，对"能"和"绩"分门别类量化各种经济考核指标，设立10项考核指标，采取"问、查、核、理、评"体系，从县审计局抽调业务干部对全县19个乡镇288名科级干部进行任届审计考核。对领导干部进行审计考核在全国尚属首次，得到了省委组织部的充分肯定，刘贤儒常务副部长在"科学技术成果鉴定证书"中的"鉴定意见栏"对《领导干部审计考核研究》（软课题）评价道："引入审计手段，通过对国家、集体的账本、报表和财产审计，实事求是地评价和考核领导干部在任期内所做的实绩的具体情况，把定性考核与定量考核有机地结合起来，更具客观性和科学性。一定程度弥补了以往考核的某些不足，能够更加准确深入地评价和识别领导干部和领导班子，也有利于加强对领导干部和领导班子的监督。很有意义，很有创见……值得各地借鉴和推广。"

他还根据《乡镇干部实行选任制和聘用制的暂行规定》《坚持和完善乡镇干部聘用制的意见》等文件精神，按照"公开、平等、竞争、择优"原则，采取"双选双评"方式，在全县公开招聘了19名科技副乡（镇）长。试用期满一年后，对19名科技副职进行效果跟踪考察，有16人在领导班子中发挥骨干作用，优秀率达84%。同时还以严谨、科学的态度，完成了《科技副乡（镇）长公开招聘及其效果跟踪考察》（软课题）。公开招聘科技副乡（镇）长，其数量之多、力度之大、效果之好，获得一致好评，并在全县掀起了一股"撸起袖子加油干"的改革热潮，有力推动了全县经济社会和文化事业的蓬勃发展，《福建日报》、福建电视台等媒体先后进行了报道。

这两项工作及课题研究，分别荣获浦城县政府1993—1994年度科技进步一等奖和三等奖。

我作为县委组织部部务会议成员、干部科科长，是这两项干部工作创新的参与者和执行者。通过这两项创新工作以及乡镇换届等所了解和掌握的大量资料，为我研究"职位说明"奠定了扎实的基础。

1995年3月的一天，当我拿到秘书科送来的福建省委组织部印发的《福建省中国共产党机关职位分类工作的实施办法》通知后，犹如久旱逢甘露，三年前初到县委组织部工作时提出的疑问顿时豁然开朗，使我更加坚定了"没有分类就没有管理"。接着，我将本县科级领导职务职位分类作为研究课题，研阅了大量县委政府职能部门上报的"三定"方案，经过3个多月的努力，我完成了10多万字的《浦城县党政机关正职领导岗位职责和任职条件》。1997年，我参与本县机构改革工作，对国家公务员制度进行认真研究，着重研究职位分类中的职位说明书，收集大量资料和有关文件依据，在工作之余逐个撰写党群机关（含"两院"）的"职位说明"。转眼到了1999年，我上网访问全国各大图书馆和相关单位，得知全国只有2个中直机关和1个省直机关开展这项工作。全国没有一个规范的文本，这让我感到既喜亦忧，喜的是我的研究成果能为国家公务员职位分类工作有所裨益，忧的是给研究工作带来了更多的难度。

孔子说："取乎其上，得乎其中；取乎其中，得乎其下；取乎其下，则无所得矣。"在研究和撰稿时，我努力做到"取乎其上"。开始以浦城县为研究对象，后来扩大到福建省所辖各县，随着研究工作的不断深入，又延伸到全国各省，力求每个领导职务的"职位说明"能覆盖到全国各省（市、区）中的每个县，以使中国版图内的2800多个县中所有的党政机关和群团组织都能在这本书中"对号入座"，找到相对应的"说明"。2001年8月，我完成了"职位说明"上卷，共40万字。一次偶然的机会，得知全国人大常委会副委员长吴阶平到武夷山视察，我制作了一本样书送给武夷山市市委书记张建光，请张书记找吴阶平副委员长题签书名。

《县（市）科级领导职务职位说明大全》（福建电子音像出版社2001年版）出版后，得到福建省委组织部副部长李福生的重视，他认为："这是一本难得也是少有的专业性较强的书，对干部人事制度改革有积极的作用。"在李福生副部长的关心下，同年10月，省委组织部机关党委干部考察组到浦城对我进行考察。11月，县委书记兰斯文送我到省委组织部报到，这是我人生轨迹的一次重大转变。之后，我一面做好本职工作，一面继续研究撰写"职位说明"下卷，直到2003年7月定稿，共70万字。本书的出版，得到了上海、辽宁、吉林、浙江、江西、云南等省市委组织部的支持帮助，他们为我提供了许多有益的资料；《党建文汇》杂志开辟专栏，进行长达一年时间的宣传和推荐；国务院参事、北京师范大学教授张厚灿，南平市委组织部副部长陈明泉，浦城县方志委主任余奎元等给予了具体的指导和帮助。

2005年9月底，中央组织部领导干部考试与测评中心主任赵洪俊应福建省委组织部邀请，到福建指导公开选拔20名厅级干部的考试测评工作。工作结束后，正值国庆长假，部领导让我在青竹山庄接待赵主任。赵主任酷爱书法和诗歌，他是中国书协理事和中国摄协会员，我们在朝夕相处的几天时间里，一同泼墨品茶聊天，可谓志同道合。当他得知我撰写的《县（市）科级领导职务职位说明大全》后，即向我详细了解撰写过程及相关情况。赵主任说："职位分类是干部人事制度改革的重要内容，职位说明书是干部考核、测评、任用的基础性工作，你撰写的《县（市）科级领导职务职位说明大全》，既是干部人事制度改革中的一项基础性工作，又是开创性工作，很有意义。"

不知不觉,《县(市)科级领导职务职位说明大全》出版至今已20年了,期间,县域科级党政机关经历了两次机构调整,新增、撤销或合并了一些机构,职能也发生了变化,从某种意义上说,我著的这本书成为了我国某个历史阶段国家基层政治体系的一个缩影。党建研究专家陈世奎教授在《海峡品牌》(2020年第7期)撰文称:"《县(市)科级领导职务职位说明大全》是一部论述职位说明的经典之作和开基之作。近20年过去,重新阅读该书,那种扑面而来的创新气息还是那样浓厚。更让人惊奇的是,作为一本研究县(市)科级领导职务职位说明的专著,其学术价值和社会价值经得起时间的检验,尤显珍贵。"

2021年8月15日

一件尚未完成的作品

2020年9月的一天，省委组织部原副部长陈祖辉给我发了一条微信："我近日到青竹山庄参加读书班，每每回忆起您在山庄的工作和笑容，以及我们去过的一些地方的情景，如今还历历在目。光阴似箭，这些都成往事了……"

我随即给陈副部长回了一首诗，《忆旧·赠陈祖辉先生》：

> 青竹忆故人，往日笑声闻。
> 流水还依旧，长空觅雁痕。

陈副部长的微信，勾起了我在武夷山创作的"一件尚未完成的作品"的一段回忆：

2004年7月，省委常委、组织部部长李宏对我任职前谈话，一周后，陈祖辉副部长送我到武夷山青竹山庄任职。这么高的待遇，既让我感到欣慰，也让我感到肩负的重任，唯有竭尽全力工作，才不辜负领导的期望和信任。第二年6月，我接任武夷山干部培训中心主任和武夷山青竹山庄有限公司总经理（两块牌子，一套人马）。上任之初，正值武夷山旅游行业不景气之时，为了在度假区三百多家竞争激烈的酒店行业中走出一条适合自己的路，我提出实行全员销售，与市场接轨，发挥旅行社的作用，扩大客源渠道，提高服务质量，最大限度地激发员工的工作积极性等经营决策。经济效益有了明显增长后，我立即又腾出手来抓其他工作。如把贵宾楼旁的露天花卉种植房改造成"翰墨轩"，2005年10月改造完成并举办书画作品展；从山庄门外开始，沿水泥路两旁修建了一条600多米长的人行道，与度假区的主干道连接，并在路口处立了一块启功题字的"青竹山庄"巨石，在这块28吨重的巨石对面建了一座木制凉亭，取名为"青竹亭"，该项目的建成，将青竹山庄与度假区中心区的距离缩短了600多米，既方便了人员往来，又提升了酒店的竞争力。彼时，正值陈副部长一行到武夷山检查工作，他抽空和南平市委常委、组织部部长翁卡及武夷山市委市政府等领导为这两项工程竣工剪彩、揭幕。经过半年多的努力，山庄通过购买、租赁等方式，新增土地100余亩，同时，还购买了1996年盖青竹山庄大楼临时圈用的25亩土地（与之相连的还有4亩山坡地，度假区管委会以同等的价格多次建议我个人买下，我婉言谢绝了），解决了历史上遗留下来的土地纠纷问题。

2006年3月，李宏部长到青竹山庄检查指导工作。这是我第一次近距离长时间接触李部长，他律己以严，待人真诚，对待部下和蔼可亲，决策科学，处事果断，给我留下了深刻印象。我陪同李部长等领导查看新建的环绕山庄休闲砖路及周边其他在建项目，边走边聊，当走到5号客房附近时，李部长停下脚步，指着远处尘土飞扬的三台推土机问我："那边在建什么？"我回答："这是我们自己在搞基建。"接着我把土地调整、经费使用等情况向李部长作了汇报。我说：山庄在武夷山市委市政府和度假区管委会领导的关心支持下，把南平市中医院2001年购买的36亩土地置换到别的地方，租赁了一些山坡地的使用权，其余50多亩是"飞地"（土地在度假区，但权属不属于度假区）。此外，度假区管委会的4亩地和一个茶农的8亩地还在协商中。十多年来，这里一直都是度假区的建筑垃圾场。我们现将这100多亩地进行连片开发建一个公园。关于经费问题，1996年建青竹山庄时，欠度假区管委会150万元购地款，经商管委会领导同意，先还50万元，公园的规划设计、建设等费用由度假区管委会承担。

李部长听了我的汇报后，称赞道："人才出自基层啊。"

不知不觉我们走到了启功题字的"青竹山庄"石碑旁，我向李部长建议：把山庄的大门移出来，既为武夷山留下一片绿地，山庄的使用面积也得到扩大。经李部长同意后，我先后四次到惠安县，在时任惠安县委副书记吴深生的帮助支持下，请石雕厂的工程技术人员到青竹山庄进行实地考察测量，研究大门设计方案，李部长还在百忙中拨冗审定方案，并为大门撰联：

上联：共瞩青竹有节岁岁虚心劲长
下联：同至山庄育德朝朝砥砺自强

转眼我上任已一年，7月初我送了一份青竹山庄《2006年上半年工作汇报提纲》到部里，简要汇报了青竹山庄的经营管理等情况，现摘录一段：

"山庄原用地67.6亩，1996年办证36.8亩，其余30.8亩（产权属省保险公司、度假区管委会、个人），经半年多努力沟通协调，山庄以1996年的价格办证25.12亩。此外，把南平市中医院2001年购置的36亩地调到别的地方，把度假区60亩'飞地'，连同度假区管委会4亩、个人8亩土地进行整合，山庄现实际用地扩大到152.6亩。"

7月13日，李部长在汇报材料上批示："工作有成效，望继续努力。"在李部长的亲切关怀下，省委组织部拨款购买了度假区管委会和茶农共12亩土地以及一座仿宋牌楼（山庄大门）。2006年8月仿宋牌楼落成。

不久，李部长调离福建……

经过几个月的建设，公园的轮廓已初步形成。一天，我在工地查看建设情况，思考公园的主题和植入元素等，突然想到了世界文化遗产——武夷山摩崖石刻以及范仲淹"饥荒赛龙舟"的故事，受其启发，青竹碑林应运而生。我将党和国家领导人以及书法家留在武夷山的墨迹进行勒石刻碑，在武夷山国家旅游度假区建设一座中国优秀传统文化的交汇点——青竹碑林，同时带动山庄的各项事业发展。也许有人会问，为何要建碑林？我想，这可能是我对传统文化的一种自觉和坚守吧。我认为，传承和弘扬传统文化的最好方式，不是终日刻板地顶礼膜拜，而是要恢复历史的记忆，使优秀传统文化在现实的图景中复苏、发展。怀着崇敬之心自觉地坚守，才是对传统文化最好的热爱，才能捍卫它的尊严和体现它的价值，使之绵延不断，代代相传。

于是，我带上照相机驱车到武夷山档案馆、纪念馆、资料室、景区管委会、武夷学院、武夷山庄、大王山庄等处，收集党和国家领导人、省部级领导干部以及著名书法家等在武夷山留下的上万件墨迹并进行拍照，从中遴选出500多件佳作进行复制，根据书法作品的形状、内容、尺寸等挑选石材，刻在与之相应的花岗岩板材或景石上。起初，一些同事对建碑林并不看好，有的人认为石碑太肃穆，与省委组织部干部培训中心的工作不协调；有的人说，把大量的时间精力投入到碑林建设上，与酒店工作不沾边。我一边解释说明，一边请武夷山市委副书记黄雄等领导和朋友出钱出石出力，不用青竹山庄的一分钱，把赵朴初、启功、沈鹏、李铎、欧阳中石、钱君匋、刘正成、王冬龄等8人题写武夷山或在武夷山留下的墨迹进行刻碑。后来，在省海洋与渔业厅副厅长李祥春、南平市政府副市长杨荣朗和武夷山市委市政府等相关领导的帮助支持下，筹集了一些资金，又陆续把毛泽东、李先念、彭真、郭沫若、习仲勋、王任重、周培源、迟浩田等20多位党和国家领导人的墨迹进行勒石刻碑。2006年11月，中央组织部原部长张全景在省委组织部副部长周银芳陪同下来到青竹山庄。我陪同张部长一行参观了党和国家领导人的碑刻作品。张部长说："这是武夷山的一道风景嘛"。期间，我送了一本我著的《县（市）科级领导职务职位说明大全》和一本在编的《现代酒店文化》（样书）给张部长，请他为样书题签。张部长回北京后不久，为样书题写了"立意高远，别开生面——祝贺《现代酒店文化》出版"。春节期间张部长又来信勉励我要"俯首甘为孺子牛"。

张部长对我的关心和勉力，让我百感交集。

在一百多亩的山坡地上建一座书法碑林并非易事，没有现成的方案和实景可以参考。我边建边想、边想边建，一张总体布局为"三园两廊"的蓝图逐渐浮现在我的脑海里：即武夷园、柳永园、朱熹园。其中柳永园和朱熹园的碑刻内容，邀请书法家从柳永的《乐章集》和《朱熹诗词选》中各选100首，创作后刻碑，除此之外的作品都列入武夷园；同时，建一座书法回廊，把党和国家领导人以及省部级干部的书法作品列入其中；沿山庄人行道放置一批景石，建一条篆刻景石长廊，刻上100枚印章。基本构思是"三突出一结合"：即选材上突出地方特色，主要采用天然景石为原材料，从两三吨到四五十吨不等，形态各异，天然成趣，与风光秀丽的武夷山相得益彰；主题上突出文化旗手，收录柳永、朱熹的诗词刻碑，柳永是武夷山人，北宋著名词人，数百年间"凡有井水处，皆能歌柳词"，朱熹在武夷山治学50余载，理学思想影响中国深远；作品上突出时代风貌，碑刻作品除了三件宋代的之外，其他都是新中国成立后的作品。碑林建设与园林景观有机结合。碑林建设的作品征集，还得到了中国书协副主席胡抗美、毛国典、叶培贵，副秘书长潘文海和中国书协理事赵学敏、陈羲明、张建才、何昌贵和知名书法篆刻家杨剑、梁新颖、黄经通、余国联、谢辉旺等一批德艺双馨的书法家关心支持。

不久，中央国家机关工委原常务副书记刘正威下榻青竹山庄，刘书记领导经验丰富，待人真诚，处事低调，知识渊博，精诗词善书法，他曾在河南、贵州担任省委主要领导，在他的帮助下，中国书协主席张海为碑林题写了"青竹碑林"，刘书记也为碑林留下了"武夷山水寰宇殊，满目和谐映晚霞"墨迹。闲聊中，当刘书记得知我长期在党委机关工作，并著有110万字的《县（市）科级领导职务职位说明大全》时，即建议我早点回部机关工作。一天傍晚，我陪刘书记等人喝茶，刘书记对我说："你们省委领导约我明天去福州，你能不能跟我一起去？"……之后，刘书记的工作人员告诉我，刘书记很欣赏你，他说"举贤不避亲，推荐干部也是我们的本分嘛"。

回到办公室,我思想了许久,如果跟刘书记一块去福州,说不定很快就被调回部机关进步了,但眼下的碑林建设才刚起步,如果这时离开,不是功亏一篑吗?人生短短几十年,还是做点实事更有意义。况且,我在青竹山庄工作几年来,做了大量工作,还获得不少荣誉,如2006年获全国青年文明号,2007年获全国巾帼文明岗和省级园林单位,通过了ISO9001:2000国际质量管理体系认证,酒店按国际行业标准规范管理等等,不要说"近水楼台",只要"公平公正"就行了。拿定主意后,第二天上午,我婉言谢绝了刘书记的好意。刘书记临行前拉着我的手说:"你对青竹碑林太执着了,很难得。"2008年5月,刘书记夫妇再次下榻青竹山庄,并赠我"厚德载物"给予勉励……这期间,我还有幸接待了国家体育总局原局长伍绍祖等,在相处的10多天时间里,伍局长对我也给予了相似的关心……这里就不再赘述了。

青竹碑林的建成,有效带动了青竹山庄的发展。一批文化名人和团队接踵而至,如莫言、贾平凹、许江、张纪中等在山庄举办大型文艺活动。如"全国中篇小说年会暨全国文学期刊社长、主编论坛""亚太民族音乐会第十届国际会议""首届全国书法教培命运共同体发展峰会青竹论坛"等接二连三在青竹山庄召开;山庄还被中央组织部确定为著名医疗专家休养基地,被国家知识产权局和福建省政府设为"省部会商知识产权培训基地"等等。

2008年4月,青竹山庄有限公司第二届董事会第八次会议召开,会议肯定了山庄的经营思路和工作业绩。摘录一段《会议纪要》:"会议认为,经营班子在武夷山酒店业竞争非常激烈和经营环境相当困难的情况下,有思路、有能力,想尽办法,克服困难,成效显著。""为山庄的发展做出了贡献,各董事单位表示满意。为鼓励先进,决定对经营班子和全体员工实行奖励。"

期间,董事会领导还参观了青竹山庄的"十三景",对碑林给予了高度评价,省委组织部原常务副部长、时任山庄董事长刘贤儒还为武夷园留下了精美的小楷书法作品《岳阳楼记》。同年10月，中央组织部组织首批医务专家休假团一行60多人下榻青竹山庄。中组部人才局李涛处长跟我说："山庄环境很好，文化内涵深厚，员工服务周到，专家非常满意。"

2009年6月，在我即将离开武夷山工作岗位之际，福建广播影视集团新闻中心主任陈孜等摄制组一行到武夷山拍摄了一部名为《武夷山文化新景观——青竹碑林》的电视专题片，分别在福建东南电视台和新闻频道播出。我回部机关后在工作之余，对青竹碑林的碑刻作品进行编辑整理，不久在海潮摄影艺术出版社出版了《武夷山青竹碑林》3卷。期间，我发现碑林尚缺8个省和港澳台地区的书法作品。在省发改委副主任余军等领导的帮助支持下，我又着手征集相关"缺席"的省市和港澳台书法家的作品，并利用双休日自费往返于福州和武夷山，又历时四载，把原先空白的景石刻上作品，共碑刻作品80余幅，2013年出版了《武夷山青竹碑林》（增补本）。至此，历时八载，共碑刻书法作品近400件，费用共56万余元，其中石材10多万元，刻工40多万元，搬运4万多元。2017年1月，福建美术出版社在2009年和2013年海潮摄影艺术出版社《武夷山青竹碑林》4卷本的基础上，重新分类编辑出版。尽管如此，青竹碑林最初的总体构想还没有完成：如碑廊还没建；朱熹园仅刻了20多首朱熹的诗词；篆刻景石长廊，才刻了七八方印章；仿宋大门和青竹亭的题字还没有刻上去等等，总之，这是一件尚未完成的作品。

英国艺术评论家乔纳森·琼斯说："世界上最好的作品都是未完成之作，如达·芬奇的《三博士来朝》草稿、米开朗琪罗的《奴隶》大理石初稿、塞尚的《圣维克多山》习作等，这些作品本身就是对伟大艺术的定义。"对此，我还认为，一件艺术品的未完成状态，还揭示了"少即是多"这个真理，同时，对于观众而言，作品留白部分往往更能激发观众或读者的想象力。2013年8月，福建省书法家协会、福建画报社联合在福建博物院召开《武夷山青竹碑林》研讨会暨图书出版首发式，省委宣传部副部长马照南作了主旨发言,他说:"陆永建创建的青竹碑林,这不仅是一种艺术追求,更是一个文化人历史文化责任的集中体现……青竹碑林,不仅是一场书法艺术盛宴,更是一座传承和发扬中华民族传统文化的瑰丽殿堂。"(《福州日报》2021年9月6日),党建研究专家陈世奎教授在《一个传统文化创造性转化、创新性发展的成功典范——基于陆永建〈武夷山青竹碑林〉的个案分析》(《福建文艺界》2020年第6期)一文中说:青竹碑林"最有意义的是一个传统文化创造性转化、创新性发展的成功典范,其所探索的新路子给我们留下了许多可观、可鉴、可操作、可示范的深刻启示……一件旷世文化作品横空出世,永久地屹立于武夷山大地上……青竹碑林,即便不编著成书,也是一部书写在祖国大地上具有思想性、传承性、艺术性和观赏性的名景名作"。

2021年11月8日

第二辑　诗词赋

建党百年感怀

一棹南湖起紫烟,
神州处处挽狂澜。
沧桑百载风兼雨,
终有长歌入九天。

泛　舟

千古风雨一场梦,
万载荣枯转头空。
横舟山水当长笑,
纵情天地作闲翁。

雨后游大金湖

雨落凡尘远,
槎浮碧水间。
悠然天地趣,
把酒古今谈。

登 黄 岗 山

渺渺千林翠,
猎猎一径风。
浮生得自在,
闲坐览群峰。

书 法 吟

汉隶唐楷魏晋风,
银钩铁画墨酣浓。
运筹帷幄胸中意,
流水行云腕底功。

建宁上坪观荷

疏星朗月隐荷塘,
流水清音浣羽裳。
妙相凌波观不尽,
轻风拂过有莲香。

寄　友

君游南山，吾观东篱。
浮云卷舒，坐看攘熙。
对酒当歌，谈笑忘机。
千金易得，知心难觅。

饮　酒

豪气千盅酒，
诗情一瓦缶。
衔觞叹盏微，
九天斟北斗。

游闽侯十八重溪

文笔峰前遄逸兴，
知音瀑底任神游。
古灵祠外钟声邈，
落镜桥边忘去留。

观平潭三十六脚湖

斜阳汀有鹭，
横棹水无涯。
极目千岩渺，
星居四五家。

贺文昌市书协成立三十周年

曲水千山客,
流觞万里贤。
闲云无限意,
笔墨卅年间。

西藏感怀

高原雪域云天阔,
喜舍慈悲济世观。
草芥浮生来复去,
天堂咫尺梦魂牵。

感　怀

花开总有时，
叶落岂无期？
坐忘江湖老，
闲吟五柳诗。

春 日 吟 一

且遣春风催碧水，
群山莽莽遍葱葱。
苍梧北海烟霞客，
抛却营营乐无穷。

春日吟 二

空蒙凌海岳，
淡冶渐出尘。
信步春风里，
怡然自在身。

忆爷爷

洗濯磨淬尘寰远，
博济苍生百岁身。
至美大拙方是巧，
慈心一片故为仁。

和信之先生诗

碑林孑立水东流,
风雨一蓑几度秋。
世事纷纭闲处看,
心无挂碍万般休。

送别李宏先生

风吹九曲千峰冷,
月隐长亭万壑寒。
去岁桃花开又落,
明朝共赏武陵源。

赠陈祖辉先生

青竹忆故人，
往日笑声闻。
流水今犹在，
长空觅雁痕。

答谢李福生先生

笔墨千秋意，
天涯万里情。
红尘多少事，
烟雨任平生。

三明行赠周银芳先生

绿意满城郭，桃源谒洞天。
白云浮翠柳，渔父望长竿。
举酒拥明月，烹茶有古泉。
笑谈千载史，不过几重山。

有感于潘国璋先生欧洲五国游

闲游异域笑流年，
梦笔轻描过眼烟。
不为浮名逐俗务，
此生暂寄水云间。

十六字令·风

风,
地覆天翻玉宇澄。
七十载,
云散巨龙腾。

十六字令·山

山,
尽染层林万木丹。
巉岩踞,
谷底卷狂澜。

十六字令·归

归，
万里长空落叶飞。
西风劲，
鸿雁几时回？

十六字令·闲

闲，
把盏临风月正圆。
吃茶去，
一啜忘尘缘。

十六字令·闲

闲，
拊掌击节酒半坛。
凌云笔，
泼墨乐陶然。

十六字令·闲

闲，
漫卷诗书遇圣贤。
桃源境，
不似在人间。

浪淘沙·怀友

渔火映乌篷,船棹轻轻。
孤帆远远送归程。
明月楼台依旧在,却与谁逢?

烟雨又空蒙,叠嶂层层。
青山树树换秋声。
万里西风传尺素,雁字南横。

破阵子·怀章仔钧

百世长河流转,千年叠嶂凝眸。
猎猎旌麾金鼓震,故垒烟尘转眼休。
浮生壮志酬。

杳杳寒星西坠,滔滔逝水东流。
一片丹心昭日月,良相醇臣青史留。
声名誉九州。

采桑子·游武夷山九曲溪

闲情欲向青山寄,梦里江南。
过尽千帆,波上渔歌袅袅间。

晚来恐是花期错,雾起栏杆。
树影阑珊,遥望鹧鸪山外山。

浪淘沙·过南昌

往事已千年,俱是尘烟。
滕王阁里又凭栏。
新府洪都传毓秀,日月经天。

弹指一挥间,换了江山。
新城广厦起连绵。
秋水风光凝盛况,再续华篇。

江城子·抗疫有感

九州烟雨莽苍苍。
有国殇，黯斜阳。
荆楚无辜，洒下泪千行。
云雁数声何处去，山寂寂，水茫茫。

曙光乍起意疏狂。
倚明窗，赏华章。
极目归鸿，长啸越平冈。
风满人间春万里，桃李罢，柳枝扬。

西江月·夜读

半榻诗书做伴，五更箫鼓年华。
流光分付晓星斜，门外依稀车马。

多少前贤俱逝，古今咫尺天涯。
浮生一梦尽嗟呀，姑且围炉闲话。

清平乐·观平潭石厝

海坛深处,别有寻幽路。
厝外红尘朝又暮,俯仰千秋运数。

今古意总无穷,悲欢曲自有终。
换取芒鞋踏遍,与谁闲坐听风?

清平乐·访浦城永建村

秋高日暖,心静浮尘远。
叠翠层峦溪水畔,笑看白云聚散。

此间忘却繁华,怡然堂下闲茶。
几度停杯相问,何时重又归家?

天净沙·和梁建勇先生

桃开陇上繁花，
烁灼春满汀沙。
树下汲泉煮茶。
且来闲话，
任他风雨烟霞。

渔歌子·答谢陈向先先生

难辞厚意授华鞭，
展卷详读慰隽贤。
长短句，古今烟，
植杖耘耔见南山。

天净沙·答谢余军先生

青竹水榭当年,
幸逢今古高贤,
谱就碑林画卷。
丹心一片,
太平盛世而弦。

鹧鸪天·和谢秀桐先生

犹记拼却醉颜红,云笺纵笔意无穷。
高山流水吟李杜,煮酒烹茶唱大风。

从别后,盼相逢,闲庭信步笑谈中。
殷勤青鸟蓬山赴,莫使金樽照月空。

三 闲 堂 赋

何谓三闲？闲暇之余，读闲书，做闲事，当闲人也。

读闲书者，非合意不阅，非有趣不赏。思渡江一苇，阅卷事无常。上天入地，览古察今；博大澄明，万般皆忘。

做闲事者，游于艺得天道，补于拙度时光。或书画怡情，平和简静神逸八方；或诗文唱和，流觞列坐万千气象。

当闲人者，问善于世，淡看炎凉；卓尔不群，信马由缰。观自然之风云，承天地之星霜。

斯之凡地，可茶可酒，且敛且放。探人生品禅说理，广交友承贤继往。学问研讨至精，道德参悟至详。怀先哲之志，论古今兴亡；存浩然正气，看天下沧桑。出世做人，入世做事；源深流远，光澜必章。物与草木俱朽，志与日月并煌。

"三闲堂"者，乃尘之居，亦德之养。

（刊于《文化生活报》2021年1月5日第1期）

青竹碑林赋

石者，天地精气聚之也。禀于刚强，愈久弥坚；其坚贞之质，犹君子之风也。碑者，铭文载章于石也。神韵附石，则血脉贯通，魂灵佳现，是为碑也。青竹碑林位于武夷三姑，乙酉夏始建，己丑春竣工，历时四载；有碑廊、碑亭、柳园等。

呜呼，美哉，奇哉，壮哉！

武夷山水，风光旖旎。青竹碑林，神采绚丽。方圆百余亩，依地势而立。奇石参差，大小不一。呼之而来，群石会聚；古朴雄浑，形态迥异。树木扶疏，满目苍翠；花草相衬，七彩流溢。日出斜照，晨光掩蔽；晚霞铺洒，金晖熠熠。云绕雾缠，梦幻仙境；雨笼雪罩，别有情趣。景石题刻，交相辉映；碑林园艺，各显神奇。

青竹碑刻，万千气象；群贤邀至，深情难抑。细观奇石，如看百态人生；欣赏书法，犹见蛟腾凤起。造化无心，志者有意。集名人之篇章，聚大家之墨笔。古之文人先贤，寄情山水，清渠方塘映翠竹；词圣俊才，吟咏风月，长亭兰舟伤别离。今之英明统帅，挥师南下，武夷山下展红旗；各界贤达，彰显风流，盛世诗赋感天地。汉晋风韵，笔墨志趣；经典佳作，俯仰皆是。唐宋诗词，豪放婉约；明章隽句，心智启迪。文人情愫，书家气息。甲骨金篆行草楷隶，章法千帆竞渡；二王虞张颜黄赵伊，风格百花并蒂。典雅遒劲，酣畅淋漓；携风擎电，起伏飘逸。一石一景，百石百艺。精工细作，新颖创意。宣纸易旧，巨石永立。大书历史，凝聚古今；明珠闪烁，璀璨瑰丽。

武夷文化，源远流长；碧水青山，中外名扬。暮雨朝云，时光流淌；世事变迁，好景难常。苦乐人生，岂容彷徨？功过是非，孰论短长？

赤子丹心，情系故乡；抢救瑰宝，发掘珍藏。真善美实，精神崇尚；集腋成裘，所归众望。沐浴日月，见证沧桑。传文化之火，弘民族之光。

（刊于《福建日报》2009年3月22日）

青竹山庄赋

君临胜地,青竹山庄;总领武夷神韵,尽览九曲风光。方圆百余亩,占天时地利,似龙盘虎踞。玉女静倚,婀娜多姿;大王耸立,巍峨雄壮。青山簇拥,绿水环绕;繁花献瑞,百果飘香。生机盎然,春意流淌。清幽仙境,赏心悦目;世外洞天,独甲一方。

雄伟牌楼,典雅大方;楼宇亭榭,别有韵味;丹瓦素墙,古朴端庄。竹窠路接福地,青竹亭迎嘉宾。庭院石雕,匠心独运;园林盆景,巧夺天工。蕴翠微缭绕之气,含清淡淳朴之风。临窗即景,氤氲风光入眼帘;出户是画,葳蕤绿意暖心扉。大红袍岩骨兰香,九龙桂红雨芬芳。柳池鱼翔浅底,果园客醉丛间。半亩方塘,荷花映月;丹桂新园,暗香撩人。百竹园,竹影婆娑笑曳春风;翰墨轩,笔墨丹青情寄寰宇。漫步园中园,姹紫嫣红,移步换景;极目远望亭,峰峦叠翠,云淡风轻。蓝天白云下,足球网球篮球,康乐时尚;青山碧水间,游园品茶垂钓,养性修身。羊肠幽径,顺势起伏辗转;青砖小道,随景曲折纵横。青竹广场,布局奇巧,处处诗画,聚水光山色;青竹碑林,立意高远,字字珠玑,藏国学内蕴。晓风亭前,吟"晓风残月",念宋词大家,柳三变名留青史;活源亭侧,诵"天光云影",忆理学圣贤,朱元晦旷世鸿儒。朝伴鸟鹊林间唱,暮随蛙虫池边鸣。心潮荡漾,俯仰乾坤;神采飞扬,指点古今。

青竹有节,节节向上;山庄载德,岁岁贺新。文人学者,乃是常客;高朋雅士,皆为上宾。人生苦短,草木春秋;斗转星移,恍如梦悠。倘若问君,则曰:三三长溪情不尽,绵绵武夷重千钧。与时代并行,和民众同心。

(刊于《福建日报》2008年7月6日)

佛 跳 墙 赋

  闽菜状元，聚春园创。中华名宴，冠盖八方。东南邹鲁，文脉泱泱。闽越古韵，积厚流光。山水形胜，物阜民康。烹饪佳品，特色领航。

  金鼎褒奖，百年滥觞。匠心独运，春发改良。金齑玉脍，域广料庞。奇珍异食，依序列章。细火慢煨，老酒高汤。坛启荤香，三日绕梁。巧夺天工，佛闻跳墙。软嫩柔润，回味绵长。厚而不腻，长幼咸赏。鲜而不俗，宠辱偕忘。猗欤美哉，百骸俱畅。可择累黍，可供浩穰。亦为国宴，亦为家常。酒旗飞扬，车马熙攘。

  根自传统，毓养弘彰。魂乃和谐，并蓄共襄。弦歌不辍，非遗龙榜。深研不止，异域流芳。守望不移，世代永昌。

（刊于《文化生活报》2020年2月4日第3期）

金骏眉赋

　　金骏眉者，武夷奇茗。纳天地之精，汲日月之灵。元勋高士，积雪囊萤。千揉岩骨，百焙兰馨。金汤亮黄，味甜无竟。一啜一品，把盏邀月，闲庭养性；一酬一和，举杯迎风，甘露怡情。面无晦浊之态，心无鄙俗之兴。至静至雅，消块垒以物外；亦茶亦禅，浮太和而身轻。名传神州之八遐，道播华夏之泉井。

　　偈云：吃茶去！

（刊于《文化生活报》2020 年 11 月 22 日第 22 期）

云 门 赋

图腾凤凰，唐寺植根。弥勒山前藏风聚气，金猴山下耕读绵亘。蓝氏先驱筚路蓝缕，革命志士殉国忘身。延周宁丘陵茂林成荫，承咸村风物孔嘉化臻。霜染枫红，似火焰耀晨昏；雨润茶青，有幽香满乾坤。屋舍俨然，紫薇铺陈；白墙灰瓦，鸡犬相闻。果姹紫而飘香，实金黄而秋深。合作山哈，特产畲云。蜡染衣裳，多姿缤纷；银饰刺绣，瑰丽灵琛。婚嫁民俗，袭古风之遗存；村舞山歌，疑天籁之清尘。临山溪以濯足，趋步道而凝神。文化节举樽，三月三飘衽。高山流水相珍，伯牙子期良辰。无熙攘之俗，远庸碌之沉。曰：桃源秘境，畲村云门。

（刊于《福建日报》2018年12月9日）

万福桥赋

名邑周宁，水长山高。云端仙境，人间青韶。福泽安康，为民之道。盛世戊戌冬，卜筑万福桥。

临城东织女桥边，越国道东洋溪畔。北连宝塔峨峰，南有缘福镶嵌；西眺街市如屏，东闻鼓音似烟。三孔连环，托起八方俊彦；五段廊台，推开四面景观。琉璃碧瓦，中脊歇山；翼角轻翘，层叠重檐。涂彩描金，飞阁流丹；红柱擎天，青石雕栏。祥龙蟠绕，群狮顾盼。至凝至炼，楹联铺展；适然怡然，翰墨竞妍。藻井勾连，锦绣画卷：或九龙飞瀑之百壑千岩，绘壮丽诗篇；或人鱼同乐之历史积淀，述赓续绵延；或敬忠八公之耆宿先贤，悟懿范箴言；或革命老区之英杰征战，仰昆仑肝胆。万福夭夭，灿若星汉。有楷之韵、隶之轩、草之风、篆之俨。寻古籍以周全，祈苍生之福愿。

扬乾坤之正气，集文化之璀璨。不求圣人之伟，功在宇寰；应怀济世之魂，造福家园。邀朋结友，纳凉负暄；黄发垂髫，乐而忘返。抒旷达之胸襟，歌疏狂而沉酣。瞰日月之更替，观星霜之荏苒。曰：河清海晏，福祉长传。

（刊于《福建日报》2021年8月9日）

第三辑 文艺评论

武夷山咏墨

——谈朱熹的艺术思想

金秋，重游武夷山。

在朱熹纪念馆，有幅木匾，上刻"静我神"三个大字，这是朱子的亲笔题字，为该馆增添了不少书卷味，也把我带进了另一个天地。

朱熹是中国文化史上的一位巨人。他是宋代理学之集大成者，同时还是一位书法家。

宋初，继承唐末五代的书法是书坛的主流。之后，一些有个性的书家渐渐不满足于这种似是而非的古法，而直取魏晋之精髓，由此独特的古法新变、推陈出新的书风迅速盛行。朱熹的书法思想就是在这种书风中应运而生的。也正因为他学问高深渊博，所以这些因素往往融为艺术上的有益成分，自然地流溢于字里行间，使他成为一代书家，其书法与道德、理学相容。

朱子此幅书法作品所表现的书风，可见他取法晋唐，与宋代苏轼、黄庭坚、米芾等诸大家迥然不同，虽遵循欧阳询、虞世南的轨迹，继承颜真卿的遗意，但他用笔寓含蓄于矫健，秀丽中存清劲，引而不发，坚实遒劲，结字严谨，不乏典则，与朱子本人力正风教、秉性刚直、提倡居敬的立身态度相契。朱子善评诸家书法，曾说："蔡襄之前有典则，乃至米芾、黄庭坚诸人以来，便自欹放纵、世态衰下，其为人亦然。"此评是否正确暂且不论，但从中可见朱子对书艺的审美标准是重典则的。宋人自苏、黄、米、蔡之后大多讲变化，追求放纵恣肆，主张表现个性，较少典型楷则。然而，朱子却追求古雅，对"宋四大家"进行批评，曾说："书学莫盛于唐，然人各以其所长自见，而汉、魏之楷法遂废，入本朝来，名胜相传，亦不过以唐人为法，至于苏、黄、米而欹倾侧媚，狂怪怒张之势极关。"

朱熹在书法艺术上过于注重典则，反对个性解放，这主要是由他的哲学思想和审美感受所决定的。审美感受的特点是审美对象的特点的反映，这种反映在朱熹身上主要表现为绝对精神和伦理道德观念的综合体现。

朱熹认为，理是宇宙的最高原则和最终根源，"宇宙之间一理而已"。这就是说，理是一个最高范畴，是唯一的存在和永恒循环往复的运动，是天地万物以至三纲五常的创造者。

在朱熹看来，理是个抽象概念，它创造一切是通过一个中介——"气"来完成的。"天地之间，有理有气"，"理与气，此绝是二物，但在物上看，则二物浑沦，不可分开各在一处"。朱熹提出"理一分殊"学说，即所谓"万个是一个，一个是万个"。这里含有一个和个别、一分为二的辩证法的合理成分。由此可见，"理一分殊"是朱熹哲学思想体系的骨架。这就是说，在万物万理之上，还存在一个主宰者"理一"（即太极），而"理一"又体现于万物、万理之中。

格物致知是朱熹认识论的核心。他认为"所谓致知在格物者，言欲致吾之知，在即物而穷其理也"，即认识的主体是人的心知，认识的对象是万物之理，认识的方法是格物，认识的目的是穷理，以达到伦理道德修养的最高标准。

可见，"理"是朱熹哲学思想体系的基础。理的展开，使其学说更完备，更有思辨性。

朱熹的艺术哲学思想便是由此展开的，他提出"文皆从道中流出"。这个命题中的"道"，主要有两种含义：一是绝对精神，即"太极"和"理"；一是伦理道德观念。前者是宇宙原理，属哲学范畴；后者是道德准则，属伦理范畴。

"文皆从道中流出"告诉我们，艺术的终极根源是"道"，艺术本质上是道的"流行发见"，艺术美的最深层的意蕴、最高的模式也就是"道"。朱熹在谈到艺术的审美理想时就用"气象近道"形容艺术理想美的极致。他认为，从根本上说"文便是道"："道者文之根本，文者道之枝叶，惟其根本于道，所以发之于文皆道也。"

"文皆从道中流出"还意味着，不仅艺术的内容、本质是由"道"决定的，而且艺术的形式美也是从"道"里流出，为"理"所决定的。而"理"凭借"气""流行发见"。艺术的实际构成是"气"。如朱熹评书画为"本之精神"（即所谓"精神"，正是"气之精英为神"，"凝在里面为精，发出光彩为神"）。艺术美的实际形态也是"气"之体现。如他推崇的"英风逸韵"包含的两种风格。前者指峻健飞动的格力，属于"气"的阳刚形态，如"气力雄壮""势若飞动""才雄气刚"等都是；后者指平淡含蓄的韵趣，属于"气"的阴柔形态，如"萧散淡然"等。因此，朱熹在审视书法作品时，极力反对"放纵"，推重钟繇"平整古雅"的楷书实为达到一种理想的"和谐"，即"中庸"。总之，朱熹在谈艺术本源时，推论逻辑根源多言"文道"，分析实际问题则多言"文气"，后者往往能突破其唯心主义格局而表现为唯物主义的合理因素。

在审美感受中，朱熹把"道"看作"宇宙原理"时，这个"道"相等于柏拉图的"理式"和黑格尔的"理念"，它也是世间万物的本源，既包括伦理之道，也包括事物的规律，这个"道"是周延的。等朱熹把"道"看作"伦理之道"时，这个"道"就只是精神本体的一部分，这个"道"是不周延的，既有"载道之文"，又有"害道之文"。

在这种情况下，朱熹把宣传封建伦理道德放在压倒一切的位置，表现出理学家过分强调艺术的政治、伦理的功利目的。但这种强调并不意味着对艺术的否定，相反，在某种意义上却肯定和强调了艺术，只不过这种肯定和强调的角度不是纯艺术的。

（刊于《西山书画》1994年2月25日，《闽北日报》2001年9月12日。获全国"武夷颂"征文比赛二等奖）

虚怀若谷　高屋建瓴

——李岚清的"另类篆刻"情怀

癸巳岁末，正是莺啼新风的时节，李岚清先生的系列艺术活动在福州举办。此次活动内容丰富，形式多样，包括在福建博物院举办的"福海艺缘·李岚清篆刻书法素描艺术展"、在福建师范大学举行的《大众篆刻与保卫汉字》演讲，以及福州"左海印吧"成立仪式和"海峡两岸篆刻艺术传承与发展研讨会"等。艺术活动是李岚清先生常年躬身实践艺术成果的璀璨汇聚，更是他全部生命智慧思考的敞亮对话，不仅为人们带来了充沛饱满的精神享受，更继承发展了中华优秀传统文化，并传达张扬了新时代文化气象和当代人文精神。可以说，李岚清先生的艺术探求是丰富而多元的，他对中国传统篆刻艺术的创新和推广，做出了重大贡献，成为中国篆刻史上一个典型的时代标识，这也是此次李岚清系列艺术活动选择篆刻为主题的主要原因。

艺术展开幕当天的榕城细雨绵绵，西湖碧水涟漪，在榕书法美术界代表集聚一堂，共享这一精神盛宴。5年前，我曾参加过李岚清先生在福建博物院的篆刻作品展，李岚清还让工作人员送了一本他签字的《原来篆刻这么有趣》给我。这次活动全程从简高效，井然有序，这是李岚清一贯低调谦逊的作风。展出分"大众篆刻""诗印书情"和"我为大师画素描"三部分，李岚清亲临现场，为参观者讲解指点。八十高龄的他，谈起热爱的篆刻艺术来，格外神采奕奕，精气飞扬。面对博大精深、奥妙无穷的篆刻文化，李岚清始终怀抱谦谦学子般的虚心恭诚，坚称自己只是一个"篆刻的业余爱好者"，唯一值得称道的是年幼时便"情根深种"、直至古稀之年仍未消泯舍弃的一片热爱篆刻的赤诚情怀。在他看来，篆刻艺术是中华文化的至臻瑰宝。篆刻以汉字中的篆书为创作内容，以玉石为承载方式，以笔法刀工为表现形式，兼具实用性和艺术性的独特审美特征，在为人们带来丰盛的审美愉悦与艺术享受的同时，还能陶冶情操，传抒心志，张扬个性。李岚清曾多次坦言自己重拾童趣研习篆刻，是为了"寻求一种有意义的乐趣"，他将篆刻"作为表达我的志趣、理念、情感的另一种载体和有趣的方式，不仅通过字义来表达，也尽可能通过字形来表达"。这种"艺术趣味论"的观点，实则是关于艺术本体的非功利认知，即艺术首先是艺术家情趣意志的感性选择，是主体生命与外在世界的交流与对话，是一种独立而又具有鲜明个性特征的创造。基于这样的理解，李岚清视篆刻为一种真性情的歌咏，他追求"刀石相生"传达的"物我融通"，他渴望"气韵生动"张扬的"天人合一"。所以，他戏称自己的篆刻是"另类篆刻"，既不盲从派别潮流，也不限制章法格局，"觉得什么有意思就刻什么，怎么好看就怎么刻"，真正做到了自在随性、从心任情。既然无派无师，也就皆可为师；既然无规无则，也就皆可成法。李岚清以扎实深厚的书画艺术修养，开阔豁达的文化胸襟气度，广采众家之长，博纳多方之彩，在借鉴领悟的融会贯通中，独辟蹊径，自成一格。他的篆刻作品刀中见笔，笔中有刀，图文灵活生动，布局虚实疏密，结构欹侧均衡，在或庄重雄浑或健拔奇肆、或潇洒奔放或稚趣可爱的多样风格中，展示了"鸢飞鱼跃，活泼玲珑"的烂漫风采，体现了奇巧活泼与灵妙趣味的审美魅力。

  从本质上说，艺术创造是艺术家的主体行为，是个性风采的淋漓展示。但从艺术发展史来看，艺术创造又不能仅仅局限于个体的沉吟，应该具有绵远沉邃的深度和磅礴浩瀚的气度，才能具有穿越时空震撼心灵的永恒魅力，这应该成为艺术工作者的共识，也应该是艺术与时俱进的发展方向。如果说，迈入篆刻之门是源于对艺术张扬性情的共鸣体验，那么，持之以恒地求索篆刻之道和身体力行地创新篆刻推广，就充分体现了李岚清对篆刻艺术文化内涵和时代使命的深刻理解。他指出，"我认为篆刻不仅是艺术，更是我国的一种独特文化。对我来说，我更把它看作是一种文化"，是可以"让人们正视和热爱中国文字的文化艺术精髓，从而对汉字文化产生自豪、自尊、自信和自觉"的独特艺术创造。变化多端、灵巧丰富的篆刻图文形态，具有融万千气象于方寸之间、化事理人情于曲直内外的深厚文化精粹；"气韵生动""情理相通"的审美意境，蕴含着"虚实相生""阴阳合一"和"汇通天地"的深广人文内涵。中国美术馆馆长范迪安赞誉李岚清的篆刻作品"开拓了文艺表现的时代主题"，主要在于李岚清不仅把篆刻当成个体生命意趣的感性选择，更将篆刻视为民族继承延续和开拓创新的文化精神，如何让传统篆刻艺术面向大众、推广社会，甚至走出国门、对话世界，是他真正关心的主旨，成为他不懈求索的动力。

带着弘扬中华民族优秀文化、推动传统文化现代化转型的高度责任感，李岚清对篆刻的印材、工具、内容、形式、技法等方面进行全方位的突破创新：他刻的1000多方印章中，除了600多方石材和近300方木质材料外，还有陶、瓷、紫砂、砖、木、金属等各种材料，尤其是将古老漆器艺术和篆刻艺术相结合创新的"漆艺篆刻"，外形光彩艳丽，雕刻灵巧便利，"不但篆刻家可为之，书法家、画家，有一定文化基础者皆可为之"。此外，他还尝试将各种艺术形式融合相生、参差互鉴：在主题内容上，不仅雕刻诗词、名章等传统形态，更"试图刻一点别人不常刻的东西"，如"CHINESE SEALS（中国印）"取英文为印，十二生肖肖形印以卡通画入印，莫扎特印章更融合表现乐谱、谱架、音符和琴键等象征符号；另一方面，在表现形式上，不仅大胆加入题记、随感等其他形式，还不断丰富边款内涵，其边款常有自己创作的诗词歌赋，如为齐白石刻的《独此一格》的边款：

淡墨简笔有深意，单刀破石味无尽。一目了然皆齐璜，可学可赏不可仿。辛卯春，李岚清。

为吴冠中刻的《冠中印象》的边款：

国画西画水乳融，古意新风各有趣。真景虽美画更美，踏破青山难寻觅。具象抽象相交映，点线之间显神韵。浓彩淡墨味无尽，吴公教我赏风情。作于二〇〇九年二月廿六日在中国美术馆参观吴冠中先生捐赠画展是日。辛卯春，李岚清刊。

此外，他的边款还有不少心得体会、短评故事，如《让高雅音乐走向大众》的边款："让高雅音乐走向大众，音乐使生活更有情趣，思维更有创意，工作更有效率，领导更有智慧，人生更加丰厚。李岚清作，壬辰岁末。"《用风能向大海索取淡水精盐》的边款为："我国是淡水资源严重短缺的国家。然而我国不少沿海地区，无论是陆地还是海上都有丰富的风力资源，况且我国又是风电装备的制造大国，因此应当利用风电淡化海水并利用残渣制造精盐和其他盐化工产品。这样不但可以解决淡水短缺问题，又可以把大量盐池改为其他开发，此乃一举几得的大事也。李岚清，壬辰春日。"

毫无疑问，李岚清的探索是成功的，他的每一方篆刻作品都是一个崭新的创造，是诗、书、画、文、篆、印等艺术形态的交融辉映，更是创作者人生经历、艺术感悟和生命体验的璀璨篇章。这种整合多元艺术形态的有益尝试，实现了他自己所说的"试图把篆刻的地位再提高一点，让它当一次主角，当当'红花'，让其他文化艺术来给它当一次配角，当当'绿叶'"。更重要的是，这种探索对于篆刻艺术的推广是史无前例的。身为一名党和国家领导人，李岚清身体力行从事篆刻艺术的创作和研究，无疑起到了重要的文化示范与带领意义。同时，他还将实践进行理论总结和提升，针对篆刻艺术的现代化转型，提出了"大众篆刻"理念，全方位思考和探索篆刻艺术的大众化、现代化和产业化，并陆续出版了《漆艺篆刻——让篆刻走向大众》《原来篆刻这么有趣》等专著。他提出以操作便捷而美观大方的漆器乃至木器边角料替代传统玉石材料，以现代电动刻刀、激光刻字机等科技手段替代专业刻刀等创新方式，从根本上解决了篆法、章法、刀法、印材等影响篆刻艺术普及的瓶颈问题。他建议开发印信礼品、印章标识和印章纪念品，以及构建"印吧"文化空间等篆刻产业规划，有效帮助篆刻艺术从小众艺术和高雅艺术走向大众文化和商业市场，使篆刻艺术在传统艺术的现代化转型中，更贴近时代和生活，更面向大众尤其是新时代年轻群体，从"旧时王谢堂前燕"，真正"飞入寻常百姓家"，焕发新的生机与活力。

可以说，"大众篆刻"理念的提出，是具有扎实可行的操作性和持续发展前瞻性的开拓创新，是在突出篆刻的历史文化认知和多重现代审美双向功能基础上，对中国传统篆刻艺术的一次跨时代推进。在李岚清先生的关怀重视和鼓励支持下，2006年，金石篆刻列入"国家级非物质文化遗产名录"；2008年北京奥运会采取了"中国印"标识，使中国的篆刻艺术闻名世界，成为篆刻史上的里程碑；2009年，中国篆刻列入"人类非物质文化遗产代表作名录"，国家对篆刻艺术的相关法律政策、资助项目也陆续出台……这一系列成果，不仅对于篆刻艺术面向大众与市场、屹立世界面向未来，产生了重要的作用，而且对于整个中国传统艺术的现代化转型都具有重大的启示意义。在当代中华文化处于经济全球化和世界一体化的快速发展进程、面对世界多元文化冲突与融合的丰富机遇和巨大挑战中，这种发掘中华民族优秀文化基因，探寻并确立适应当代文化动态、协调现代社会需求的大胆探索和发展创新，必将成为我们提高文化自觉、增强文化自信、繁荣社会主义先进文化的强大助力。

（2013年12月17日在"海峡两岸篆刻艺术传承与发展研讨会"上的发言稿；收入《审美的印记》，海峡文艺出版社2019年版）

躬行修笃志　求索著华章

——读叶双瑜《晴耕雨读》

在当代文化研究者看来，科学技术日新月异、知识理论推陈出新、数字信息铺天盖地的现代社会剧变，给人们带来了前所未有的生命体验："一个注满陌生人的拥挤的社区；一个破碎而断裂的世界。"（美国尼尔·波兹曼）在整体激进和浮躁的情绪氛围下，人们一方面希望与时俱进更新知识，另一方面又沉醉于模式化的工业生产和刺激性的消费娱乐中。在对学习型社会形态的普遍认可下，关于学习的内涵认知却十分模糊，学什么、怎么学、如何用……成为当下许多人的困惑。

当我阅读叶双瑜先生的《晴耕雨读》（福建人民出版社2016年出版）时，便有了一种喜悦和充实，这是一种来自深入学习的丰盛体验。双瑜先生是一个善于学习、勤于思考的领导干部，古今中外的典籍著作、忙碌充实的工作生活，乃至身边的世事人情，都是他学习的场所和对象，诚如书名所言，如农夫晴耕雨读，不敢懈怠。这不仅是他的自况之言，也是他几十年书卷不离、文笔不辍的真实写照，是他"真正把读书学习当成一种生活态度、一种工作责任、一种精神追求"的诠释。于他而言，学习从来不是外显于身的应付手段和炫耀资本，而是内化于心的人生态度和精神追求，通过学习获取的广博知识、探索分析的思考习惯、逻辑辩证的思维能力，赋予了他心怀天下、情系苍生的宏观视野和辽阔胸襟，使他的文章自然流露出一股豁达敞亮的真挚情怀。

朱熹曾说，关于学习的内容与对象，应该是："无时不可学，无处不可学，无人不可学。"我以为，除了这"三无"之外，还可以再加上一条"无事不可学"，当学习成为生活习惯和生命态度时，就会使生命呈现出相对自在而敞开的状态。在双瑜先生这里，学习就是这样一种随时随地随事的生发，无论是基层调研、工作研究、世态观察，还是人情忆念和艺文赏鉴，都体现出"在实践中学习"的勤勉和坚韧：走访厦门、泉州通关口岸、重点开发区和各大企业以及在三明、南平等地进行商务专题工作调研，深入武平县等革命老区开展群众路线教育实践活动调查，奔走龙岩等地检查行政服务标准化改革……他这个"坐不住"的人，总是在撸起袖子挽起裤脚走遍八闽大地、走入工厂车间、走进田地乡野的"躬行"过程中，考察最真实生动的资料，发现最根本切实的问题，探讨最趋先前瞻的策略。在他的文章中，没有细碎的情绪私语或庸碌的片段记录，而是对外贸易总额测算、生产产值和比增率比较、项目趋势前瞻、载体平台分析，以及各种对政治经济形势、体制机制创新、社会思潮变革的梳理和解析。正是因为具备了科学发展的马克思主义实践智慧，他可以自如运用"厚德载物""笃行致远"等形而上理论，可以冷静分析"毒奶粉"引发食品卫生安全等热点事件，可以辩证看待郭嘉辅大业、张氏论成才、海通剡目等史传典故，真正达到了习近平总书记所提倡的"在实践中有所发现，有所创造，有所前进"的学习效果。

毛泽东谈到学习时曾指出："读书是学习，使用也是学习，而且是更重要的学习。"实践的学习不仅需要躬身的调查研究，更需要求索的精神、思考的习惯以及分析判断的能力，才能达到经验的总结提炼和理论的发挥应用。这正是双瑜先生始终坚持并不懈追求的。他在实践中的所见、所感、所闻，总是伴随着深刻的探索和深邃的思考：到厦门、泉州开展外经贸工作调研时，思考着全省外经贸工作面临的新形势和应对的新问题；到长汀考察企业发展，思考"干部作风也是重要的投资环境"；到闽西开展"拉练"工作检查，思考联系基层、密切群众的党风建设……思考在他这里，是态度，是能力，更是一种习惯，所以即使在日常生活中，也处处闪现出思想的光芒。与工作实践的政论风格不同的是，双瑜先生的生活随笔，有一种贴近当下、信笔纵横的杂文气质：从美国老布的粗疏失误，研究党员干部如何加强认真负责的"四风"建设；从女排夺魁，评价社会事业培养人才的重要意义；从高考制度本身，探讨选拔人才的有效方式……短小精干而又观点明晰，切中时弊而又内蕴深刻。高翔先生称赞其文章："每字每句都凝结着作者对事业的深入思考，对人生的深刻体悟，对党和人民的赤子之心，对同志的真挚友谊。"可谓精确地描述了他文章的分量。

这分量不仅来源于实践的探索和思考的品质，更来自文字本身所蕴含的风格。双瑜先生的文章，没有繁缛铺排的修辞营造和绮丽精巧的意象堆砌，只有详细扎实的数据、生动形象的资料以及各种科学辩证的理论，由内而外体现出朴实沉稳的冲淡从容，这与他的性情是相融相通的：因为博闻好学，所以善用党史文献、历史典故、民间传说和时政新闻等各类材料，即使在谈"三严三实"等活动时，也不乏国家领导人经典言论、戚继光抗倭传说、自己亲身经历以及《松窗梦语》古史等精彩穿插，从而使论道说理尤显生动深刻；因为认真严谨，所以引文用典特别精准，纵然翻阅《闽西日报》等报纸杂志，也特别注意到一文前后"五梅（枚）拳"的用法不一致，遂亲自查考《上杭县志》等相关史料，认真分析论证二字的来源出处和含义用法，从而让观史评世更得真相妙谛。而他在忆念人事、赏鉴书文时流露出的那份看似水波不兴，实则深涌绵延的情韵尤为感人。如他说自己的母亲："当母亲得知我和妻儿孙女回家，特地换上了折印清晰的枣红色小花新衣服，头发梳理得整整齐齐，看上去还抹了点油。"寥寥数语勾勒出乡土亲人的简约素朴和厚意深情；他评杨绛先生与众不同的特点是"把人当作书来读"，一语道破其中精粹。所谓"文品即人品"，此时看来，确是恰如其分，双瑜先生的文字正如其为人一样，踏实严谨，从容有度。读他的文章，和与他本人交往一样，似有晓暮高山听流水的沉静，又有晨昏清泉撷秋叶的清宁，平实中有情趣，简朴中含深情。

明代思想家洪应明在《菜根谭》中说："文章做到极处，无有他奇，只是恰好；人品做到极处，无有他异，只是本然。"优秀的文章从来都是与优秀的人品相连的，撰字著文的过程，实际上就是修养性情的经历。如果说，躬行实践是学习的途径和方式，探求追索是学习的拓展与延伸，那么树业立志，正是学习的本质与内核，也是著述的要义和根本。双瑜先生以对共产主义远大理想信念的坚守和为人民服务根本宗旨的追求，以对自我综合素质的自觉重视和对个体道德素养的严格要求，树立了典范；在坦率真诚、广博明睿的品性修养中，形成了简约质朴、深沉从容的文风。品读他的文章，不仅深受其文字的感染，更感动于这份精神的高洁。

（刊于《文化生活报》2017年7月30日，《海峡品牌》2017年第11期，《海峡文艺评论》2022年第3期）

绿荫下的诗意

——读梁建勇的诗

中国是一个诗歌的国度，自春秋时期《诗经》出现以来，数千年诗歌传统缔造的盛景巍然大观，如浩渺星空光华璀璨。人们以诗咏情，以诗言志，欣赏和热爱诗歌的不在少数，但真正执着坚持诗歌创作并潜心诗艺探索的人却为数不多，潜心以诗意审美建构独立的精神世界者更是寥寥无几。在电子信息飞跃发展的现代社会，在铺天盖地的声光电影冲击下，诗歌更容易被当作闲情逸趣的信笔涂鸦而非深刻严谨的艺术创造，这直接导致了现代诗歌艺术日渐萧条的现象。

正是在这样的意义上，每一位真诚而纯粹执守诗歌艺苑的有心人，都值得我们重视并尊重，这也是我阅读梁建勇先生诗集的第一感受。从20世纪70年代末创作第一首诗开始，梁建勇先生笔耕不辍地从事诗歌创作已近40年，他坦言自己对诗歌有着一份难舍的"痴情"。这份执着情愫，在我看来，与其说是个体的旨趣选择，不如说是主体内在生命与诗歌审美艺术的碰撞交融。正如纪伯伦所说："诗是迷醉心怀的智慧。"在缤纷万象的文学园景中，诗歌无疑是审美特征最独特的一种文学体裁，它通过精致凝练而富有层次的语言组合，打造弹性张力的想象空间，在充满节奏和韵律的美感体验中，抒发情怀意绪，表达感受领悟，挖掘思索探求，充分体现了以简约包蕴丰盛、以有限容纳无穷的艺术感染力。显然，诗歌这份"迷醉心怀"的独特魅力，吸引并激荡了梁建勇的心。他是一个情感丰富、感受细腻而体悟敏锐的人，对于这个花开花落、人来人往的世界，他始终怀抱着质朴而纯粹的大爱，正如著名评论家谢有顺所说："他工作、生活于一地，就对此地怀有深情，投注心力，为其歌咏，做此间山水意中人。"对故园旧地的深沉感念和对人事物象的深切感怀，潜移默化地塑造着梁建勇的情感结构并激发了他的创作欲望，于是他孜孜以求并寻找到了最适合充分表达这份情感的艺术方式——诗歌。他的诗作，总是涌动着赤诚的情感力量，或昂扬热烈："海天高悬起一颗燃烧的启明／跨越了灰黑的夜径／尽情炫耀梦的清醒／带着自己的血和梦歌唱／无边无垠地歌唱"（《东山晓旭》），或沉静深广："听见自己的心发出温暖的悲鸣／心底的经幡／安详地飘扬着"（《天马悬梯》）……以情感书写诗歌，以诗歌张扬情感，在诗歌的情感世界中观照现实，慰藉情念，寄寓怀想，这就是梁建勇数十年如一日坚持诗歌创作和诗艺探索的初心。

早在《文心雕龙》中，刘勰就直言赋诗作文一定要"信情貌之不差，故每变而在颜"，意即只有真情的外化才能呈现美妙景观并产生动人情怀。梁建勇的诗歌便是如此，普通平凡的生活万象和亲切熟悉的人事诸端，就是他诗歌创作的源头活水，更是他笔墨潇洒的现实支撑。《寻找雪峰》中，他在久居榕城的人文风物里体验风情，笔下的闽都十邑飞扬灵动；《木兰春涨》里，他从工作地莆田的自然山水间寻找灵感，吟咏的莆阳风光尽得妙趣盎然。而他其余大部分诗作则取材更加广阔，从"炫耀着幻化出青春骄傲的红晕"的客家姑娘，到"手捧豆油灯"的客家母亲，从"爱我和我爱的"父母，到淳朴的乡亲和诚挚的旧邻，尽是对家乡故土的眷恋，对天地自然的感怀，对挚友亲朋的深情厚谊。可以说，他的"有情"，归根到底在于他的"有心"，即以心看取观照，以心体会领悟，以心呈现表达。所以他看"树的每个站姿都有悟性／岩的每个坐态都有禅意"（《九华叠翠》）。在梁建勇看来，诗歌虽然是抒情表意之作，但并非呼号嘶喊的直接宣泄，而是恣意潇洒的性情张扬，是主体生命对客观物象吸纳涵养而揉化滋生的新的意念境界，谢冕称之为"一种个人化的、极具现代意识的冥想"，其实就是诗人主体以情感化视角对生命世界的审美化建构。这样的"用心"观照，使现实世界褪去了粗糙芜杂的物态化表象，呈现出一种旖旎缤纷的诗意动态，淋漓地展现了诗人的本我经验和个性体验。

艺术表现情感，依托于不同的承载方式，音乐运用节奏曲调，绘画采取色彩线条，雕塑借助材料质感，不同的表达方式所呈现的艺术效果是不尽相同的。诗歌之所以具有"翻腾的内心之叹息"（法国·普吕多姆）这样深沉的力量，就在于它是以意象作为基本要素结构诗篇并传达诗意。意象作为"某种关联自身与外物的象征物"（海子），是客观物象经过主体审美创造之后物化而成的一种艺术形象，是诗人主体和现实世界发生关系的沟通和连接、融合与渗透。作为一个执着于诗歌创作实践和诗艺理论探索的有心人，梁建勇特别重视意象的提炼萃取和捶打经营，他的诗歌意象具有鲜明的特点，尤其在擅长的山水诗中，他特别注意对传统诗歌的传承和改造，其诗歌意象往往出古而入今、化典而创新。如"洞庭一望水光晴／湖镜如磨远近明／听凭记忆将昏睡的警钟敲醒"（《西湖水镜》），"乱云荒驿迷唐树／落叶残碑有宋苔／在时光之外渲染在无比疼痛中涅槃"（《古囊峒巘》）等，既具有浓郁的古典诗情，又拥有鲜明的个性化色彩，辨识度极高，显示了诗人对古典山水诗的充分领会和自如发挥。众所周知，中国传统山水诗具有高拔的艺术成就，无论是王维"明月松间照，清泉石上流"的意境悠远，还是苏轼的"横看成岭侧成峰，远近高低更不同"的妙然旨趣，都具有璀璨动人的艺术效果，其意象体系具有一定的稳定对应特征。梁建勇有意在诗歌意念化的抒情结构中，穿插融汇古典诗词意象如"月落乌啼""杨柳依依""芳草无痕碧""落花别样红"等，以人们熟悉的象征代入方式，较好地克服了强调主体"冥想式"表达而导致意象抽象等问题，赋予了诗歌婉转的韵致和氤氲的古意，显得自成一体而别有风趣。

然而，必须注意的是，古今中外的经典诗作，无一不是诗人个体的活力绽放，如果不能以开放的心态对待每一个语词意象，就容易限于知识的缠绕，而难以突破低层次审美的局限，获得诗性解放的自由。梁建勇敏锐地意识到了这点，所以他对传统诗词意象并非一味因袭，而是强调现时化的个体经验和此在性的主观情态。如《西岩晚眺》一诗中，诗人先是直接援引宋代陈俊卿歌咏莆阳的诗句"红垂荔子千家熟/翠拥篔筜十亩阴"，以古典意象方式，具象化呈现了水清岸绿、花盛果香的风光，笔法直描，情感含蓄。紧接着笔锋一转，写"那青草的芬芳猩红地诱惑着/西岩精舍疲惫的欢歌"，以"青草——芬芳的猩红"和"欢歌——疲惫"这样具有强烈矛盾冲突而鲜明活泼的意象构造，实现了从物理时空到心理时空的动态意义转折，从安谧的实景描画转为沧桑的历史感怀，鲜明而强烈地表达了诗人主体独特的生命体验，在纵横迂回和开阖有度间，扩展了诗歌的内在张力。

  从整体上看，梁建勇的诗不尚写实而重抽象和写意，属于具有鲜明个性特征的现代自由体。自由体新诗的节奏不同于旧体诗对格律的依赖，更着重"要由意象、意象的组织来承担相当的部分"（骆一禾、张玞），尤其是中文象形汉字的意象，在诗歌中具有明显的造型作用。而它与古典诗词意象具有相对稳定的象征对应结构最大的区别在于，现代诗的意象往往具有强烈的跳跃性和反逻辑化的抽象性，其隐喻意义往往产生于特定的上下文语境。且来读读他在2015年10月创作的一首诗："相思/已经入骨/我慢慢接近红叶沧桑的身体/从她的脉络里/缓缓放出/闪电/无声的雷/经久不息的火/阳光/雨露。"在这里，单独拆解每个语词如"闪电""无声的雷""经久不息的火""阳光"和"雨露"等，似乎并没有什么特别的内涵意蕴。但看似有限的所指一旦被置入全文，便立刻互相联通对接并密织成一张意义的罗网，在"斜着身子/以三十度的视角/就看清楚了/我九十度的孤独"的深沉念想，以及"一种叫命运的东西/在季节里/随风飘送"的意义篇章中，淋漓地表达了诗人对客家母亲河汀江的真挚感怀，以及对闽西故土的深情眷恋。这里没有古典诗词如"小桥流水人家，古道西风瘦马"这样一个个单独语词意象的独立呈现和连缀铺排，整首诗的语境完全是按照诗人内心情感的逻辑线索叠加在一起，并通过在读者感官和心灵中唤起生动的感受而产生艺术效果。因此与其说语词是意象，不如说词组和句子才是意义的单位，它们之间发生的关系产生出一种新的火花，迸发出具体而独特的直觉体验。这就是彼得·琼斯在评述H.D.的《奥丽特》所指出的："人们去体验的是整首诗，而不是一行美丽的诗句，一个聪明的韵脚，一个精致的比喻"，"与其说它让每个词发挥它的力量，还不如说让整首诗发挥了它的力量"。这正是梁建勇诗歌创作的追求，他以内心情感意念编织郁郁葱葱的意象，是为了打造一片阳光斑驳的苍翠绿荫，在浓密而不乏灵巧、沉邃而不乏生动的整体结构中，创造独具个性的烂漫诗意世界。

其实，无论是情感表达还是意象经营，都是诗歌的要素特征，是一首诗歌的必要条件，但真正优秀的诗歌并不止步于此，它不仅需要灵敏睿智的审美观察和充盈丰沛的情感体验，需要开阔丰富的想象方式和熟稔精湛的文辞驾驭能力，还需要创作者具有如海子所说的"一个永远醒着微笑而痛苦的灵魂，一个注视着酒杯、万物的反光和自身的灵魂，一个在河岸上注视着血液、思想、情感的灵魂，一片为爱驱动、光的灵魂，在一层又一层物象的幻影中前进"。梁建勇的诗歌最动人之处，就在于观照世情万象、沉潜心怀灵志的智慧哲思。他借寓有形的风物景观表达群体体验："一声钟鸣如远雷降临于九鲤／无数颗游子悸动的心复活苏醒"《九鲤飞瀑》。他穿越时空密道探求人性意义："恒山草堂天云石语／岁月的一段独白／人性的最初倾诉／它在时间之上／它在生命之上／它在孤独之上／它在我与非我之上"（《天云石语》）。他抽身事理逻辑考量生命价值："美有千娇百媚／美有千奇百怪／生命在绽放时绚丽／生命在幽闭时端庄"《古囊峒巘》。寄托无限的天地自然，追问个体有限生命，在自然风物中体悟，在人事代谢中沉潜，在往来古今中探求，梁建勇的诗歌，往往就是自然风情、个体经验、哲理思索的有机结合，是将语言藏在身后，掩盖在浓郁绿荫中的智慧闪光。这份智慧是生命岁月的累积、酝酿和沉淀，是诗人主体以沉醉而又独立清醒的状态行走人间的精神超越。可以说，阅读梁建勇的诗，既是风光的游览和人情的领略，又是细细剥开层层语言外衣，探取智慧果实，与诗人进行心灵对话和灵魂思辨的过程。

列夫·托尔斯泰说："诗歌是一团火，在人的灵魂里燃烧。这火燃烧着，发热发光。"诗歌是可以穿越历史沙尘和照亮现实阴霾的光束。好的诗歌不是抽象的理性论证，而是由新颖独特的意象遵循内在逻辑建构的唯美而智性的王国。因此诗歌创作的过程不只是艺术灵感闪耀绽放的精彩瞬间，更是品格智慧磨砺锤炼的艰辛求索。正如梁建勇坦言："尽管我知道写诗难，写出好诗尤其难，但我还是难以割舍对诗的执着。诗之于我，无疑是一种灵魂的淬火。"正是因为对自己乃至对人类心灵世界追求探索的真诚坚持，梁建勇先生才能以真情灌注诗篇，以新颖构造意象，以诗意探求哲思，让诗歌摆脱个体呢喃的私语，达到心灵敞亮的对话，成为"保持灵魂的清纯"的生命咏唱。

（收入《石帆5》，海峡文艺出版社2018年版，刊于《福建文艺评论》2019年第1期，《文化生活报》2019年1月5日，中国文艺评论网2018年11月28日）

真诚面对广阔的社会现实

——评陈毅达长篇小说《海边春秋》

"舆论生态、媒体格局、传播方式深刻变化，重组着内容生产与信息传播的链条，一个'万物皆媒'的全媒体时代渐行渐近。"这是《人民日报》评论观察文章《勇立潮头，推进全媒体时代"融合+"》的开篇序言，也不妨视为当代文学生态的真实写照。自白话文产生并运用推广以来，文学从未面临过如此尴尬境遇：一方面，多样形式的探索实验层出不穷，多元主体的广泛参与蓬勃壮大，文学创作呈现出千姿万象而缤纷芜杂的风貌；另一方面，对新鲜刺激书写内容和快餐便捷传播效率的普遍追求，导致严谨的文学创作日益边缘，相比起世纪末对"文学何用"的质疑，眼前的疏忽与淡漠显得更加落寞而苍凉。

越是困挫的状况，越显坚持的可贵。我们欣慰地看到，即使在经典写作受到新媒体文化强烈冲击、传统"人的文学"遭遇现代智能科技和生物技术发展巨大挑战时，仍有不少作家坚持以笔记实、以情动人的现实主义文学创作，以执着的深情守望土地，以丰盛的心灵咏唱时代的旋律，以坚韧的力量鼓舞追梦者的奋进。陈毅达的《海边春秋》正是这样一部认真而诚恳的现实主义小说。小说聚焦对台深度融合与自贸试验区——平潭综合实验区的开放开发热潮，以一位从北京名校毕业回闽工作的文学博士刘书雷挂职平潭的经历为线索，围绕蓝港村整体拆迁和大型投资集团兰波国际产业开发项目之间的矛盾，集中展示了实验区先行先试的大胆探索和破浪前行的奋斗拼搏，折射出新时代全面推进深化改革、坚持高水平对外开放的战略实施和丰富内涵。

该小说首发于《人民文学》2018年第7期，被列为"新时代纪事"栏目的第一部长篇小说，并被列入2018年中国作家协会重点作品扶持选题，《长篇小说选刊》予以重点推介。小说一经刊发，即引起学界热烈关注和讨论，因"新的文学激活"意义而被誉为"福建重大题材长篇小说创作的重要收获之一"。显然，《海边春秋》的引人注目和广受好评不在于形式的突破和技法的创新，反之，作者有意突破传统的全知全能叙事，充分结合史传纪实传统和虚构抒情笔法，以小人物为对象、以典型事件为线索展开的现实题材书写，是一种比较传统的文学表现方式。小说真正具有力量的，在于紧密贴近烟气蒸腾的现实生活与喜泪悲欢的世相人情中，对社会动态的敏锐观察、对历史逻辑的丰富诠释以及对时代主题的严谨思考。"春秋"不仅是一种历史叙述方式或者写作表现技巧，还是蕴含丰富的"微言大义"，是作者通过对经验材料深度加工，揭示客观现实逻辑与规律性的文学创作。

穿越社会发展的风云变化和人心起伏的波涛汹涌，把握时代脉搏，表现时代主题，应该是每一个力求超越经验局限、前瞻历史展望的现实主义作家的责任与使命，《海边春秋》同样有志于此。然而，"时代主题"是一个十分宏大而复杂的话题，有限的文字空间如何容纳无限的文化想象，如何在话语转换、思想转变和实践转型的观照与考察中，探寻并呈现历史逻辑、理论逻辑和实践逻辑的内在真义，这是对作家想象与创造能力的重要试炼。陈毅达是巧妙的，他选择了着重典型而涵盖普遍、聚焦专注而延展广泛的方式，从一个典型人物、一片特色区域、一次特殊事件的角度，以一个传统渔村求索现代转型的小小支点，撬动了关于全面深化改革中，多领域协调发展形成整体合力这个庞大的时代话题。

小说主人公刘书雷是一个具有鲜明特征的典型人物：年轻、高学历、机关干部。作为一个受过高等教育的知识分子，他既有较高的综合素质和业务能力，又有长期拘泥于学院化教育的视野局限和认知偏差；

作为一个参加工作不久的青年干部，他既有年轻人思想活跃、敢想敢干的朝气蓬勃，又带有一点机关人员察言观色、亦步亦趋的保守习气。如果到此为止，那么刘书雷的形象几乎类似于王蒙《组织部来了个年轻人》中的林震，而他所将要呈现的问题恐怕也就仅限于揭示某种社会现象，或者反思某种精神思潮。然而陈毅达的"野心"显然更大一些，他想反映的问题更加宏观，他想探求的矛盾也更加深刻。因此，小说中的刘书雷还具有另外一个重要身份：平潭挂职干部。这个身份的特殊，在于其挂职锻炼地域的特殊：作为党中央一项重大的历史性战略选择，平潭综合实验区具有与全国其他开发区或试验区不同的特殊使命，它是"探索两岸区域合作的试点，努力构筑两岸交流合作的前沿平台"的先行先试区域，是两岸关系和平发展的新载体和高水平对外开放开发的新平台。因此，平潭发展的任务光荣而艰巨，平潭探索的困难也更加突出而复杂。为全力支持平潭提速发展实现转型升级，福建省委省政府于2012年正式启动了"四个一千"人才工程，省委组织部先后从全省各地选派三批共1000人赴平潭挂职，这支饱满热情、奋发有为的干部队伍深入基层一线、参与开放开发，其意义已经超出了一般意义的基层锻炼和支援海岛建设的范围，更具有登上广阔历史舞台、投身新时代国家战略的丰富内涵。可以说，从刘书雷们踏上平潭的那一刻开始，就意味着获得千载难逢的发展良机，同时也要接受艰难重重的巨大挑战。与当地干部通力配合、深入基层解决问题、对接企业招商引资等，都仅仅只是开始。刘书雷们将要面临的，是不断破解发展难题、厚植发展优势的严峻挑战，是关于如何从基础设施建设转移到高新产业培育、从先行先试建设转移到深度对接融合、从自贸试验开发转移到对外开放"前沿阵地"的更大范围与更深层次的探索，其实是关于国家战略的深刻认识和积极践行。

因此，将刘书雷放置于平潭综合实验区这个风起云涌的澎湃之地，是以"非常之时"的"非常手段"，求索和思考"非常之事"背后的"非常意义"。然而，随着故事的推进，我们将发现，所谓"非常"并非绝无仅有，独一无二。刘书雷虽然具有鲜明的特征，却代表着当前一部分有激情和梦想、才干和情怀，同时也不免迷茫和困惑、消极和回避的青年知识分子群体。平潭综合实验区虽然具有特殊的使命，但它在开放开发过程中出现的种种问题，如新时代城市发展的整体协调、传统乡村的现代升级转型、经济社会不同领域不同层面的均衡稳定，以及民生利益提高的诉求、新一代知识分子的责任担当、外出务工人员的底层困境等，却具有普遍共性，是全国其他开发区、试验区已经经历，或者正在经历的矛盾冲突，其实也是当前协调推进经济社会各领域的集成联动、实现改革整体合力的深层问题。所以，破解发展难题、厚植发展优势的思考和探索，不仅是立足平潭开放开发的个别性经验，更是站位全国深化改革开放、具有全局战略意义的整体考量。对此，平潭挂职干部始终保持高度自觉，面对一系列新情况、新问题，他们积极求索，大胆创新，不仅在工作开展中形成一系列有效经验，也在理论层面创造了一批以《平潭实验》（中央党校出版社2017年出版）等智库课题为代表的具有较高水平和研究价值的成果。从平潭挂职干部的探索精神中得到启发，陈毅达深入思考平潭开放开发过程中种种纠结缠绕的矛盾，并最终将关注点放在"城市与乡村"这一关键问题上。我们看到，小说中的种种利益关系表现得十分复杂，既有开发商急于推进城镇现代化的急功近利，也有村民固守田园眷恋不舍的淳朴情感；既有党工委管委会基于现实考量科学规划的思考探索，也有刘书雷、张正海等年轻干部深入基层关怀民生的锻炼成长，同时还有海妹、林晓阳等年轻人建设家园的迫切渴求，以及温森森等现代都市英才运筹权衡的精明世道……然而这些看似盘根错节的纠缠，其实都根源于破解城乡二元对立格局、实现城乡融合发展的根本问题。

　　回顾20世纪20年代以来的现代文学，以书写广袤深厚的传统乡村的物事人情为主要特征的"乡土文学"，始终是一支矫健有力的文化力量。现代作家笔下深沃黝黑的"乡土农村"，虽然也有淳朴人情和自然风光，但更多的是野蛮的陋俗民风、愚昧的伦理规范、粗鄙的文明制度和残酷的等级秩序，"乡土"往往被视为与象征"科学""文明""进步"的"城市"相对立的一种社会形态，代表着"落后""保守""愚昧"而成为现代性反思和批判的主要对象。现代小说这种对"乡土社会"的严苛审视和严肃批判，不仅源于中国数千年的农耕文明社会传统，更深刻受到现代城镇化迅速推进的社会结构变动的影响。经过改革开放40年的拼搏奋进，我国经济社会发展取得了全面的显著成就，其中最炫目耀眼的变化，就是城市群蓬勃壮阔的崛起。在工业化、现代化快速发展的进程中，城市的总体规划整体升级，人口基数和经济总量不断增长，产业规模急剧扩张，社会治理模式迅速推广，以突飞猛进的态势打破了传统社会发展的路径依赖，极大地改变了城乡面貌和社会结构，同时也促使城乡人口比率、产业形态、资源能耗等发生急剧变化，由此带来城乡发展不协调、不均衡等一系列问题并日益尖锐。随着深化改革的全面启动，改变以前简单粗放的城乡二元对立社会结构，实施乡村振兴的重大国家战略，已经成为大势所趋，深刻体现了国家对城乡发展规律的深入认识与把握，是化解新时代城乡主要矛盾、全面建设社会主义现代化强国的必然路径。

所以，与我们熟悉的传统"乡土小说"不同，《海边春秋》中的城乡冲突，并非"进步——落后"的二元对立，而是"发展——融入"的复合调整，是进入新时代以来新的城乡问题凸显。小说中的蓝港村是一个处于大发展、大变革和大转型关键期的海边渔村，这个以平潭北港村为原型的村落，在改造之前是传统而保守的，遵循的是日出而作、日落而息的农耕文明生活方式：年轻劳动力大量外流，村里"空心化""人口老龄化"严重，从村主任到普通村民长期保守着自产自销的手工作坊生产方式，人情往来依然延续走户串门的传统习俗，"老人会"的家族管理秩序仍然具有深厚的强大影响力……毫无疑问，这是一个从里到外都十分传统的乡土渔村。它的传统，不仅表现在风貌情态，更体现在精神意志。然而正因为它的"传统"，"旧"与"新"的冲突碰撞才显得更激烈鲜明，"常"与"变"的交错融合才具有更震撼的力量。蓝港村的整体拆迁事件,从表面上看,是传统渔村在实验区整体开发中探索转型升级的问题;但深入其中,却是城乡深度融合背景下,争取乡村功能全面发展与提升、实现与城镇现代化发展双轮驱动的根本性问题。小说以刘书雷深入基层调查实情为线索,在"难题破解"的情节演进中,不断调整聚合"实验区开放开发"和"村民利益诉求"这两条看似平行而矛盾的线,最终实现"融合共享"的成功解题,看似情节反转,实则顺理成章,不仅拥有符合广大群众参与共享改革开放成果诉求愿望的合情性,更具有符合新时代城乡互补、全面融合、共同繁荣发展要求的合理性。

当然,要实现融合共享,并非振臂呼号就可以达成,还需要科学合理的规划与切实可行的实践。对难题的破解,最后都必须回到难题本身。实施乡村振兴战略,提升乡村功能全面提升发展,重构城乡融合结构体系,关键还要从激发乡村的内在活力入手。小说紧紧围绕"依靠改革创新壮大乡村发展新动能"这一核心主旨,着重外源动力和内生动力的共同作用,根植蓝港村渔业生产特色和天然海域环境等资源禀赋,兼顾对台深度融合的特殊使命,从开发特色文旅项目的产业支撑、吸引劳动力回流的人才振兴、整合资源挖掘传统优势的文化开发、有效治理加强绿色发展的生态文明建设等方面,提出蓝港村转型升级的解决办法,其实也是从发展主体壮大、发展模式深度转型、发展动力创新衍变的角度,提出改造传统村落、实现乡村复兴的可行方案,具有积极的参考价值和借鉴意义。

值得肯定的是,在《海边春秋》中,无论是问题的提出,还是问题的解决,都始终展开于热气蒸腾、繁蔚杂陈的生活物象和澎湃郁勃的精神世界中,刘书雷、张正海的烦恼和困惑是真实的,大依公等村民的迷茫和抗拒是真实的,海妹、林晓阳等年轻人的满腔热情和求解无路是真实的,就连陈海明的精明算计、温森森的世故谋划都是真真切切的。所谓"乡村振兴""融合发展"等宏大而复杂的时代主题,在这里不是生硬的概念推论或者枯燥的逻辑演绎,而是通过生动演绎和丰富表达实现的话语建构和价值认同，是经过生活提炼和酝酿深化达成的思想提升。小人物的笑泪悲欢、平凡日子的柴米油盐、海边春秋的日出月沉，就这样沉浮跌宕于重大战略规划的徐徐展开中，每一个音符都独特，每一节旋律都鲜明，共同汇聚成时代伟大的交响，揭示着具有深刻内涵和演进逻辑的历史发展规律。

所以《海边春秋》真正的意义与价值，从来不在于形象细致地塑造了哪个人，曲折离奇地记叙了哪件事或者哪片区域，而是在于它敞开胸襟面对广阔复杂、沉郁深厚的社会现实，认真展现并充分尊重个体生命在时代汹涌大潮中的奋斗努力与聚精会神，在厚重的生活泥土分量和燃烧的生命火焰中，生动再现了新时代全面深化改革实现伟大复兴的蓬勃激荡。小说展现出的心系黎民、胸怀天下的情怀与气魄，恰如丘逢甲诗句"欲向海天寻月去，五更飞梦渡鲲洋"所表达的一般辽阔宽敞、豁达明朗，是作者勇敢地进入生活经验而又成功地突破了经验的局限，在重塑生命个体与时代共同体的有效联系中，提出了长远而深刻地进行历史展望的努力创造。这让我想起了匈牙利著名文艺批评家卢卡奇对于杰出现实主义的形容："伟大的现实主义所描写的不是一种直接可见的事物，而是在客观上更加重要的持续的现实倾向，即人物与现实的各种关系，丰富的多样性中那些持久的东西。除此之外，它还认识和刻画一种在刻画时仍处于萌芽状态、其所有主观和客观特点在社会和人物方面还未能展开的发展倾向。掌握和刻画这样一些潜在的潮流，乃是真正的先锋们在文学方面所要承担的伟大历史使命。"时至今日，在众声喧哗骚动、新旧交替转换的多元文化世代，我们需要更多像《海边春秋》这样诚实记录生活真相、认真探求时代意义，充满人性热度和文化深度的审美创造。重温这位文艺批评家的经典话语，也许可以为我们在新的历史方位，拨开迷雾阴霾，拔除杂草荆棘，秉持文学火炬烛照引领，提供更加充实的力量。

（刊于《光明日报》2019年3月27日，中国文艺评论网2019年3月29日）

秦巴汉水故园情　气韵风流金州吟

——读陈俊哲的诗

金洲，亦谓"金州"，南北朝时期地名，今天的陕西省安康市，因越河川道出麸金而得名。安康位于陕西省东南部，北依秦岭，南靠巴山，汉水横贯东西，山光水色既有北国雄浑壮丽，又蕴南都风韵秀美，是一方文化多元、民风爽健的热土，也是我的好友陈俊哲长期工作生活的地方。

与俊哲相识数载，始于书艺切磋，深于文法交流，他是一个勤学好思、敏悟善察的人，尤擅书法与诗歌创作。如果说，生长丹凤之乡赋予了他淳朴稳重的性情，那么久居金州之地则培养了他丰神俊朗的气质，使他身上既具有秦巴汉子的质朴爽朗，又不失汉水男儿的真挚温柔，从而兼得飘逸洒脱的浪漫诗性和丰富细腻的审美能力。

俊哲是一个情感丰富的人，这正是诗歌创作的基本条件。正如别林斯基所说："情感是诗的天性中一个重要的活动因素；没有情感，就没有诗人，也没有诗。""感人心者，莫先乎情。"作为个体生命表现的诗歌，最主要的审美特征就是情感性。而在人类深沉广阔的情感世界中，故土乡情恐怕是最深邃的底色，它不仅代表了生命联结的回忆和反顾，更象征着本真溯源的追寻和求索。作为一个陕西大地土生土长的人，俊哲天生具有浓厚的乡土观，由此产生的乡恋、乡思、乡情理所当然成为他情感世界的重要成分，因而也成为其诗歌创作的主要审美内容，他将近期诗作集合题为《金州吟》，由此可见一斑。当然，以艺术形式表现乡土情结一直有着悠久的历史渊源，数千年农耕文明传统的华夏儿女，在绵绵不息的历史长河中，形成了建立在农业文明之上的、以血缘关系为基础的宗法制度和宗法精神，农桑并举、安土重迁的集体潜意识，无所不在地渗透社会生活的各个方面，也以各种形式呈现于艺术创作中。然而俊哲的故园吟咏具有独特的审美魅力和艺术感染力，它是有层次有深度的，最直接就体现在对自然风物的审美体验中。从"上揽云天"的金螺岛，到"磐填深壑木遮天"的千层河，从"乍暗忽明波变幻，云山四面入空蒙"的瀛湖，到"一柱称雄天幕上，中山列阵壑云上"的擂鼓台……大雪红梅、青山翠竹、碧池清莲、月夜海棠，金州土地上的万千风光，无不成为诗人手写歌咏的对象，正所谓一山一水尽收眼底，一草一木融汇心间。美，在这里鲜明地体现为主观体验的审美重构和思想情感的具象承载，是可以触动心弦、引起共鸣的具有张力的艺术表现。

正因为具备敏锐而丰富的情感体验，俊哲能将自然客体对象的美感观察进一步深入到人文文化的认知体悟，将审美层次进一步推向深入。山水木石的风光旖旎，在诗人看来，不仅是天地自然的馈赠，更是人文灵秀的佳妙，是数千年历史沧桑变迁和文化传承的繁盛缤纷，是"早闻山上隐鱼仙，赞誉声声里巷传。不惧渔夫扎捕狠，引来清水绿江川"（《金鲤仙子颂》）的民间传说，是"远见秋池泪满巾，闻言夜雨寄池滨"（《神河源巴山秋池怀李商隐》）的历史典故，是"樟古承唐宋，船新抵四方"（《焕古镇素描》）的悠久文明，更是"清晨松下冒拳芽，少小揪来手作粑"（《商芝》）的风俗人情。乡土故园的美，美在自然风物，更美在历史代际，美在文化传承，这也是俊哲诗作给人感觉"接地气"的原因。他的诗歌从来不讲究辞藻的精巧和修饰的华美，而是追求鲜活的生活状态和蓬勃的生命气息，如他自己所言："都是生活中的某一部分感动了我，触动着我的灵感，我才有了诗。"这种根植于广袤大地的稳健踏实，联结于质朴民生的淳朴亲近，使其诗性表达具有了"气韵生动"的美学效果。

而丰沛的诗性是需要丰满的意象传达的，意象是诗词的灵魂，是客观物象经过主体独特的审美创造之后物化而成的一种艺术形象，是主体与客体、心与物、意与象的有机统一。它通过精简赋意、融炼寓情的形式产生的节奏、韵律、情境，以及由此建构的富有生命力的想象，正是诗歌区别于小说的故事性叙述、散文的记叙性抒情的主要特征。俊哲擅作古体诗，在他的诗作中，"梅红"的鲜美娇妍、"柳烟"的缥缈空蒙、"西风"的飒姿劲爽、"玉雪"的冰清玉洁等各种古典诗词的经典意象皆能信手拈来而恰到好处。更重要的是，他通古而入今，融掌故于只语，化经典于片言，在引经据典、探本溯源中丰富了诗歌意象内涵。如《题双河口古镇》这首诗："明月征人起，斜阳驿马嘶。石街通古道，春草过双溪。"从字面看，"明月征人""斜阳驿马""石街古道""春草双溪"都是人们熟悉的经典意象，通过"景—物—情"的对应性联结，营造出浩荡苍茫的历史感。而深入其中，这些意象的选择又是各有出处且蕴意深沉的：因为双河口古镇在唐朝时，是著名四大古道"子午道"的一个重要集镇，因此诗人巧妙援引唐代著名诗句"一骑红尘妃子笑"中"斜阳驿马"的意象，利用唐代沿子午道官驿向杨贵妃进贡荔枝的典故，打开了诗歌沧广浩渺的历史时空；"明月征人"典出唐代王昌龄著名诗作《出塞》中的诗句"秦时明月汉时关，万里长征人未还"，借边疆战事之典，表达对历朝历代守卫金州土地的将士们的遥想与缅怀；而"春草双溪"则典出宋朝谢灵运的《登池上楼》"池塘生春草，园柳变鸣禽"，借春来暑往、燕啼莺鸣之景，抒发风云变幻、人事代谢的沧海桑田，并进一步表达了诗人对此前"明月征人"的另一重理解：无论秦时明月还是唐宋烽火，王朝更迭都是短暂易逝的，唯有故土家园的春花秋月、风物人情，如同流淌奔涌的汉江一般，绵延而永恒，令人不禁想起另一首"孤篇盖全唐"的名诗："江畔何人初见月？江月何年初照人？人生代代无穷已，江月年年只相似。"全诗至此达到了升华。在这首看似简单的诗歌中，俊哲以深厚的文学素养，巧妙化用历史典故和传统文化，再造与生成了新的意象，既成功营造了"悠然天地"的历史感,真实表达了"怆然涕下"的独特审美心理效应,又蕴藉了诗人主体对宇宙和生命的哲理性思考,通过与经典的对接与联络,扩展了诗歌蕴意的深度和广度,从而使诗的构象美和语形的密度、语意的凝缩丰蕴达到了比较高的水平。

  一般我们认为,古体诗是比较难作的,其篇幅有限,格律规整,讲究对仗、平仄押韵等行文规范,无形中对意象的选择和使用提出了比较高的要求。但事实上,新诗,即所谓的自由诗,更需要意象的巧妙经营。看似格式自由的新诗,为了达到当下主体完整建构和现代体验充分表达的主旨,更需要构造个性色彩鲜明、主观意念强烈、内涵意指多义、外延能指多元的意象,以达到物象在时间空间上的重新组合,创造新奇而富有表现力的诗歌美感。近年来,俊哲于古典诗词创作之外,在新诗方面也有所探索,相较于引经据典、内涵深邃的古典诗意象,他的新诗意象活泼,节奏清晰,情感饱满,展示了生动有趣的主体个性。如他形容书法创作是"好不容易／觅到了真爱／便不要急于做成最好／让她和瑞士手表一样／精工细之爱／在过程中锤炼／不速则贵"(《再致书法》),他感受海滩是"支一顶帐篷是房／躺下来就成了松软的床"(《海滩》),他还神游于尼山山巅"镜头蜂窝般攒集／目光岂止万千／早已视而不见／佳人研磨／书童展宣／我自提管"(《四月三日我的一次斗胆》)。虽然俊哲的新诗数量不多,但意象新颖,情境相融,妙趣横生,透露出诗人耿率爽朗的本真性情。

  正如王进喜先生在序言中所言:"我们或电话或微信联系时,他时有读诗、谈诗及谈作诗时获得的愉悦分享与我,我是能感受得到语音那头的俊哲先生通过体悟获得诗的妙境后手舞足蹈的情状的。"诚然,俊哲就是这样一个好读书、爱写诗的充满情趣的天真之人,他恋乡土而深情款款,思亲友而柔情依依,爱生活而真情切切。他可以在脚骨扭伤时自我嘲讽:"陶然鸥鹭中邪魔,双拐搀扶奈我何。失马塞翁平淡处,依然不误我弦歌。"(《晚练踩空扭伤脚骨感怀》)可以在漫长旅途中自娱自乐:"旅次无聊改旧诗,亲朋切莫笑吾痴。年逾半百常怀旧,爱说英雄少儿时。"(《路途改旧诗晒朋友圈自嘲》)还可以在琐碎里自清自静:"蜜柚摘来就老酒,寻诗觅句不知还。"(《湖边农家》)这种放下身段自我调侃、享受生活悠闲自得的真诚坦然,是可亲可爱的,更是可感可信的。

  影响诗歌艺术表现力的因素有很多,情境的创构、意象的经营、节奏的把握等,但其本质核心,应该是诗人主体情感的真诚流露和个性的敞亮张扬。正所谓真名士自风流,俊哲的诗歌创作之所以独具魅力,正因其率真淳朴的性情和高雅清洁的品性,因此他无论是挥毫翰墨,还是提刀篆刻,抑或浅吟默诵,总能于寻常间有所得,于点滴处有体悟,自得其乐而怡情修身,自成一体而凝采萃荟。这些都源于他对人生的充沛情感,对艺术的执着追求。在他的诗歌中,我们看到了风霜雨露的大千世界,看到了嬉笑怒骂的众生情状,更看到了率真爽朗的生命主体,这也正是诗歌艺术独特的魅力,是我们即使身处光影迷离、灯华璀璨的迅捷信息时代,仍然愿意月下读诗、灯下习文的原因。

(刊于《文化生活报》2018年9月20日第39-40期)

何处楼台无月明

——读陈元邦散文及其他

德国著名思想家、作家歌德曾说:"思与行,行与思,这是一切智慧的总和。"诚然如是,求索的深究使人明哲而睿智,躬行的实践使人沉稳而通达,对于求真求智的人而言,二者不可偏废。元邦在工作之余,以读书写作和书法作为爱好,不断跋涉,在不断向外拓展与向内探寻的不懈努力下,去追求"思"与"行"的完美结合与升华。

元邦一路行走、一路采撷,在闽东工作期间,他走进高山密林的飞鸾岭,亲近畲族素简淳朴的风俗文化;漫步古老静谧的廉村,回首商贾集散的沧桑历史;深入日新月异的寿宁,感受项目建设的火热工地……闽东的山水田野和村庄社区都留下了他坚实的足迹,更蕴含着他深情的关注:"对那块土地的眷恋、对那里相识和不相识的人感激与谢意,时时萦绕在我心怀。"这是元邦在《您好闽东》后记中的直白坦言,也是他长期以来对人民、乡土和家国赤诚情怀的真诚流露,更是他辽阔视野、广博胸襟和豁达性情的根本来源。行走,在他这里,不仅是翻山越岭、蹚水踏泥的步履,更是跋涉过程中欣赏的风景、感悟的情思和启发的思索,这就是他在福州工作期间著的《行走间的拾零》《梦境穿过时光》中呈现的丰富图景,从奇崛的雁荡、古朴的周庄、毓秀的九华山等名川胜地,到案头"震中石"的生活随感,从读沃伦·本尼斯的经典品鉴,到关于"最美司机"的聚焦时事,还有怀想家人的忆念亲友……阅读元邦的行旅记录,让我想起诗人北岛在《青灯》中的一句话："一个人的行走范围,就是他的世界。"元邦的"行走",早已超越了时空的距离,以充沛的情感和明睿的体验,展示了一个充盈饱满的生命世界。

充盈的生命造就丰盛的文心。在元邦的笔下,无论是气象万千的自然风物,还是简单质朴的世态人情,都在纵横开阖中充满意趣,于行云流水间满溢情怀。它们是《透过窗棂》中雪天山村家长里短的围炉、秋日村妇巧手酿制的米酒、农耕土坯锥房碾出的大米和广袤大山中酸甜苦涩的野果,是《坊巷格局》中错落有致的院落建筑、古典风韵的水榭戏台、古老沉静的天井和根繁叶茂的榕树……一颦一笑都留意,一花一叶皆有情,正如他所说:"这山这川有如秀外慧中的女子,总是让人眷念,让人有投入大自然怀抱的冲动,用眼去欣赏,用耳去聆听,用心去感悟,用情去讴歌。"(《用情讴歌大自然》,《透过窗棂》代序)毫无疑问,元邦是一个"有心人",更是一个"有情人",他带着细腻的体验和丰富的感知,从简单平凡的人事物象中发现美好的诗意并探询关于"爱"和"存在"的永恒主题,这就是他"行走"的本质:"其实,每个人都可能成为大自然中一道亮丽的风景。自然之境如此,社会之景也是如此。每个人如果都让自己的心灵变得美好,便可以成为大千世界中人们欣赏和赞美的一道景色。"(《亮丽的风景》)在行走中欣赏奥妙的自然,在行走中体会温暖的人情,在行走中关怀淳朴的人性,这种"生命的行走",无疑是介入现实人生的直接手段,是与时代和社会融为一体的有效途径,更是拒绝平庸、僵化、媚俗和浮躁,表达自己对人民、对国家高度责任感和满腔热忱的最好方式。

歌德在阐述"思与行"的关系时,明确肯定了"思"的首要意义:"我们的生活就像旅行,思想是导游者,没有导游者,一切都会停止,目标会丧失,力量也会化为乌有。"生活的"行旅"也罢,生命的"行程"也好,都不仅只是空间距离和地理位置的简单变迁,更应伴随着思想的不断深入与升华,诚如元邦在《行走的拾零》中所言:"用脚行走,只是行走的一种方式。在人生路上行走,不单只是通过脚步行走,而更多的是思想行走。"他在读书阅报间思考法制和权力的制衡,在漫游行旅时思考爱与责任的关系,在日常生活里思考人生道路的选择……他的思考的足迹,如脚下的步伐一般,从未止息。在我看来,元邦之所以能够在深入基层中获得体验,在经典品读中与圣贤交流,在欣赏风景中与自然对话,从平凡生活中获得各种深刻启发,关键是他善于学习和知行合一的能力,这就是英国著名哲学家弗朗西斯·培根所说的:"除了知识和学问之外,世上没有任何其他力量能在人的精神和心灵中,在人的思想想象见解和信仰中建立起统治和权威。"对学习的真诚热爱和不懈追求,使他不满足于书本而持续追索,不限于当下而广泛开拓,不囿于所得而深入探究,从而在"行与思"的协调与融合中,保持着对感性生活的审慎观察和冷峻思考,体现了精神进步与时代发展的高度统一。

一个对生活充满热爱而有情趣的人,总有广泛的兴趣。元邦不仅好撰文,而且喜书墨、在看到美丽之景时会随手拍下,像是信手取来,用艺术的方式记录生活的点滴、表达生命的感悟,与其说是他的爱好,不如说是他陶冶情操和修养品格的追求。读他的散文,常感清雅质朴、温润自然。品他的书法作品,更觉与其性情相应相承。他的笔墨从不刻意求工,也不矫揉造作,而是崇尚抱朴守拙。其字结构严谨峭拔,章法自然散淡,书风典雅自信,于性情挥洒间,自有一番不骄不躁、不激不厉的舒朗气息。清代书法理论家刘熙载有言:"书者,如也,如其志,如其学,如其才,总之,如其人而已。"此时看来确是恰如其分。

艺术总是相通互融的,无论是以文字表达观点,还是以笔墨挥洒性情,抑或琴音传唱意绪,都是作者对客体对象瞬间领悟的审美活动,是作者对世界的感性体验和理性认识的外化与彰显,正如鲁迅所说:"画家所画的,雕塑家所雕塑的表面上是一张画、一个雕像,其实是他的思想和人格的表现。"以此观之,元邦的艺术创作其实是一个整体,他的摄影作品,与他的文字风格、笔墨气质浑然一体:构图和谐自然,色调温润平和，手法简洁含蓄，无论是江畔霞光荡轻舟，还是深巷老屋辨人语，或是梯田水坝泛春光，都是日常人事即景，追求的是一种格调冲淡、趣味秀逸、点画通融的意境，淋漓之中自有一股韧劲，如春风拂面，如林间清泉，正是他性情的真实写照。

陆游曾说："何处楼台无月明。"意思是如果每个人都能抛却世俗名利欲望，保守一颗纯粹诚挚的澄明之心，那么无论在哪里，都能看见楼台上皎洁明亮的光华。艺术创作尤其如此，技法固然重要，但对生活发自内心的热爱和对生命源自根本的尊重，才是真正重要的核心。从提笔行文到挥毫泼墨、光影捕捉，元邦的艺术创作与其对纯净自然、纯真人情和至美人性的追求始终保持一致，呈现出质朴简雅和清新从容的风格，他的这份坚持，必将使其在文学和书法等创作上更登高楼，撷取璀璨的明月。

（刊于《文化生活报》2017 年 10 月 26 日）

书香墨影中的海天瞭望

——读沈世豪《醉美五缘湾》

文学的精神力量是坚韧卓绝无可取代的，即使在信息浪潮冲决翻涌、多媒体科技日新月异、声色光影变幻迷离的现代社会，文学也始终拥有旖旎迷人的魅力。它总能以对世态万象的生动描绘，对人情冷暖的淋漓表达，以及对本性芜杂的深刻揭露，在浮躁庸碌的生活烦琐中，烛照心灵最深处的角落，触动灵魂最柔软的地方。因此，提笔蘸墨的书写，不仅是一种创作的姿态，更是一番生命的旅程，是作家用深情凝望热土，用目光穿越尘埃，用文字描绘人生，创造生命与精神对话的世界。

沈世豪教授是著名的文学家，他用文学拥抱生活、感悟心灵、诠释生命。他的文学成就源于对文字细腻把握的天赋，以及后天孜孜不倦的求索和多年高校教学生活经历，他的文学创作始终保持蓬勃饱满的丰盛状态。抒情散文、随笔杂谈、理论研究、报告文学等各种文体皆能发挥自如，故人忆念、旅行观感、人生体悟、文艺创作规律等题材都游刃有余。同时，他还是一名优秀的领导干部，在担任厦门市教育学院领导期间，教学、管理、队伍建设等各项工作都备受称赞，堪称当下文坛杰出的学者和管理者。

沈教授与我同乡同好，亦师亦友，七八年前，他曾为我的散文集《一天中午的回忆》写过一篇评论，给了我许多启发和鼓励。前不久，收到沈教授的新作《醉美五缘湾》（2016年鹭江出版社出版），这是一本报告文学，又是一本长篇摄影散文，记录了许多生动故事和曼妙情节，载入了大量扎实数据和典型细节。全书以散文和记录交错的文笔，抒情和纪实相融的风格，兼得新闻纪实和文学表现双重优势，为读者呈现出一个立足苍茫海天，瞭望五缘湾、瞭望厦门、瞭望民族历史文化和时代进步的广阔图景，可谓匠心独运、妙笔生花。

"瞭望"在这里，首先是一种姿态，是对世事民情的深切关注，这是沈教授文学创作的一贯主调。无论是忆念童年往事的《山城水清清》《山村蒙太奇》，还是记录时代人物的《中国有个毛泽东》《陈景润》，或是报告社会时事的《亚细亚的太阳》《军旗升起的地方》，他的创作始终与当下现实和身边百姓紧密相连，长街深巷的市井烟火、乡土村落的淳朴民情、山野林间的濯濯清泉，乃至历史碑林的落落风尘……任何与社会民生相关的烦琐庸常而又温暖绵延的星火，都是他灵感创作的泉源。而他的内心深处，除了闽北浦城这个故乡旧土之外，最魂牵梦系的便是厦门，这里沧桑的人文历史、现代化的城市建设，都是他执着的所在。而城市中人的生存与发展，更是他关心的主题。如《醉美五缘湾》中，从历史记忆到都市建设，从人居生态到景观布局，从资源禀赋到文化承传，全方位多角度的介绍，始终围绕着"人"与"城"和谐发展的主题展开：城市改造坚持"自然生态、产业生态、文化生态、人居生态"的新生态人文主义原则，商业开发强调"尊重自然、敬畏自然，追求人与自然和谐发展的新境界"的科学规划，景观布局则体现了"提升城市文化、文明的层次和境界"的人性化设计。对"人"的关注，实际上体现的是对城市文化的理解。英国"花园城市"之父霍华德在《明日的田园城市》中说："一座城市……应该在成长的每一个阶段保持统一、和谐、完整。而且发展的结果决不应该损害统一，而要使之更完美；决不能损害和谐，而要使之更协调；早期结构上的完整性应该融合在以后建设得更完整的结构之中。"城市因人而生动，人因城市而充盈，在沈教授的城市印象和城市书写中，这便是最根本的核心。

如果说，沈教授对世事民情的关注，让《醉美五缘湾》拥有了敞亮视野与开阔胸襟，使它得以在烦琐的历史资料中披沙拣金铸就篇章，那么求索创新的精神，则让《醉美五缘湾》获得了饱满的内在生命力量。因为瞭望，更是一种沉潜的精深与涵博，是内在于文学表现形式的文学素养和文化灵魂。沈教授是一个"慢游"型的人，即使在繁华的都市中，他也习惯慢走细看、敏思深探。他看五缘湾开发规划，分析"文化"对于城市建设和社会发展的重要意义："文化是灵魂，文化层次的高低和积淀的深浅、厚薄，直接展现这一新城区建设的档次和水平。"观赏海天胜景，回溯人类文明形态演变："从人类的文明形态来看，有三种文化：农耕文化、游牧文化、海洋文化。后两种文化崛起之处，都带有强烈的扩张性、开拓性，因而又被人称为侵略文化、强盗文化。但不得不承认，它们的最显著的特征是开放。从封闭走向开放，当然是人类了不起的进步。"漫步木栈道，感受慢生活的内涵："它的主旋律是慢……如今的世界变化太快。快，给人类带来了太多的福祉，也带来了太多的烦恼、忧伤、不幸。"还有考察海底隧道时的人类智慧怀想、欣赏白海豚时的生态文明思考、行走五缘湾桥梁时的"天人合一"建筑美学讨论……他在收放自如的行云走笔间，用清醒独立的文化精神，将历史沧桑、古今传奇、寻常琐事和世事大局尽纳方寸，看到的不止是一个五缘湾或者一个厦门，更是一方水土，一片天地，一个时代的缩影。

真挚的情怀、开阔的视野和深沉的思考，使沈教授的文章由内而外散发出从容舒朗的气度，这是一种自由感悟的诗意栖居状态："什么是诗意栖居？显然不是苟且于冷冰冰的密如森林的高楼大厦，而是在生态理想的环境里，能够和历史、古人、文化、艺术等优雅地进行沟通、对话、交流，能够在超越功利目的、文化密集的精神家园里，享受人类创作的智慧花海的浪漫和绚丽，从而真正提升幸福指数和生命的质量。"沈教授在馥雅书香和悠然墨影中，任由主体性灵自在舒展，呈现出了海天瞭望的最佳状态。

时至今日，苏东坡那段关于为文的自述依然值得我们品味："吾文如万斛泉涌，不择地而出，在平地滔滔汩汩，虽一日千里无难。及其与山石曲折，随物赋形而不可知也。"文章创作的奥秘也许正在于：出于本心，源于自然，形诸笔端，尽舒情意。我向来推崇沈教授的文字，这不仅是因为他的文章的精妙修辞和畅达抒情，更是因为他文字中有温度的情感、有风骨的情怀和有质地的思考，使他的文字具有纵横开阖随物赋形的灵思妙笔，更给予他俯身俗世而又超拔于微尘的穿透力。

（刊于《福建文艺界》2017年第9期）

乡土文化的守望

——读"小英阿姨看客家"丛书

"小英阿姨看客家"这套丛书，是何英写给孩子们看的客家乡土文化故事，书中的文字如清晨阳光下闪耀的露珠，晶莹剔透、澄澈明朗。街巷里飞扬激越的笑声，锅灶边袅袅升腾的炊烟，田野间迎风舒展的花草，都仿佛春风中向暖的幸福，简约而真挚，纯粹而淳朴，敞亮而深情，趣味生动之余，不乏丰盛饱满的深意。行走其间，我的目光总是不自觉被那份浓郁而温暖的乡土气息深深吸引。

近年来，随着城市的工业化、城镇化、现代化步伐加快，高楼广厦在轰鸣机械中栉比林立，淳朴的乡风民情日益淡薄稀乏，不仅许多传统民俗几近绝迹，就连那些村野风土中的屋宇、街道、古树、老井等记忆拼图也渐渐零落凋散，与广袤土地血脉相生的朴素情怀渐行渐远，不能不说是一种文化遗失的缺憾。文化是充满活力的生命基因，往往决定着一个区域的气度和风骨，影响着生活在这片土地上的人的性情与品格，也就是人们常说的"一方水土养一方人"。客家乡土文化源流于北方，融合于中华，经客家人世世代代锤炼、淘洗和传承而日益丰富多彩，个性十足而开放包容，璀璨瑰丽而别具韵味，这是客家人爽朗热情性格与坚忍顽强精神的凝聚，也是客家人彼此认同的重要标志。

何英就生长在这质朴的客家土地上，生于斯、长于斯的她，从小耳濡目染客家乡土文化，童真的记忆扎根于心，成长的年华浸润生命，她为人正直，性格开朗，体现在文字上则有着浓浓的乡土情趣。翻开这套丛书，刹那间仿佛时光流转，那些情感深处中的事象人情一一清晰起来：泥墙青瓦的老屋，悠长蜿蜒的老街，郁郁葱葱的老树，还有家家户户醇美可口、回味悠长的地道小吃，集市上错落高低、卖柴卖鸡卖蛋的小贩吆喝、爷爷奶奶周到诚挚的礼数、小伙伴们走街串巷奔跑嬉闹……在这里，文字如一口夏日清凉的深井，汲一桶，便是一段旧日时光的琼浆，甘甜爽口，直润心扉，活泛生动间，展现在读者面前的是一道道客家百态风情，更是一曲曲客家乡土欢歌。在乡土文化逐渐缺失的现代都市中，这份性情书写与自觉发扬显得尤其珍贵。

乡土文化，从字义上理解就是乡村社会实体形成的精神文化，最基本的特征就是人与土地的关系。无论是"劝课农桑"，还是"民以食为天"，人们口耳相传熟稔于心的谚语箴言一再证明了在绵绵不息的历史长河中，华夏儿女植五谷、饲六畜、农桑并举、耕织结合的农耕文明源远流长、博大精深。作为中原农耕文化支系的客家文化也具有典型的农业文明特征，骄阳炙烤仍"锄禾日当午"，明月高挂方"带月荷锄归"，一挂苍穹下，躬耕弯腰的先辈们，以犁为笔，以地为纸，书写了客家人以农为本、安贫乐道、勤俭独立、尊天敬神的率真性情，也赋予了客家生活璀璨纷呈的丰富景象。如《客家民间文化》中描写的依节气安排农事和广泛流传于民间的各种节气、农事、气象谚语，以及精妙绝伦的传统工艺、娱神娱人的民间娱乐、随处可见的吉祥物、脱口而出的吉利语……处处洋溢着浓郁的泥土气息和朴素的乡村人情；而《客家美食》一文中乡情浓"溢"的客家米酒、滋味软糯的"粄"、香甜可口的糍粑、香气扑鼻的菜干等，更是为我们展开了客家乡土五色斑斓的多彩画卷。将文化融于生活，用生活解读文化，何英对客家乡土文化的感受如此细腻而深刻，信手拈来，从容点数，生动形象，尽情表达，无须振臂扬言，这样如话家常般地闲谈便是对客家乡土文化浩繁绚丽的最好诠释。

乡土文化是一个含义广泛的概念，除了人与土地的关系之外，还包括人们在生活与生产活动中形成的诸多礼仪习俗、法则规范。随着现代经济社会的快速发展和生产生活方式的日新月异，许多传统礼仪、民间习俗已逐渐从人们的日常生活中消失，从工具理性角度而言这似乎是正常规律，然而从价值理性来看却代表着某种人文意义的缺失。毕竟，仪式感作为世代传承的集体记忆，不仅是一种形式，更是凝聚着千百年社会文化和情感体验的行为规范，是维系血脉族群的紧密纽带，正如德国当代哲学家哈贝马斯指出的，"仪式"是一种"文化传统的延续，集体通过规范和价值实现一体化，以及一代又一代人的不断社会化"。在那些"沐浴焚香，抚琴赏菊"程序化与秩序性中呈现出的日常趣味与美好，其实蕴含着对生活的热爱与对生命的尊重，而这恰恰是最值得我们珍惜和承传的。何英深谙此理，所以在她的书中，常常用心用情描画各式各样的乡土风俗。如《客家风情》提及旧历新年的种种礼仪，从贴春联、放鞭炮、祭祀祖宗、照岁、穿新衣、炸糖枣，到元宵节的走古事、游大龙、游大粽、犁春牛，从正月二十百花生日，到六月六扛菩萨，再到中秋节提前过，乃至生育、起名、婚嫁、丧葬习俗等，可谓是繁复而琐细，却又深远而情趣。这里的每个节日、每个习俗都有着历史渊源、美妙传说、独特旨趣和深广的群众基础，不仅是客家人日常生活的一部分，更是客家文化的瑰宝，是客家人历代相传、相沿成习的生命寄托和精神守候，弥足珍贵。

　　在客家乡土文化中，有许多礼仪习俗逐渐从"仪式"的形式化表象脱离而出，融汇并凝固成民风民情的组成部分，这便是民俗文化演变升华的精华，正如何英在"思念中的家乡"一节中介绍的："在儿时的记忆中，我们的家乡称得上是一个'太平世界'：邻里之间和睦相处，家里煮了好吃的东西，相互之间你一碗我一碗地品尝着。谁家有什么事，大家都热情地相互帮衬着。"她进而举出"进出的家风"的例子说："还米给邻居时，虽然都是将米送到邻居家，用邻居家的米升筒量应还的米，但是，长辈一般都会嘱咐我们，量过后再抓一把，多还一点。家风好的家庭，长辈必嘱多还一些。这就是'邻居借我平升进、秋后还粮装满升'的米升筒传承下来的一种美德。"这样的例子在书中还有很多，体现的正是乡土文化最核心、也是最动人的精粹——朴素的性格、诚挚的情怀与美好的品德，这份精粹在任何时代都是一种生动、温暖、质朴、深厚、诗意、睿智的处世哲学，是客家文化具有强大凝聚力和生命力的根本保证。

而今，生活在声色光影、炫目繁华的现代文化中的青少年，普遍有一种逃离乡土的倾向，对都市的亲近和对乡土的陌生，使他们无论从情感上还是在心理上都对乡土文化产生极大的疏离感，这无疑是一种文化"失根"现象。这种缺失，失去的不仅是朗天厚土的广袤，也不仅是亲族友邻的淳朴，更是传统文化和民族精神的根底。从这个意义上说，何英对乡土文化的生动演绎和执着守望显得特别有意义。正如19世纪英国作家王尔德所说，"有文化教养的人能在美好的事物中发现美好的含义，这是因为这些美好的事物里蕴藏着希望"，我认为，何英对客家文化的热爱是源于生命的，对乡土文化的执守更是发自内心的。"小英阿姨看客家"丛书以"文以化成"的笔法，采取图文并茂的形式，文体通俗易懂，内容深入浅出，故事生动有趣，主题直观鲜明，让读者在观看鲜活清新的生活百态和生动趣味的人情万象时，强烈感受蓬勃旺盛的客家文化魅力，体会朴素敦厚的乡土生命情怀，并激发对传统文化和民族精神的认同、热爱和眷恋，无论形式还是内涵，都是值得称道的。

（刊于《福建文艺界》2017年第12期）

历史构建下的责任担当

——读钟兆云《我的国籍我的血》

小说重虚构，历史重写实。对于历史题材小说，如何处理好这两者的关系，难之又难。尤其是，当大陆、台湾、抗日这三个关键词集中在一起，其难度可想而知。而读了钟兆云的新作《我的国籍我的血》，这些担忧一扫而空。

钟兆云就职于福建省委党史研究室，一直坚持党史与文学创作相结合的路子，有着将革命史实向大众普及的责任担当。迄今为止，他出版了长篇小说、报告文学、纪实文学、传记文学等40多部，用鲜活细致的笔调、灵活多样的手法，展现了一位又一位革命先烈的情操、精神、毅力和智慧，获得了良好而广泛的影响。

爱国主义题材的长篇小说，最难驾驭平衡点的掌握：偏重写史，则易枯燥、有失活泼，容易失去普通读者；偏重文学，则易虚空缥缈，失却了历史之重。有着高度历史责任感的兆云，好似一个技艺超群的园艺师，在历史中披沙拣金，将最精华的部分完美呈现，又与现代文学相结合，以历史的"实"作干，用文学的"虚"作枝，巧手修剪，培植出一片繁荫之林。

《我的国籍我的血》这本书中，兆云驾轻就熟，左右文字，描述了70年前，以李友邦将军为代表的充满爱国情怀的台湾同胞，不甘忍受日本的殖民统治，从台湾回到祖国大陆，申请恢复国籍，投身抗战、可歌可泣的历史。兆云以融南水、北石于一体的大度和巧妙，让山石硬而不僵、使秀水柔而不媚，巧手整合，呈现"历史"与"当代"并存于一座园林的无缝对接美景，引发读者的深度思考。

在大情怀的抒发上，作者将家国情仇表现得慷慨激昂、淋漓尽致，用"国籍"这一线索演绎出最回肠荡气的壮歌，阐述了"家即是国，国即是家"这一颠扑不破的真理。如，严长庚、李友邦的翁婿家谈中，始终不离家国情怀，不忘"小"事；李友邦组建"台湾义勇队"投身抗战的如歌往事，浓墨重彩，着力勾画，谱写"大"事。一小一大，体现了两岸同胞大情怀下血浓于水的骨肉亲情。

历史小说难写还在于宏观与微观的结合，既要写出真实的大历史，也要写出历史中的小细节，这需要良好的小说布局和叙述能力。兆云从不同角度游刃有余地观察那段历史，既站在高空中俯瞰战争全景，也跟在战士们身边倾听他们的对话，甚至深入他们的内心了解思想。在场面的营造上，他把历史牵回了现实，用准确严谨的字眼，烘托战争场面，空气中浓浓的火药味、弥漫的硝烟、枪炮声、脚步声、革命者的呐喊声……让人在那场中华民族抵抗外来侵略者的较量中身临其境，血脉贲张，中华儿女同仇敌忾的火种，骤然点燃。如：敌人一次次集团式的冲锋，都被四连的铜墙铁壁毫无商量地给挡了回去。阵地前，茅草和灌木在燃烧，树干被弹片削得精光，石头遍地乱滚，野草被压得直不起腰来。战斗白热化时，在"嗒嗒嗒"震耳欲聋的枪声中，连长高大的身躯突然晃了一下，便沉重地倒了下去……

对于李友邦、严秀峰、黄绍竑、陈仪、张治中等历史人物，兆云从散金碎玉的史料中细心筛检、串织成篇，以客观、公正、严肃的态度，倾听历史，回放历史，把对历史事件的情感、爱憎，通过丰富生动的细节，广度抒发，呈现出一个个血肉丰满的形象和完整的精神世界，表达出对人物的崇敬。李友邦等革命前辈，是中华民族的精英，是人格伟大的中国人，慷慨激昂处，令人一次又一次为他们所感动，灵魂一次又一次得到净化。真实的英雄负责回放历史，虚构的人物负责活跃情节。郑中原、郑华美、程雪花等虚构人物的塑造，穿插其间的情愫，将革命者的个人感情与家国情怀紧密联系在一起，舒缓有度。

解构历史，不仅仅是简单还原，而是用心将历史重现。兆云追求"事必求真"，运用"颊上三毫""睛中一画"的手法，画面感极强。如："'台湾人民原系我国国民，因受敌人侵略，致丧失国籍。兹国土重光，其原有我国国籍之人民……应即一律恢复我国国籍！'通告发出两天后，郑成功祠后殿监国祠前的两株大梅树突然迎风绽放，花团锦簇，香溢百里。"——这是历史的见证、人性的回归，更是兆云巧妙的塑造，这种历史真实与小说情节的结合，使叙事更为多元、更为完整。

具有强烈主观色彩的文字，只要处理得当，不仅可以帮助重建历史，而且有所谓纯客观文字所达不到的强烈效果。《台湾先锋》刊物的创办，让人感受到革命者的豪情与文化情怀；停刊时的无奈，又让人感受到当局政府的强悍无理；冯玉祥的《我们要赶紧收复台湾》，更是让人为停刊扼腕叹息，掩卷沉思。每一个细节都如此到位，无论是历史事件还是背景资料，都做到了历史真实与艺术真实的统一。

尽管在故事情节的虚构上还有许多可挖掘之处，但与本书的价值观和历史大视角相比，这点不足完全可忽略不计。本书通篇行文质朴，语言隽永，简峭朗洁，行云流水，独有一种阔达雄郁的气韵，十分耐读。

台湾抗战是中国抗战史的一部分，闽台渊源深远，绝大多数的台湾人都是福建后人，生活习惯和社会价值相似。《我的国籍我的血》一书中，兆云以理性的刚直写小说，真实地反映和客观地分析历史，又以感性的深沉写历史，谱写正气歌、爱国曲、英雄泪，台湾抗日将士因此立体丰满起来，并走进人心。

"我以我血荐轩辕。"钟兆云内心翻涌着澎湃热血，埋首书林，正视历史，以强烈的历史责任感，饱蘸革命激情之墨，呈现了一段荡气回肠的战争史诗。对于今天的读者来说，更是看到了作家以同根同源的民族特性连接两岸，让那些既有中华共性、又有民族个性的历史文化在海峡两岸得以弘扬，使两岸同胞兄弟对中华民族产生更深厚、更真切的认同感和归属感，从而感知中华民族强大的凝聚力。

此心不灭，民族挺立。

（刊于《中国艺术报》2016年6月3日）

纫佩秋兰抱初心

——谈魏德泮的歌词创作

近日，风光旖旎的鹭岛厦门举办了一场别开生面的音乐会——"魏德泮少儿声乐作品演唱会"。演唱会共23个节目，以童声组合和童声独唱为主，所有演唱曲目都是德泮先生作词，可以说是他的歌词艺术创作一次比较完整而集中的成果展示，获得广泛好评。德泮创作的歌词内容贴近时代生活，内涵丰富精彩，集聚了最具"闽"味特色的各种意象，如福州三坊七巷、厦门鼓浪屿、客家土楼、惠安女等风土人情，以及武夷茶文化、泉港丝路典故、莆仙妈祖传说等文化历史，淋漓地展现了深邃磅礴、新潮澎湃的海丝风采。词曲风格上，则根据"儿童"这一主体对象，呈现活泼灵活的多样性，既有淳朴生动的趣味天真，如《采茶谣》《土楼娃》《惠安小阿妹》，又有古风悠然的素雅恬美，如《少年朱子》《读唐诗》，还有情韵绵长的清纯可爱，如《爱是烛光，爱是太阳》《月牙船》等，都是以独特的儿童视角、鲜明的孩童语言和纯真的童稚情感，在胸臆直抒和情怀婉约中，表达了词作者本人对家乡故土和民族文化的真挚深情。

演唱会的成功，不仅是对德泮歌词创作成绩的充分肯定，也是对其歌词创作特征的有益彰显，即生活性和艺术性兼得、意象隐喻和情感抒发共融、感性体验和理性升华相成。作为享受国务院政府特殊津贴的国家一级词作家，德泮在歌词创作方面的成绩是有目共睹的，而他对歌词艺术的理论探索更是对中国歌词美学研究具有开拓性和创新性意义。德泮是我的长辈和同乡，2017年3月在广西南宁参加全国文艺评论家座谈会时偶遇，我由衷钦佩他坚持歌词创作的执着和潜心艺术研究的坚韧。他以数十年如一日的勤勉学习和努力工作，将生命与音乐的偶然契合，升华为理想志业的怀抱追求，这份发自内心而又深入性灵的情怀，正是得益于他对音乐艺术本质的深刻思考和准确理解。

作为配乐而作的歌词，从创作形式来看，与文学有着天然的紧密联系。无论是《尚书·尧典》中所说的"诗言志，歌咏言，声依永，律和声"，还是郭茂倩在《乐府诗集》里指出的"当时先诗而后声，诗叙事，声成文，必使志尽于诗，音尽于曲"，都是从审美层面上对语言文字、声乐音律和舞蹈表演等艺术形式同源同根、互融共通的艺术本质的理解。从这个意义上来看，所谓"歌词"，实则就是具有韵律、节奏等音乐性能的"诗"，不仅需要语言生动、形象活泼、风格鲜明，还要达到缘情抒怀言志的意境深远，是一种既可以与曲调完美配合，又可以相对独立存在的、兼具文学性和音乐性的艺术门类。正是在这个意义上，德泮在歌词美学研究上，不仅对音乐艺术进行实践操作和理论总结，更是通过对艺术创作审美特征和美学规律的梳理和解析，引导人们进一步理解艺术美的本质和艺术创造的哲学内涵，具有以感性深化理性、以个别观照普遍、以现象把握本质的重要价值。

无论何种形式的艺术理论探索，都要从绽放于生活、蓬勃于生命的创作出发，最后回归审美本质。在这方面，长期躬行实践的德泮是很有说服力的，他熟悉许多中外流行歌曲，担任过20多年的中小学音乐教师，从事歌词创作30多年，作品屡获国家和省级大奖，是享誉业内的歌词创作专家。这样丰富的经历，使他具备了丰富的歌曲创作和歌词采编经验，也拥有了广博的音乐理论知识和深厚的艺术品格修养，因此他能够准确提炼"意象"作为歌词美学的核心要素，在尊重个体主观感性差别的前提下，结合民族精神、时代特征、生活风气、文化心理和审美倾向等诸多因素，抽丝剥茧地揭示、分析并探究不同年代、不同时期、不同风格经典歌曲的歌词意象的共性化选择和个性化创新规律,从而揭开优美婉转的旋律和精美绝妙的歌词背后深藏的奥秘。这个探秘的过程,是解析艺术构思的过程,是他在书中自况的"看似简单,其中掏出了多少文化的积淀、情感的积累,只有作者知道"的过程。

在这日积跬步而至千里的甘苦自知中,德泮将30多年的创作实践经验进行理论提升,也将个人对音乐的感性体验进行规律性总结,从而使艺术生发的社会人生哲学思考,具有了充盈丰沛而又稳健扎实的精神品质。熟悉德泮歌词艺术的人都知道,他创作的歌词最重要的特征就是"浓郁的生活气息""活泼的对象风格"与"鲜明的时代特征"。在他这里,歌词不是几句机缘偶得的讨巧词句,也不是一些套用挪移的刻板样式,而是具有丰富社会人生内涵和活泼个性的鲜活艺术生命。如《红袍仙子》:"哎,红袍仙子采茶来,左手采,山之情,右手采,水之爱。飞来一只彩蝴蝶,东边扑,飞西边;西边扑,飞东边。扑呀扑呀扑呀扑呀,山野的情趣扑进怀。"将孩童天真烂漫的可爱与武夷灵秀的山水、采茶的轻快欢乐巧妙融合,充满淳朴美妙的自然情趣;再如《惠安小阿妹》:"头戴黄斗笠,身穿蓝上衣,腰佩银腰带,脚穿宽黑裤。外婆织渔网,妈妈扛石柱。我在海边住,走惯风雨路。"看似简洁无华的句子却生动刻画出充满地域风情的海边惠安女形象,极富生活气息。擅于提炼、表现对象鲜明特征进行艺术想象和加工,这正是他的歌词能够做到"新声含尽古今情"而深入人心的重要原因。因此,建立在这样创作实践基础上的歌词美学研究,能够打破一般现象学的形式主义教条和本体论的思维逻辑局限,以科学发展的哲学世界观为逻辑统摄,以生活经历、生命体验和文化思潮为基础内容,综合运用社会学、心理学乃至当代传播学等多学科知识进行理论构建,很好地实现了对音乐这一文化精神产品的动态现象观察,成为一个充满澎湃生命力和饱满文化内涵的艺术系统。

《离骚》中有一句话:"扈江离与辟芷兮,纫秋兰以为佩。"屈原以肩披江离芷草、携带秋兰索佩为意象,形容志向高雅、不改初衷的情怀。对于德泮而言,无论是致力于歌词创作工作也好,还是专注于音乐艺术理论研究也罢，都源于他对音乐梦想和艺术人生的不懈追求，正如他自己所言："人求永恒的一个方法，是通过艺术创造……歌词就是这艺术精神家园中的一块宝地，它为人们寻求生命超越的意义提供一种途径，也为人们忘却世俗的烦恼获得创作的欢乐提供了一个途径。"正是这种"歌词作家正是寻求用自己创造的艺术作品来实现对永恒的追求"的崇高而严谨的自我定位，让他能够多年来纵情投入无所退却、坚持求索从不游离。在纷扰嘈杂的当今社会，对音乐艺术一往情深，这种初心不变的真挚和执着坚忍的赤诚，执守一份纫佩秋兰抱初心的情怀，尤其难能可贵，值得我们学习。

（刊于《中国艺术报》2018年3月2日，中国文艺评论网2018年1月5日）

水墨淋漓畅天地

——评陈羲明书法艺术

从人类发展的精神层面和审美角度看,按照马斯洛提出的需求层次理论,诗词文赋、曲乐舞蹈、书法绘画都属于人类自我实现以上的更高需求,即求知需要和审美需要。因此,传达审美快感的艺术样态,同时具有丰富精神文明内涵的哲学形式。陈羲明深谙此道,并常年坚持身体力行,他在《砚边随想》里直言:"一个合格的书法艺术家,必须是一个文化人,拥有艺术能力的人,具有创造才华的人。"并提出书法创作与鉴赏的"文化品格、创作品格、自然品格"命题,正是对古人论书"专精——博览——蜕化"三个逐渐升级过程的丰富和发展。

羲明认为,文化品格要和而不同,创作品格要逢"二"则变,自然品格要阴阳和合。只有精神境界高尚的书法家,以及充满感情和生命力的作品,才称得上具备"三品格"的纯粹艺术。

书法是中国文化精神的独特表征形式,印烙着深刻的民族文化记忆。它的存在,不仅在于抽象变幻的线条轨迹,更在于它以笔画运动的形式,体现了宇宙生命无穷澎湃的运动节奏,以及深蕴其中的博大精深的传统文化核心价值,因此法国前总统希拉克盛赞中国书法是"艺中之艺,是民族的记忆"。作为一个长期濡染文墨的书法家,羲明认为,书法具有画之魂魄、舞之飘逸、音乐之旋律、建筑之结构,在气功的玄理、儒学的道义、道家的天人之境和佛禅的万宗气象间,彰显浩荡格局,涵纳广博情怀。因此,书法艺术绝不能局限一家一派,更不可拘束于法度规范,而是要博采众长、兼容并蓄,在传承中创新,在延续中发展。湖南广邃的人文源脉积淀着深厚的文化传统，对书法艺术的继承发展起到了重要的作用，也为书法艺术家的独立和超越提供了良好的条件。羲明就是在这片土地上成长并自觉以湖南书法的守护和承传为己任，多年来勤耕于书法艺苑的开拓。他一方面注重学习前人碑帖，研究经典文籍；另一方面重视实践创新，游历四方深入生活，投访宿师广交良友，不仅执着于自身书法创作的精进和提升，还有志于经典艺术的传播与普及，设立了"湖南省六合国学书院"，开设国学讲堂，传播中华文明。可以说，他是以文化泉源润泽书法之根，以传统精粹濯涤书法之脉，因此他的书法作品，不仅是个人情绪和感怀，更具有人文情怀和品格。

　　书法艺术的创作品格包含三个方面：一是求变。要求每个点线要有变化，包括起、承、转、合等用笔的变化，疾、缓、迅、捷等速度的变化，以及结字、章法的变化等。古代经典传世佳作，千姿百态，万紫千红，都发端于"变化"二字。这种"变化"，既是形式的变化，更是内容的变化，是在形迹的行进运转间，表现宇宙天地流动的气韵生动和生生不息的生命本源。二是矛盾。在变化中制造矛盾，在变化中解决矛盾，每一个字都构成独立的个体，互相拉锯冲突，同时字与字之间、行与行之间又整体协调统一，在疏与密、大与小、厚重与轻淡的矛盾中，创造完整和谐的时空感，赋予作品丰富的情感和蓬勃的力量，不仅表达书法家个人的性情气质和情感特征，更契合自然矛盾统一的运动旋律。三是规律。从逢"二"则变到逢"三"求律，发于变，止于律，从普遍性出发寻找特殊性，又从特殊性回归升华普遍性，往返周转，螺旋上升，仿佛美乐妙曲，顿挫抑扬，婉转绕梁。羲明的书法正是努力追求这三个方面的协调统一，正如他自己所说，要书如其人，更要书如其时，没有传统，就无所谓创新，没有创新，传统就会死亡。正是这种根植传统、立足当代、面向未来的创作追求和实践，才达到了变化中有矛盾、矛盾中有和谐、和谐中有规律的丰盛之美。

　　这种创作方法，源于羲明对书法的认知和理解，其实也正是他的生活态度和生命理念。在羲明看来，中国书法是最能反映老庄道家思想的艺术形式，其理想境界是摆脱"有用"的目的性，达到"无用"的审美效能，而这种精神自由的获得，是通过主体精神状态独立而自由的"游"的形式来实现的，因此他说："使笔如使心，披阅古今，简汰万象，砺炼意志，去除习气，抒发情感，正其性命。"通过个人的主观感受与客观的线条在时空意识中进行碰撞，产生的"火花"就是自然品格，这就是以深心契合外物、以灵命融汇万象的艺术化思维方式，是俯仰自得、造化自然的诗性文化体验，是对生命本体的关注与尊重。

所以羲明其人，潇洒率真而坦荡超逸，既有魏晋风度，又兼明清风雅。他思维敏捷，见识渊博，同时又不乏活力朝气，情趣自然，是一个有趣而可爱的人，同时也是一个执着而有韧性的人。他出生于福建南平，自幼家风翰墨濡染，初临"二王"，后学欧阳询、褚遂良、颜真卿、柳公权诸家名帖经典。1974年参军入伍，从事宣传工作，毛笔成为他工作的必需，在不断实践中愈发熟稔精进。自20世纪80年代开始研习碑学，尤钟情于《爨宝子碑》《爨龙颜碑》等，上溯汉魏，下涉宋明，书风从秀丽典雅逐渐转变至恣肆烂漫。1993年转业分配在湖南省文联书法家协会，先后师从沈鹏、王琳先生，善隶书、楷书、行书，尤得草隶之妙，现任湖南省书协副主席，是中国书协理事、评委，清华大学美术学院书法导师，全国"德艺双馨"书法家。其书作纵横跌宕而蕴静穆沉稳，千姿百态而纳古朴浑厚，气度从容，道法自然，开阖间韵采独特，廖阔间风华卓越。中央电视台、湖南卫视等媒体都曾对其艺术人生进行专题采访，在当代中国书法界享有很高的声誉。

苏格拉底说：什么是美？善就是美。羲明对此深有感悟："故钤小印，'守死善道'，置为座右，以之治书、治学、治世，无有罔惑。"在他看来，所谓书法家的责任，就是尽量把真善美结合在一起，形成激荡人心的精神力量。美体现在形式上，更表现于风格中，如果说形式是书法家的情感传达，那么风格就是书法家的精神倾注。看羲明的作品，多是有感而发，有悟而作。他从物象中得到启发，从人事间形成思考，在以白计黑、以黑计白的笔墨抽象形式演绎中，匠心独运地处理每个字的点画线条乃至疏密、布白、题款等，表达自己丰富而独特的生活感受，更表现饱满而生动的精神气质。所以他的书法作品，具有很强的形式美，小字有质，大字有势，布局丰富，格局开阔，或如惊涛骇浪，或如深山静水，或如密林丛荫，或如天高云阔。既有风生水起的激情，又有润物无声的从容。点画里有"类万物之情，通神明之德"的风采，在深沉的古典情韵间，洋溢着新鲜的时代精神，在水墨淋漓的生动变化中，为人们呈现出一个新时代酣畅适意、风采勃发的精神图景。

（刊于《闽北日报》2012年8月14日、2013年1月25日、2018年11月14日，《海峡品牌》2013年第8期，《文化生活报》2018年11月1日）

丹心创新愿　领异求是辉

——谈陈礼忠寿山石雕刻艺术

当代，是一个开放的概念，包含了高速运转的商业化市场经济、日新月异的信息技术革命、急剧转型的社会结构，以及众声喧哗的文化思潮。在这个各种力量互生暗长、竞相追逐的文化场域中，艺术也不可避免地裹挟其中而不断翻涌冲决。当我们折服于莫奈对绘画底色和上光的大胆拒绝，惊讶于塞尚对逼真形象和传统透视的勇敢牺牲，钦佩于毕加索和布拉克以抽象派拼贴形式发现物态平展延伸的无限可能时，应该要清晰地意识到：当代艺术正在向着越来越多元而敞亮的方向发展。一方面，它绵延承续而植根深厚，传统文化的精粹滋养越来越成为蓬勃生机的强大支持；另一方面，它联络广泛而纵横交织，现代精神的审美需求是不断刺激探索新变的源源动力。在当代艺术的领域中，一切媒介手段和风格都是允许的，一切探索和实验都没有终结，它既规约又自由，既传承又背离，既纯粹又芜杂。

正是在这样的文化生态下，陈礼忠的寿山石雕艺术探索以独立鲜明的特征，体现了一名当代工艺美术大师真诚而严谨、开放而深刻的时代精神。作为传统造型民俗重要组成部分的寿山石雕，无疑是凝集着中国民族审美情趣和传统文化精神的艺术创造。恰如著名的金石书画家潘主兰先生在《寿山石珍品选》序中所说："寿山贞珉，岂惟秀色可餐，其丽质弥足珍视者，盖有五焉，曰润、曰灵、曰莹、曰嫩、曰腻。其或如丽珠肌肤，则石之丰润也；其或如燃犀照水，则石之空灵也；又或冰盘玉碗，则石之晶莹也；又或如春笋雪松，则石之嫩也；又或如脂如胰，则石之凝腻也。如斯尤物，迥非笔墨能尽其名状。"深蕴于福建寿山地区的寿山矿石，以七彩流光、温润丽质的特性，为历朝历代的艺术家们提供了绵绵不绝的创作灵感，或方寸之间展气象万千，或乾坤百态宣运势磅礴，以性灵而通情、不言却动人的自然美和艺术美的浑然融洽，成为上达帝王将相、中及文人雅士、下至庶民百姓倾慕欣赏、争相收藏的艺术佳品。

这便是陈礼忠与寿山石雕艺术相遇的"前尘因缘"，也是他倾心痴恋并不懈求索的动力源泉。多年后，他在自述艺术追求之旅时仍然深刻铭记着那份单纯而朴素的心灵悸动："当然在我那个时候也不可能对这个行业若干年以后发展得怎么样有预见，主要是因为喜爱，一种强烈的喜好，它引导我往前走，而且一步一步都不浪费时间……但我却认为，如果这个东西我看了会感动，我相信也会感动别人，这个信念支撑着我在这条路上一直走下去。" 相较于平淡的"初心"，人们往往更容易对锐意突破的精彩和获取成就的光华投以热切的关注。然而在我看来，正是这份"被感动"而又愿意"感动别人"的笃定信念，包蕴和积蓄着无比强大的力量，支持陈礼忠数十年如一日埋首石尘飞扬的工作间，在枯燥忙碌甚至艰难辛劳的压力下，保持并求索审美人格的独立清醒和艺术品格的精进升华，在"人与石"艺术对话空间内涵的持续拓展与不断丰富中，思考中国传统艺术的现代化转型，更思考主体生命的当代语境表达。

所以，关怀现实，立足当下，从始至终都是陈礼忠秉持的艺术理想。他的人文表呈也好，他的诗意经营也罢，都是对当代审美情感需求和新时代社会精神发展的真诚回应。正如人们所熟悉的，寿山石雕是一个美学传统极其深厚、技艺程式相对稳固的艺术类别。从5000多年前寿山石器物打磨肇始，寿山石的现实实用性和审美艺术性就被逐渐发扬光大。魏晋南北朝的供佛用品雕刻，两宋时代的石俑雕塑，明清的印章纽饰篆刻，直至近代的东、西流派创作雕镂，都显示了寿山石雕刻艺术源远流长而深邃厚重的历史。但是在这名家英才辈出、技艺日臻精进的演进过程中，传统工艺作坊运作的简约低效性、手传口授传承方式的保守规范性和艺术作品审美旨趣的象征单向度等问题也日益凸显，导致出现"重材轻艺"、价格虚高、质量水准良莠不齐等状况：一方面，寿山石雕刻收藏火热盛行，市场交易活跃；另一方面，寿山石雕刻艺术水准大多仍停留在寓意吉祥的审美主旨，以及弥勒佛陀等"博古"形象造型上，艺术创新裹足难进，消极迟滞。对此，陈礼忠是忧虑焦灼的，因为他十分明确自己对寿山石雕刻艺术的热爱与守护，更特别清醒自己作为一名艺术工作者的职责和使命。所以，他大声呼号要"自觉从文化的高度去推动创新，在创造雕刻艺术的高附加值上下真功夫"，并以此为准则，躬身实践，用心用情用力探索寿山石雕艺术乃至整个中国工艺美术的现代化发展。

"艺术源于生活"，这个简单朴素的理念，是陈礼忠坚守的信条，也是他致力于探索寿山石雕艺术当代化发展的"法宝"。他坚信艺术应该扎根于厚实的生活土壤，从最平凡的世俗生活和最朴素的人情冷暖中寻找新鲜活泼的题材和璀璨光华的灵感。所以他从摹刻山水人物入门，以花鸟鱼虫拾阶，坚持承继传统而不囿于陈规，寻源经典而不拘泥教条，在寿山石雕审美立意和造型表现等方面实现了质的突破与创新。可以说，围绕"现实生活"这个关键词，他摸索出了两条艺术表现路径。

一是主体个性的诗意张扬。现代社会多元文化最突出的一个审美特征，就是高度重视和强调主体性自由，尤其是信息化时代，网络的技术架构和社会的文化因子相互作用生成的"自由""开放"和"共享"的互联网精神，无疑赋予了个体自由和个性张扬更充足的可能、更多的机会和更广阔的空间。在陈礼忠看来，所谓自由而独立的个体生命，应该是建立在对当代社会价值观念和现代文明生活秩序自觉认同和自觉维护的基础上。主体个性的实现与发挥，表现在寿山石雕艺术创造上，主要就是对"鹰隼"与"残荷"两个典型意象的发现与开掘。

关于陈礼忠寿山石雕的"鹰"与"残荷"系列，业界已有不少评述。论者大多注意到，陈礼忠之所以选择这两个意象并倾力将其打造成自己艺术生命的典型标识，其原因就在于它们的风格气质与创作者主体生命的深层关联。诚然如是，无论是鹰隼还是残荷，相较于描摹还原形态特征的雕刻，陈礼忠更注重的是表现张扬性情的创造。从《啸震沧海》的雄鹰展翼、刚强霸气，到《玉树临风》《群山尽览》的鹰姿威武、庄严凛冽，从《独立枝头》《九天回眸》的孤鹰冷傲、刚烈坚毅，到《家·天下》《呵护》《守望》的灵性通达、柔情温绵……陈礼忠刀下的鹰，不仅有着纤毫毕现的精致形态，更有着自由自在的生命气质，它们不是被观赏被饲养的生物，而是被珍贵被尊重的性灵，或桀骜不驯，或强劲刚猛，或锐敏灵通，都是创作者自由生命意志的借寓和寄托。而随着他生活阅历的丰富和艺术思考的深入，这种不无锐利的个性张扬逐渐转变为更加自在从容的诗意表达，以"残荷"意象的突破实现了个体生命的进一步沉潜升华。一路走过花开花落、日出月沉的大千世界，坚韧刚毅的陈礼忠，在岁月磨砺中日渐温厚沉广，人到中年的通达与睿智，让他更加澄澈。不是不爱鲜妍缤纷的明媚，也不是不喜灿烂盛放的芳华，只是他更能理解，历练过的成熟生命，往往才是最真实自然而孕育无限的状态。所以，他毅然舍弃古典荷花姿态清丽典雅、象征吉祥如意的程式规范，选择看似衰败凋落的秋池残荷，不是为了无病呻吟展示落寞荒凉的萧条，而是为了沉潜深邃发现内涵丰盛的生机，更是为了发扬风骨傲然的气质。他擅长在弧线柔美、蜷曲破损的叶片和弯折缠绕的荷梗边，配辅一只灵动轻巧的翠鸟或情趣盎然的小蟹，运用整体结构的静态布局和意象设置的动态穿插，打破了寿山石雕刻作品一贯以来追求和谐完整的造型结构，以强烈的视觉陌生化反差效果，赋予雕刻作品浓烈的情态意象和鲜明的精神体验。其意义已经超越了个性表达的内涵而具有艺术创新的重要价值，即创作者将感性经验积累的理性思辨灌注于"残荷"这一审美对象，从中提取新并呈现新的文化意蕴，创造出既不脱离个别、也不同于一般审美经验世界的个别，不仅形成了独具审美个性的艺术风格，更创造了突破陈式的独特新颖的艺术典范，在彰显创作者敬畏自然大美、尊重生命自由、深具人文关怀的艺术理念中，实现了传统雕刻艺术的时代跨越。

二是以艺术的形式表现当代集体精神。他的一部分作品如《再造山河》《江山如此多娇》等，完全脱离了花鸟虫草的传统题材，努力呈现具有时代风貌的广阔人生。典型如《天地儿女》这样的大型石雕，在"相石"的构思设计过程中，陈礼忠就立意要"放声讴歌在近百年来民族苦难历史中孕育出来的劳苦大众的时代激情，纵情礼赞人民共和国诞生初期像金子一样闪亮发光的国家主人翁高贵精神"。循着这样的思路，整部作品在整体保留原石风貌的基础上，综合运用了圆雕、镂空雕、浮雕等多种雕刻技法，采取航拍远眺的广角视角，以全景式叙事方式，打造云蒸雾绕的苍茫山林，着意设计劳动场景，精细雕刻200多个形态各异的劳动者，生动表现了劳动人民沿着崎岖山路开掘而上，一路挥汗如雨的气势磅礴的火热场面。作品空间结构疏密有度，人物景象错落有致，整体格局开阖纵横，既以翰墨写意手法保留了因石取势、依形传神的自然美感，又以具象雕镂的技巧营造了恢宏壮阔的时代场景，堪称新时期寿山石雕刻艺术的一大创新佳作。

艺术创新是一个内容与形式、技巧和方法、意境和内涵和谐统一的整体创造，包括作品的主题规划、意象结构，以及材料选择、表现手法等。我们之所以认为陈礼忠的寿山石雕创新具有时代性，是因为他不仅在立意上求突破，更在形式上求新颖，在技法上求融通。他不满足于圆雕、镂空雕、链雕、镶嵌雕、薄意雕等这些传统技艺，更着意向其他艺术类别学习借鉴，开发崭新的艺术表现方法。在他的创作中，你不仅可以看到东方水墨艺术对神韵气象的线条发挥，也可以发现西方传统绘画物象透视、色调明暗和结构比例的有效启发；既可以领悟中国诗词文化的深厚人文意蕴，也能够体验西方思辨哲理的抽象理念逻辑，甚至还有现代雕塑的非现实感符号表达、当代摄影图像处理的造型语言等多种艺术手法的巧妙化用。用他自己的话说，就是"孜孜不倦地朝拜中外艺术殿堂，孜孜不倦地从姊妹艺术门类中学习借鉴技法与经验"。东西方文化的融会贯通，多种艺术门类的广纳博采，给予了陈礼忠更好地发挥和利用寿山石形、石色和石理的丰富启示。而正因为他拥有不懈开拓求索的艺术理念和持续创新求变的艺术技法，最终才能够大胆冲破"重材轻艺"的陈规桎梏，以"石无贵贱""艺有高下"的信念，舍弃对材料的依赖，回归艺术本体，选择寿山石中毫不起眼的老岭石等普通石材，以心点石，以情化石，以意造石，通过对线条、光线、色调、影调的准确把握，创造出具有弹性张力的质感、空间感、节奏感和立体感，从而达到因石造色、以色呈象的张扬，创造出蔚然光华的独特艺术世界。

苏步青先生有一句让人印象深刻的话："丹心未泯创新愿，白发犹残求是辉。"真切地表达了努力开创崭新愿景、寻求真理辉煌的坚韧之意。在我看来，这应该是所有艺术工作者应该坚守的一种文化精神。时代风云变幻，历史浩荡更迭，作为人类认识自我与世界主要精神产品的艺术，当然应该顺时应势、与时俱进，以创新为蓬勃的滋养之本，以创新为艺术家不熄的灵魂之光。所谓的"文化自信""文化自觉"，不是抱守传统一成不变，而是发扬精粹实现当代转化，是明确文化身份后的不懈的跋涉攀越。因此，陈礼忠以关怀现实、立足当下为基点的寿山石雕刻创新，不仅是对寿山石雕行业可持续发展的积极探索，更是对整个中华传统工艺现代性转型的有益实践，显示了当代社会变革和思想文化演进背景下，一个有责任、有担当更有实力的艺术家真诚而严谨的文化姿态。

（刊于《文化生活报》2017年5月9日，《福建文艺评论》2018年第1期，华人头条2018年12月20日）

着着寸进　洋洋万里

——谈郑幼林寿山石雕刻艺术

　　如果从1989年拜师郭茂康学习寿山石雕刻算起，郑幼林至今已从艺25年了，这其中的酸甜苦辣，我们不得而知。但我们所能看到的，是这些年来郑幼林的寿山石雕刻作品声名鹊起，引起广泛关注。

　　郑幼林出生于20世纪60年代末，从小就受到"人定胜天"的革命英雄主义熏陶，其性格赋有天马行空的浪漫主义情怀和豪迈激昂的艺术气质。我与幼林同城同好，时有来往，对于他的坦诚、开朗和豁达，感同身受。福州是寿山石之乡，石雕艺术历史悠久，源远流长。在这艺术长河中，福州石雕界根据艺术家居住地及艺术风格的不同逐渐划分为东门派和西门派，分别以圆雕和薄意名世。俗话说"石出寿山，艺出鼓山"，鼓山人祖祖辈辈以石为生，满街都是石雕艺人，曾孕育出林元珠、周宝庭、郭功森等国家级雕刻大师。幼林生长在这种艺术氛围里，耳濡目染、不学以能，高中毕业后，即开始拜师学艺。

　　经过五六年的不懈努力，1995年底，郑幼林在新加坡成功举办了"童真系列"寿山石雕作品展。《竹报平安》《甜憩》《丰收的喜悦》等是那个阶段的代表作，其创作主要以现实主义手法，追求一种童真和纯粹。我想这更大程度上是幼林自我性格的写照。如《竹报平安》中的三个孩子：一个拿鞭炮、一个点火、一个双手捂耳，画面形象生动，人物刻画细致，充满节日的喜悦。作品饱满、简约、流畅，题材寓意吉祥。其创作初衷是：在浮躁风气日盛的现实社会中，回忆童年快乐的生活，少一点烦恼，多一份幸福，留一份童真，多一点快乐。用李白的"清水出芙蓉，天然去雕饰"来评价幼林的作品，是最好的注脚。

新加坡展出回国不久，1996年幼林又拜王祖光为师，开始宗教题材的研究并以弥勒佛为素材进行创作。幼林初学佛像雕刻，就对自己严要求高起点，先从北魏入手，追溯源头，后侧重唐宋气象，专注神采和气韵。在技法上雕画并重，力求神形兼备，重思想内涵；在用刀上运刀如笔，意从刀出，刀随意入，努力做到因材施艺，有感而发。幼林认为，灵感来源于生活和实践，只有给石头注入情感，刻出真性情，石头才会唱歌，才有灵魂。

《沉思罗汉》《搏击》等是这个时期的代表作，通过作品表达一种"先忧后乐"（范仲淹）的人文关怀，作品的人物形象多呈现沉静或凝思的状态，思想深邃，常常带有哲思和禅意，面对人类的困境进行追问，具有超现实的审美意味，给冷冰冰的石头注入了生命力。如《沉思罗汉》，用二号矿石制作，质地通透如玉，罗汉侧靠岩壁，体态宁静，充满智慧，内涵丰富，意境深远，妙相庄严，给观众带来肉眼之外的无尽遐想。

罗丹曾赞美希腊的雕塑有神秘感，这种感觉就像《老子》所谓的"大象无形"，而雕刻的精神空间，则是在有限中见无限。"雕刻作品具有空间性，这种空间的假设，是人的心灵美的创造物，又是创造心灵美的推动力"（王朝闻）。关于这些学术问题，幼林深有体会，他说：一件好作品，就是要做到"假作真时真亦假，无为有处有还无"（《红楼梦》），无论东门派还是西门派，圆雕还是薄意，都要眼高心静手巧，作品能够"呼之欲出"。他还说：石雕艺术要想长盛不衰，除了要有扎实的功底之外，还要"古为今用，洋为中用"，要求新求变，继往开来，以中华传统文化为基础，具有时代风貌。

2003年，对于幼林来说是一个重要的转折点，他离开鼓山镇的家庭式作坊，来到福建师范大学美术学院深造，这意味着他从十多年的摸爬滚打中找到了另一条通道：从东门派到学院派。在师大美院檀东铿院长的精心教导下，幼林主攻山水画和花鸟画，一分耕耘一分收获。不久，他以浪漫主义的艺术手法，创作了一批气势恢宏的写意山水画石刻作品，其作品融合了圆雕和浮雕的艺术手法，写实和写意相结合，是一种以艺术而人格化的山水。"仁山智水"（孔子）所诠释的道德精神和人格理想，在幼林的石雕作品中得到充分体现，如诗如画——

《武夷棹歌》选择朱熹吟诵武夷山九曲溪的诗歌为题材，用圆雕和薄意刻画一群少年畅游九曲溪的场景。少年团结互助，乘风破浪，勇往直前。背景蓝天白云，青山绿水。竹排、人物、表情栩栩如生，生活气息浓厚，具有催人奋进的时代精神。

《映日荷花别样红》的创作是受杨万里《晓出净慈寺送林子方》的启发。童子与莲叶、荷花、莲蓬之间动静结合，空间感较强，整体意境优美。莲叶虽只刻一片，却让人感到无边无际，仿佛与天宇相接，令人置身于无穷的碧绿之中。画面绚烂生动。

《白云生处有人家》的创作灵感来自杜牧的《山行》，作者充分利用原石天然的形态和色彩，刻画山崖峭壁、枫叶流丹和文人雅士。特别是在黑、白颜色的处理上，大胆突破传统方式，将黑色刻成茅草屋，白色作云雾缭绕，黑白对比强烈，视觉冲击力强。作品给人以轻松、优美之感，恍若人间仙境，令人神往，较好地诠释了《山行》的意境。

欣赏上述作品，犹如我前几年游苏州的拙政园，园林因势随形，匠心独具，气韵生动，意趣盎然，浑然天成。郑幼林从开始的现实题材，由近渐远，转移到历史人物、佛教直至山水题材，这种从现实理想转化为空灵梦幻以及寄情山水的心理体验，既是"距离产生美"（黑格尔）的启示，也是对人类文化的一种反思。

近年来，幼林的石刻作品受市场影响较大，作者更加注重形式感和视觉效果，努力构建一种浑厚、博大的宇宙意识，创作的佛像题材在宗教内涵之外，更是"据器而道出"（王夫之），借佛像来表达自己对生命现实的一种诉求。幼林之所以热衷童真、山水和佛教题材，归根到底是为了传承中华文化，弃恶扬善，弘扬真善美，传递和践行"和谐、公正、友善"的人文价值。

在2013年12月举办的第十一届中国民间文艺"山花奖"评选活

动中，郑幼林雕刻的《其乐融融》为我们提供了从中国传统文化汲取营养的宝贵经验。"物顺自然"是庄子的思想核心，庄子将"自然"从道的法则深化为生命的精神，继而演绎为审美的情愫。"覆载天地刻雕众形而不为巧""圣人者，原天地之美"，庄子自然主义的审美观，影响了一代又一代人类心灵境界的提升。这种思想体现到郑幼林的雕刻世界中，是清新浪漫、返璞归真，是广阔无垠、洁白纯真，是远离现实的污浊、悲伤，是沉浸在虫鱼鸟兽之间的遐想；他的世界，摆脱了作为生活者的压力，充满着重寻真、善、美的惬意与享受。《其乐融融》在传承的基础上进行创新，又在人文审美上回归自然，让宇宙本体最高的秩序"道"的精神简洁明了地呈现于当代，并赋予其新的内涵和表现形式。这种古为今用的做法，为福建寿山石雕界开创了一条新路。

《其乐融融》依石造型，层次分明，结构饱满，充分利用颜色的对比巧雕。一群天真活泼的孩童在荷塘边嬉戏、玩耍。孩子们围着鱼缸或坐、或卧、或伏、或站，有的用渔具捞金鱼，有的用手抓金鱼，有的在指手画脚等。画面生动，流光溢彩，气象万千，沁人心脾，充满生机和乐趣。在这里，事物褪去了种种俗世的遮蔽，将本真呈现出来。郑幼林"在对于人生的有系统的反思的思想"（冯友兰）中创造了另一个世界，人们徜徉其中，产生共鸣，不由自主地进行精神调节，从而净化心灵。

艺术就是创造，其艺术价值的高低则取决于作者的思想高度。一个成功的石雕艺术家，要善于塑造意境，做到石性即我性，石情即我情。在福州数十万石雕大军中，郑幼林可谓是"着着寸进、洋洋万里"。近年来，他的《福寿如意》《皆大欢喜》等一批作品荣获中国工艺美术大师精品博览会金奖，《王质烂柯》被故宫博物院收藏，中央电视台还专门为他拍摄制作了专题片并在央视4套播出。近闻，幼林又有新著《瑰宝集珍》即将出版。身为中国工艺美术大师、石雕艺术大师的郑幼林任重而道远。期待在未来的岁月里，他能给我们带来更多影响深远、震撼心灵的正能量。

（刊于《大观》2015年第4期，华人头条2018年12月20日）

汲古得修绠　开怀畅远襟

——陈为新寿山石雕刻印象

现代信息技术的高速发展，标志着我们进入了一个日新月异的时代，其显著的特征就是求新求变，仿佛一夜之间"千树万树梨花开"，所有领域都在趋之若鹜争先恐后地追求"新变"，信息智能的瞬息万变自必不说，就连追求"永恒美感"的艺术创造，也纷纷高举"时代创新"的大旗，打破固定的法则，突破旧有的规范，改革传统的形式，创造全新的表现……在一番快意恩仇酣畅淋漓中，我们既欣赏到天马行空的恣意潇洒，也遭遇到无厘头的冲突凌乱；既赞叹于耳目一新的创意发挥，也瞠目于博人眼球的哗众取宠。一味求新求变造成的对传统美学大规模的背离和颠覆，难免出现走偏的迹象。当代艺术发展，究竟应该如何正确审视和对待传统艺术与美学经典，成为当前迫切需要人们深思熟虑的一个重要问题。

在这方面，陈为新是冷静而清醒的。颇有意味的是，一个名"为新"的人，却并不盲目热衷于"标新立异"，而是潜心于"尚古慕古"。他的寿山石雕刻以传统印纽为主，技法融合纽雕、浮雕、透雕、薄意等诸类，题材广涉龙凤、龟禽、鸟兽等多样，形态生动又惟妙惟肖，趣味盎然且内涵丰富，意境典雅而气度从容，具有独特鲜明的艺术风格。业界有人论其创作"宁根固底，取法乎上，深造自得"，评其风格"远绍古代玉器纹饰、秦汉印纽法乳；近挹现当代名家妙绪，旁涉美术、篆刻，博采众长，遗貌取神"，可谓精当。显然，陈为新之"新"，正是"汲古为新"之"新"，是观览古物沧桑斑驳而得新意，更是深研技法更迭变迁而出新招，是以当代审美理念和眼光，对古典工艺美学的深刻理解、全新阐释和光大发扬。

既为"汲古"，当然需要先"审古""研古"。业界都知道陈为新"喜古""好古"，甚至达到了痴迷的地步，正如他的一位朋友所说："和为新去博物馆，他就是带路的。他会带你直接走进某一个展厅，然后告诉你哪几个柜子里摆的东西最好。他对博物馆里的藏品不是走马观花式地看看，而是如数家珍。"陈为新是个"沉得下来"的人，他曾连续数年埋首于古器物研究，用大量的时间和精力收藏古物古件，工作室里随处可见精心淘选的老旧物件，如晚明的瓷器、唐朝的石刻，乃至魏晋的铜印……件件沉淀着岁月的痕迹，处处流转着年代的风华，都是他多年来辗转奔波世界各地的辛劳收获；他也曾与三两好友结伴自驾，遍寻全国各地古建筑古遗址，到各大博物馆学习研究名字名画名器等，在古典器物的形态各异中，体会奇思妙想的气韵生动，在典藏艺术的意象万千中，领悟纵横捭阖的收放自如。

"磨刀不误砍柴工"，陈为新对古物的执迷，正是源于他对传统文化的理解和尊重，对他而言，对优秀传统文化的欣赏，不仅是视觉的美感体验，更是跨越时空的美学交流与人文对话，是开启和敞亮身心神智的积极能源。

作为一个以寿山石雕刻为业的艺术家，陈为新和绝大多数人一样，有着源于天然本性的对雕刻艺术的热忱挚爱，而他更有着与其他人不同的长期丰富的"读石"经验，也许这就是触发他追求"复古"艺术的重要原因。陈为新坦言，自己是摸索着走上寿山石雕这条艺术之路的："我1973年出生于罗源县，小时候放牛、放羊，那时喜欢形状怪异的树根、石头。青年时期开始外出打工，搬运石头做苦力。19岁开始学习寿山石雕刻。"早年为谋生计，帮助开石料厂的亲戚搬运整理石头，整天和各种石料打交道，积累了关于石材辨识和鉴定的深厚基础。20世纪90年代初，他整车整车购买石头练习雕刻，在经历了无数次失败再尝试、停滞再提升的反复实践探索之后,现在的他是一个名副其实的"读石人"。多数情况下,一块石头拿到手里,他只要打眼上下、摩挲几遍,什么材质、什么纹理、如何构型、如何取意,就在心中有了大致的方向。

"器"与"物"之间的关系,正是艺术本体和艺术创造之间的关系,强调艺术必须回归和重视形式本体的当代西方形式主义艺术理论代表克莱夫·贝尔(英国)提醒人们,形式是第一性的东西,语言、声音、色彩等这些基本元素的确立,带出了所谓的"意味",只有在充分尊重形式本体的基础上,讨论艺术究竟是对外部世界的模仿还是对内部世界的表现,才具有真正的意义。从这个意义上说,形式即意味,形式建立起自己的内容而直接成为本体。正如一个作家,必须首先对语言文字充分熟悉,才能够进行拆解、重组等一系列自由发挥和灵感创造。雕刻艺术也是如此,只有充分了解雕刻的器物,包括材质、性能、结构、状态等,才能更好地顺势造型、拟态生意。对此,陈为新有着自觉而深刻的认知,他认为,"读石"是为了更好地"造石",只有认识和理解手上的石头,才能真正运用、发挥和创造。

这是一份对艺术严谨而认真的态度。因为这份态度,陈为新有意放慢脚步,思考探索寿山石雕刻的艺术内涵和艺术价值。寿山石雕刻作为一门悠久的传统艺术,拥有千年的发展历史,经过世代手工艺人和艺术家的不断努力,技艺日趋完善,内涵愈加丰富,形成了不同的技艺类别、审美风格和艺术流派。年代久远、斑驳沧桑的寿山石雕,不仅氤氲着凡世疏远的安宁和尘嚣隔绝的清净,更沉淀着千百年来中国优秀传统文化的精粹,是华夏民族对于天地万象和寰宇人伦观察体验、理解思考的智慧表达。酌水须知源,荣枝须正本,只有返归历史,面向传统,才能真正参透寿山石雕刻的无穷奥义,才能真正发扬传承传统而立足当代的寿山石雕刻艺术,这就是陈为新"复古"的本心,也是他端正严肃而执着不懈的艺术追求。

所以,陈为新坚持立身当下而抱朴守拙,思接千古而行稳致远。他潜心钻研明清古代印纽源流，以大量扎实细致的整理、爬梳和编撰工作，致力于复兴古典雕刻工艺技法，经过长期深入的揣摩钻研和反复的临摹实践，不仅熟练掌握"形"的丰富变化，更深刻领悟"意"的流转回荡，从而摆脱了技法的单调桎梏，实现了寿山石雕刻由内及外的气韵生动。其代表作品《胡人驭兽》，以寿山灰白坑头石为素材，选择传统人兽题材。人形蛾眉临髯，粗壮有力，沉稳而质朴；兽态双眼圆睁，脊骨耸节，矫健而雄拔，以口咬链之态，与紧临的胡人构成动感丰富而气势蓬勃的整体，恰与坑头石厚重饱满的材质结构产生视觉美感的碰撞融合，最终形成了虚实相生、刚柔并济的艺术效果。而他的其他作品也多为传统题材，瑞兽纽、神物章，体态矫健者有之，内敛俯卧者有之，动静结合者有之，皆能构局精妙而赋义深邃，形象生动而韵味无穷，具有强烈的艺术张力和艺术感染力。十多年来，为新先后有20多件作品荣获国家级和省级艺术展金奖，屡屡得到专家肯定和业界好评。

艺术的魅力就在于，不仅能推动技艺的钻研和风格的塑造，更可以启发人格的独立和精神的自由。寿山石雕刻让陈为新意识到，传统对于当代追新逐变的艺术潮流乃至现代浮躁激进的文化思潮的深刻影响和重大作用，因此，他希望借由寿山石雕刻做更多有益于当下艺术发展的实事。画家、评论家漆澜的帮助支持，无疑为这份事业增加了强劲的动力。这位与陈为新同龄的美学博士，具有扎实的理论功底和高水平的审美修养，对印纽雕刻艺术有着独到深刻的研究，他与陈为新一见如故，是陈为新的良师益友。两人凭着对优秀传统文化的热爱尊重，以及对艺术创造的执着追求，在寿山石雕刻之路上携手并肩，使陈为新走出工作室格子间，面向广阔的社会和未来。陈为新告诉我："我想让寿山石雕刻界更多的年轻人去学习、认识古代传统雕刻技法、古老的雕刻艺术，去研究探索里面的历史人文内涵和气息。"为此，陈为新和漆澜合作，耗时十载，合力对可见的明清古典印纽资料进行搜集、整理，并进行系统研究，他们相信：通过回顾梳理中国印纽雕刻艺术的发展历程，展示中国古代社会审美风尚、美学观念和文化思潮流变，可以为当代寿山石雕刻者乃至所有石雕艺术家和研究者提供参考和借鉴。倘若有朝一日，他们的学术成果能够向大众开放展示，想必亦会成为一桩为寿山石雕刻艺术增添光彩的美事。

陈为新认为，梳理几百年来传统雕刻的脉系，了解古人雕刻的精髓、雕刻的状态，并把这些养分作为创作的扎实基础，才有能力自我更新，没有传统的根基，其创作都是肤浅的，创新就是一句空话。他是这么想的，也是这么实践的。多年来，他广征博取而开阔眼界，接思怀古而畅达胸襟，对博大精深的传统雕刻艺术的潜心学习和积极借鉴，显示出一个真正立足当代、面向未来的"创新者"风度。这份创新，并不一味求新求变或强调个性另类，恰恰相反，重视的是正本溯源而开阔从容，兼容并蓄而融会贯通。汲古是为修绠，开怀更畅远襟，他以审慎清醒而端正严谨的艺术态度，上追汉唐古风，下承明清流韵，在斑驳的青痕中寻觅芳华，在沧桑朴拙间品咂精粹，讲究"古"得有声有色，"古"得情趣盎然，"古"得气韵流转。在当前一片高声呼号颠覆改革、追新逐变的艺术市场商业化潮流中，这种巧思妙构、神气兼备、意涵深邃的艺术创造，何尝不是当代艺术最需要的"创新"精神，不是一种值得尊重和学习的艺术态度？

（刊于《文化生活报》2020 年 3 月 20 日）

土与火的艺术

——连紫华德化白瓷及陈爱明龙泉青瓷印象

瓷器作为兼具实用和审美的艺术作品，是中华文明的传统瑰宝，历史悠久，品类众多，艺术精美，名扬内外。至宋代时，名瓷名窑已遍及大半个中国，甚至远渡重洋传播海外，当时的汝窑、官窑、哥窑、钧窑和定窑并称为宋代五大名窑。谢肇淛在《五杂俎》中记载："今俗语窑器谓之磁器者，盖磁州窑最多，故相延名之，如银称米提，墨称腴糜之类也。"可说是迄今发现最早使用"瓷器"称谓的史料。

一

在浩瀚博大的中华瓷器历史中，德化是中国三大古瓷都之一，与江西景德镇和广东潮州（一说为湖南醴陵）齐名。德化出产的瓷器以瓷质优良、胎骨细密、釉面晶莹光亮、色泽透明的白瓷而闻名，享有"中国白""象牙白""奶油白""中国瓷器之上品"等美称。德化瓷始于宋，盛于元、明。明万历《泉州府志》有记曰："白瓷，出德化程寺后山，洁白可爱。"其时，以何朝宗为代表的一批艺术家创作的象牙白瓷雕塑像造型精美，生动细腻，艺术成就极高。随着郑和下西洋，带动海上贸易的传衍发展，德化白瓷走出国门远销30多个国家，流通世界名扬四海，法国人惊叹"可与米兰的断臂维纳斯相媲美"。

我曾多次到德化，因为对德化白瓷的喜爱，工作之余，即抽空到瓷艺大师的工作室走走。戊戌冬的一个周末，与好友翁坤海等三五人一同驱车到德化，我们在陶瓷科技园区友滨陶瓷研究所，见到了中国工艺美术大师连紫华。我与连紫华是旧交，此次相逢，尤为亲切，相谈甚欢。他1970年出生在德化的一个偏远山村。德化一带盛行白瓷，即使民间百姓家也多使用白瓷制品，从小的耳濡目染使连紫华对白瓷产生浓厚的兴趣，且迷上瓷塑这门传统艺术。后来他考入德化陶瓷职业中专，毕业后在一家陶瓷工厂工作，一边学拉坯、塑像、雕刻、烧窑等手工技术，一边学习宗教、人文、历史等。后又跟中国工艺美术大师柯宏荣学艺，专攻传统陶瓷人物雕塑。1997年，在朋友的帮助下，已是技艺在身的连紫华创立了陶瓷研究所，取名为"友滨"。在德化，众多大师成立的瓷艺所，名称大都取自人名或其从事研究的瓷种领域，而连紫华则取"塑瓷如修身养性，交友行滨海内外"之意赋名，可见其为人率性真纯、坦诚磊落的品格，诚如他自己所说的，瓷如人，亦如友，瓷品如人品，瓷德如人格。

连紫华是这样理解的，也是这样实践的。在他看来，白瓷的设计和雕塑不仅是技艺形式，更是生命的张扬和精神的传达，是艺术创造者与自己对话、与天地融通的过程，所以他始终坚持在雕塑中学习，在创作中修行，以生命的积淀实现艺术的创造。步入展示厅，一批宗教题材的神佛经典和古代人物造像白瓷雕塑映入眼帘，这是连紫华创作的主要作品，他制作的"渡海达摩""渡海观音""送子观音""读经观音"等各类作品，色泽清润素雅，线条流畅简洁，造型灵动飘逸，釉色洁白光亮，不仅形态生动细腻，惟妙惟肖，而且神情静穆宁和，澄澈祥妙。连紫华介绍说，1995年北京故宫博物院、2011年恭王府博物馆分别邀请他摹塑国家一级保护文物——明代何朝宗的达摩和观音作品。为了完成任务，他在北京待了近两个月，查阅资料，深研经典，前后用了一年多时间，丝毫不差地高仿了一批何朝宗的系列作品，神采非凡，气韵生动，被中南海紫光阁、故宫博物院等收藏。连紫华是名副其实的何派技法传承人，业界称他为"当代仿何第一人"。

正是这次"仿何"经历，给了连紫华深刻的启悟。要传承经典，发扬精华，就不能只停留在技法的研习上，需要学习，需要创新，需要深刻理解佛教经典和传统文化，只有真正领会"观自在""大道圆融"乃至"天人合一"等重要理念的核心本义，才能自如运用白瓷润泽澄澈、通透明亮的质地特征，灵活融合泥塑、木雕、石刻等各种流派的创作方式，以犀利流畅的刀法精确表现形容动态和衣褶纹理的层次深浅，在眉眼传神、表情丰富、衣衫飘逸和形态生动的形神兼备的整体协调中，展现慈悲庄严、大道圆融的佛理本义和中和致之、道法自然的传统文化精神。

所谓工匠重在技法，大师胜在心法，真正有价值的艺术作品不仅是传承，更是具有内涵与张力的现代精神展现。为了实现对个体生命思考的艺术化阐释，连紫华努力探索创新白瓷雕塑的现代审美突破和跨界融合可能，在继承传统艺术形式和风格的基础上，吸收现代技术手段，突破大型白瓷雕塑作品烧制困难的技术难题，多件作品获国家外观及发明专利。同时，进一步融汇现代审美情趣，注情于像，聚神传意，大胆借用黄、绿、红、蓝、紫等鲜艳瑰丽色彩融入清润雅白的德化瓷器之中，将唐卡绘画工艺、珠宝镶嵌工艺、金属铸造等和德化瓷烧制工艺相结合，灌神于形，注情于貌，在保持白瓷造像端庄整肃品格的基础上，创造出精美华丽、浑然一体的"极彩"作品，赋予如脂似玉、晶莹剔透的瓷器雕塑以鲜明活泼的个性和气象万千的格局，以本真自然而大气纵逸的风格，开创了德化白瓷的当代审美新境界。

连紫华对德化白瓷的传承与创新，可以说是中国传统瓷器艺术探索现代化转型的典型代表。人们以审美方式认识、反映和把握、沟通世界，艺术本身就是时代审美观念、审美趣味和审美理想的物化形态表现，传统艺术不仅沉淀着智慧的凝聚，更反映着当下生存状态格局，是生动而鲜活的，更是流变而发展的。正如连紫华所说，一个人的精力和眼光终究是有限的，要实现艺术的创新发展，就要在局限中求变，在领域外求新。资源整合的跨界合作，无疑是开拓传统艺术当代审美形式的有效方式，也是新时代艺术发展的一个主要趋势。

二

传统艺术的现代转型对于龙泉窑而言，同样是一项重大的课题。作为中国著名的五大官窑之一，龙泉窑是中国制瓷史上流传时间最长的窑系，自两晋时期创烧，五代、北宋初具规模，南宋时登峰造极以来，历时1600多年，流传深广，技艺精美。和德化白瓷的圆泽雅白不同，龙泉窑以淡青釉瓷器的肥润青翠见长，其特点是胎质较细，器形规整端巧，胎壁均匀，底部旋修光滑，圈足高秀规整，釉面光洁顺滑，瓷器整体透着淡淡的青色，如烟似雾，清净素雅，其中的粉青釉和梅子青釉，更是以质如美玉、莹润温婉的品质，达到青瓷釉色之美的顶峰。

中华人民共和国成立初期，我的爷爷从上海来到龙泉，在那里生活了五六年。爷爷是一名经验丰富的眼科医师，在龙泉时因医术精湛、德行仁厚而声名远扬。后来，爷爷又举家搬迁到浦城，不少龙泉人仍慕名前来看病问诊。青瓷是龙泉人的伴手礼，人们常常携以馈赠，因此我从小就接触龙泉青瓷，自有一番亲近爱慕。在我儿时的印象中，龙泉青瓷如玉石似翡翠，晶莹光润，柔和温婉，给人以静雅之美的享受。

戊戌初秋，我去龙泉探亲。其间与好友瞿懋平等专程到浙江省工艺美术大师、龙泉青瓷行业协会会长陈爱明的青瓷艺术馆。对于陈爱明，我慕名已久。十多年前，我的好友、海军福建基地原副司令戴志兴出差途经龙泉，专门给我捎上一件陈爱明的《青词》作品。此番与陈爱明机缘相会，甚是欢喜。他是一位敏锐细腻、沉着善思的人，专注青瓷近40载，致力于青瓷艺术的创新与推广，深入研究传统青瓷制作的各种工艺技法。在他看来，技法不是外表的形式匠术，而是内质的文心人情，尤其对于瓷器而言，瓷土粉碎、陈炼、釉料配制、融混，以及制坯、上釉、装窑、烧窑等每一道程序，都不是机械化的生产过程，而是蕴含精神旨趣和艺术理想的独特审美创造，是作者对于生活认识与理解、探求和尝试的躬身实践。正是因为对陶瓷艺术的这份深刻体悟，所以陈爱明深研青瓷操练技艺，又走出青瓷研探开发，将视野投注于丰富的当下生活和广阔的自然天地，从中汲取浩瀚博大而醇厚深沉的精神力量，探索龙泉青瓷的现代新变。

既然是艺术创造，就应该具有闪耀的美学属性。陈爱明长期致力于研究传统陶瓷艺术的造型，对于装饰和釉色都具有十分深刻的见解和独到发挥。"跳刀"是陈爱明的绝技，这是一种最古老的陶瓷装饰手法，源于修坯时的手工技艺，通过特殊的纹路形式突破物象体态的静止刻板，形成动态抽象的美感状态，为人们提供完整丰富而流动充沛的审美体验。他的早期作品《泉》，就是以跳刀纹为主要装饰方法，依托清澈润泽的青釉色，以繁密精致的跳刀纹表现奔涌飞溅的濯濯清泉，呈现"野竹分青霭，飞泉挂碧峰"的景致。而创作于2007年的作品《盛世牡丹》更是将跳刀技术发挥得炉火纯青。作者在刻盘边沿以"灰釉跳刀纹"作为装饰带，内盘用牡丹花装饰，采用繁复细致而层次清晰、形象饱满而内涵丰富的造型，与青瓷特有的润泽特征相融合，在肌理与质地的碰撞中构成陶瓷艺术的新型审美关系，生动再现了牡丹花的雍容华贵、富丽端庄。此盘一出，即被中南海紫光阁收藏，可见其"跳刀"技法运用的高妙。

2010年《叠翠》作品则又呈现另一番景象。相较于《盛世牡丹》的中规中矩，这件作品对跳刀运用更加巧妙婉转，通过多次喷釉产生厚重的釉色，呼应具有深浅度和穿透力的"层叠"形式，让人真切感受到业界所评价的"深处如竹叶，浅处如竹竿"的行云流水的动态美感。作品结构完整，动静结合，如风拂竹林的轻言微语，如静水流深的深邃蕴积，是一番静谧幽静而有蓬勃生机的轻曼灵妙。在陈爱明看来，龙泉青瓷不是静止刻板的物象，而是活泼生动的生命，是个体俯仰天地的心怀敞开，是自然万物辗转变换的时节四季，于是便有了作品《秋到龙泉》。与此前主要使用跳刀技法不同的是，这件作品融合了"印叶纹"装饰、铜红绞泥技法以及自然灰釉等多种创作技艺，展现了象征秋季的金黄色落叶的飘落覆盖之景，呈现出"贸槎溪头霜叶黄，水天上下秋茫茫"的深远宁静意境。可以说，正是这种融合借鉴的开阔思路，赋予了作品崭新的生机。从青瓷"跳刀纹""印叶纹"装饰与铜红绞泥、流绞泥技法的传承，到自然灰釉在青瓷中的开发和运用，陈爱明不断探索龙泉青瓷现代审美风格的创新突破，形成了具有个性特征的"陈氏"风格。

三

事实上，连紫华的"极彩"也好，陈爱明的"跳刀"也罢，都是在传承传统基础上的努力创新。他们的创新，并非技法的钻研和形式的突变，而是艺术本质的沉潜深入，是从生活万象中感悟和体验的当代审美融合。相较于其他渐渐失落实用性的传统艺术形式，陶瓷仍因兼具实用性和审美性而具有较广阔的市场，但这也恰恰成为其艺术本体发展的最大阻碍。古典人物、花鸟鱼虫、山水自然等传统题材，粉碎、陈炼、制坯、上釉等规则程式，都影响了陶瓷艺术既要展现个性特征、又要发挥材质优势的现代转型需求。如何从古典作品中汲取营养，传承和发扬传统人文精神，又从现实当下实现跨域融合，丰富现代审美内涵，这是无论德化白瓷还是龙泉青瓷乃至景德镇青花瓷等不同品类陶瓷艺术都需要共同面对的时代课题。中国制陶历史悠久，瓷器种类繁多，从唐三彩到信乐烧，从青花瓷到浙江越窑（秘色瓷），再到江西昌南和河北的定瓷，中国的瓷器艺术在古代可谓是登峰造极、精品璀璨。但正如陈爱明所说的："青瓷技艺是一门不能停止的艺术，新的想法、好的创造都是从实践中产生的。创新，只能在亲力亲为的制作中才会出现，一旦停止，技艺就会随之停滞不前。"实践是立足当下的，是与时俱进的，是趋先前瞻的。如何在传统技艺基础上创造开发，在保证原质材料基础上，融合不同品类之间烧造工艺、雕塑技艺、彩绘形式，甚至向国外著名瓷器艺术如日本甲贺信乐烧、长崎田烧（aritayaki）以及英国、法国等造瓷艺术借鉴，向其他艺术门类如中国书法、中西方绘画乃至雕塑等汲取灵感，实现传统瓷器艺术的现代转型和发展，这是一个崭新而任重道远的课题，更是现代造瓷人不可推卸的使命。

瓷器艺术是一个烦琐的创作和生产过程，更是一个化凡俗为神奇的创造经历，每一个程序都是作品，每一个程序又都不是完整的作品。"亲力亲为"强调的不仅是操作实践，更是身心体悟，体会"我心化瓷"的融合汇聚，更领悟"瓷亦塑我"的修身铸德。只有立足当下，拓展视野，开敞胸襟，出入古今而圆通内外，夯实基础而整合多元，才能真正实现以静现动、以线突景、以色绘境的艺术创造，才能真正在这厚实深沉的土石和飞舞流动的火焰交融中，坐定为一位极目远眺的守望者。

（刊于《文化生活报》2019年3月6日）

铸就文学的新时代品格

——福建省第33届优秀文学作品榜
暨第15届陈明玉文学榜评审印象

近日,省文联、省作协组织7位评委对参评福建省第33届优秀文学作品榜暨第15届陈明玉文学榜的作品进行终评。参加本届优秀作品评选的作品共有80多部(篇),经初评,33部(篇)作品入选终评。我有幸参与了终评工作,和其他6位评委对9部短篇小说、9部散文、9部诗歌、3部报告文学、3部文学评论,共5类33部(篇)作品进行评审。评委经过几轮认真投票表决,最后评选出15部(篇)上榜及提名作品。其中:杨静南著的《我相》、何葆国著的《郑中坚和他的父亲》被评为优秀短篇小说;黄水成著的《卡》、王常婷著的《桃红四物》被评为优秀散文作品;卢辉著的《大桑田》、黎俊著的《薄雾》被评为优秀诗歌作品;林东涵著的《小说的丰富性与复杂性——以〈小说选刊〉"福建中篇专辑"为例》被评为优秀文学评论;另评出提名作品8部(篇)。

文学以语言形式表达情感、反映现实、诉诸理想,其实质都是创作主体思想意志的集中体现。所以纵观中外文学史,文学作品百花齐放大放异彩之时,都是作家人格独立思想自由之际。从某种意义上来说,一部文学史亦是一部社会文明史或人文思想史。考察文学形式流变、研讨文学思潮动向,分析作家群体结构,不仅是真实了解当代文学发展状态的直接方式,更是深刻把握时代人文精神的重要途径。福建地处我国东南沿海,远离权力集中的政治文化中心的同时,也带来了隔绝中原频繁战乱动荡的相对自给自足。因此自古以来，不少著名的思想家、文学家，如南北朝的江淹，唐五代的常衮，宋代的陆游、辛弃疾和朱熹，以及明代的徐霞客、冯梦龙等，纷纷从中原流寓福建，带来了文化的融合与思想的交流，为福建作家开阔视野、敞开胸怀、加强学习、促进交流提供了良好机会。这种交流融汇，与靠山面海的文化地理环境一起，共同造就了闽文化既坚韧沉稳又开放兼容的独特风格。到了近代，福建文学更是主动顺应历史潮流，吸收借鉴外来文化，展现了区域文学多元广涵的鲜明特征。从近代的陈季同、林纾、郑孝胥、严复、陈宝琛，到"五四"之后的冰心、许地山、庐隐、林语堂、郑振铎，从新中国时期的邓拓、郭风、蔡其矫，再到新时期以来的孙绍振、舒婷、南帆等，一代代闽籍作家秉承敢为人先的开放精神，以破浪乘风的奋发姿态，积极参与中国文学的现代建构实践，以生动的文学创作和活跃的文学活动，丰富了当代文学景观，彰显了福建深厚的文化传承力和蓬勃的精神创造力。

近年来，在新时代党的文艺路线和文艺方针的坚强引领下，福建文学创作队伍不断壮大，人才梯队结构优化，仅2019年，福建省就有40名作家加入中国作协、346名作家加入省作协，形成了老一辈作家实力稳健、中年作家高歌猛进、文学新人锋芒绽放的良好格局，不断推动文学创作热情高涨，精品佳作精彩纷呈。如陈毅达的长篇小说《海边春秋》获中宣部第十五届精神文明建设"五个一工程"优秀作品奖，汤养宗的诗集《去人间》获第七届鲁迅文学奖，杨少衡的长篇小说《新世界》和沈世豪、陆永建合著的长篇报告文学《千年一遇——平潭综合实验区开放开发纪实》分别入选中国作协2019年度重点作品，林那北的小说《双十一》获"中骏杯"《小说月刊》双年奖，钟红英的散文《榕城之上》、韦廷信的诗歌《土方法》、雷智华的长篇小说《风从海上来》分别入选中国作协少数民族年度重点作品。此外，还有陈仲义、方李珍、南帆、吴玉辉、张建光、练建安等一批作家的作品分别获"啄木鸟杯"文艺评论年度优秀作品奖、"文学报·新批评"优秀评论奖和中国图书奖、好书榜等中国文学和文艺批评领域的华美荣誉。以海峡文艺出版社近年出版情况为例，2019年，出版福建作家创作的小说21部、散文集29部、诗歌28部、报告文学12部，其中不乏成绩喜人的优秀作品。福建文坛可谓成绩斐然，生机勃勃。

纵观福建省近年文学创作情况，可以发现作家视野更加开阔，思想更加活跃，具有强烈的社会责任感和历史使命感，也具有昂扬的艺术创作激情和文化创新精神；关注广阔的现实生活，更关怀深邃的精神灵魂；真挚反映大众集体的诉求，也真切传达独立个体的愿望，呈现出扎根坚实而拓展多元、格局敞阔而探研深入的总体风貌，主要具有以下几个特点。

突出主旋律，记录新时代。弘扬主旋律，记录新时代，是近年来福建文学创作的主流，无论在数量还是质量上，都达到了一个新的高峰。如长篇小说《海边春秋》，以福建平潭综合实验区开放开发建设的真实案例为蓝本，围绕兰波国际项目规划与蓝港渔村搬迁工程的矛盾和破解展开叙事，紧密贴近烟气蒸腾的现实生活，生动再现悲喜交加的事象人情，突出了当前中国全面深化改革中关于城市发展的整体协调、传统乡村的现代升级转型和经济社会各领域集成联动等重要的时代主题。小说以结合史传及纪实传统和虚构抒情笔法的现实题材书写方式，穿越了社会发展的风云变化和人心起伏的波涛汹涌，产生了打动人心的饱满力量。而长篇报告文学《千年一遇》则自觉而鲜明地坚持国家战略、明确历史使命、着眼趋势前瞻，紧紧围绕习近平总书记视察平潭综合实验区的重要讲话和重要指示批示精神，立足平潭毗邻台湾的独特区位优势，着眼平潭建设海峡两岸同胞共同家园和国际旅游岛的发展定位，以客观而典型、真实而生动的艺术创作手法，在沧桑历史与崭新现实的对照、宏阔场景和具象个体的融合、时代叙事和主观抒情的对接中，全景式、立体化地呈现出平潭开放开发十年来的风起潮涌和荡气回肠，体现了战略高度与实践深度、整体宏观和重点突出、历史总结与展望未来相结合的特征，为这个边陲岛屿大踏步实现"一岛两窗三区"的历史性飞跃交上了一份高分答卷。其他如长篇报告文学《幸福的革命》——垃圾分类新时尚的厦门模式，长篇报告文学《武夷之子》——精彩再现全国优秀共产党员、"时代楷模"廖俊波的光辉一生，都是书写新生活、展现新气象、塑造新人物、歌唱新精神的时代文学创作，在对中国发展进步的真实记录和生动表现中，勃发出新时代福建文学展现中国道路、关切中国价值、凝聚中国力量的澎湃激情和卓越活力。

突出闽文化，唱响新福建。福建物产资源丰富，人文思想璀璨，内陆文化与海洋文化、传统文化与外来文化、民间文化与宗教文化兼容并存、融合汇聚，为文学艺术创作提供了丰富充沛的资源。长期以来，以表现八闽大地风物人情、挖掘闽文化历史价值为主旨的类型化创作，一直是福建文学的重要内容。而近年来，随着福建加快21世纪海上丝绸之路核心区建设步伐，经济社会获得全方位高质量发展，福建文学呈现出了既突出主旋律，又扎根乡土追溯历史传统、激活古典焕发现代生命力的发展趋势。如任林举的长篇报告文学《晋江，奔流向海》以纪实性的记叙和散文式的笔法，对享誉全国的著名区域发展经验"晋江经验"进行丰富诠释。作者成功避免了线性逻辑推进的事象化陈列以及理论概念演绎的平面化叙述，通过流畅自然的叙事和隽永优美的文辞，在波澜宏阔的改革开放历史画卷上，精美绘制出一代代晋江人顽强拼搏、不懈奋斗的平常却不平凡的故事。作品成功之处在于始终坚持全局视野，怀抱大局胸怀，聚焦地方却不局限、回顾总结并不沉溺、探索经验而不刻板，叙述开阖自如，情感张弛有度，不仅生动展现了时代改革者坚韧不拔、勇于创新的开放精神，更形成了关于县域经济科学发展的经验总结与理论提升，为探索产城融合的改革创新、绿色集约的全面发展等时代课题提供了宝贵借鉴。与区域发展经验纵横开阔的表现形式不同，同为立足本土的《天涯歌仔——时光深处的乡音》是典型的文化散文，书写对象为传承百年的经典传统文化。为了突出文化传承的历史性和内涵的人文性，作者以情感为主线，贯穿岁月代谢的时光，融注于看似碎片化实则关联整体的叙事情节中，形成对宏大历史潮流的动态取像构图，全书叙述流转节制，情感内蕴深沉，如时光的余晖洒落窗前书桌上的浅淡光影，温柔而有力量，吸引着读者慢慢走近这个流传民间千年的传统戏曲，进一步认识和理解这个源起于台湾、连接着两岸血脉亲情的经典文化。此外，还有讲述两岸血脉情缘的《平安扣》以及被誉为"20世纪闽南文化的小型百科全书"的《嘎山》等，都是聚焦当下而连纵历史、立足本土而放眼四海、回顾历史而探索未来的优秀文学创作，体现了福建文学关怀乡土的真挚情怀和格局开阔的艺术风范。

突出人本精神，拓展新领域。改革开放以来，我国的文学创作积极回应时代召唤，着力表现民族历史与现实生活，不懈探索开拓新的思想艺术领域，出现了人本主义复归、人文精神张扬的勃发高潮。在这样的整体格局下，福建文学艺术也在开发人文价值的维度上不断深入，但整体仍然存在审美视野相对局限、艺术格局不够开阔、艺术水平参差不齐等问题，呈现出有高原、缺高峰，有产量、缺精品的状态。近年来，省文联、省作协致力于加强文学创作指导，加大文学人才培养、推动文学事业发展，积极探索以"不忘初心，服务人民"等形式多样的活动，引导作家走出书斋，走向广阔的社会人生，增强与群众的血肉联系，不断提高从现实生活中汲取营养、获得灵感、领悟真谛的积极性、主动性和自觉性，推动福建文学在关注个体诉求、关怀主体经验、关切生命价值的广度和深度上得到丰富拓展。如汤养宗的诗集《去人间》以立体多维的叙述方式展现裂变的思维空间，探索开启事物的隐秘结构，对话交流人情的幽微体验，在对生活的诗意发现和智性勘问中，提供了重释主体生命存在价值的新路径，诗集因此荣获第七届鲁迅文学奖，是该奖项设立以来，福建诗人首次获此荣誉。当然，所谓人本，不仅是重视并理解个体需求的现实合理性，更是关注并开拓主体价值发展的丰富可能性，这就需要我们的文学创作不仅要做到"以人为本"的细致观察和深入挖掘，还要实现"人的发展"的开放理解和多元阐释。正是在这个意义上，陈仲义的《现代诗：接受响应论》得以在诸多诗歌理论研究中独放异彩，获得第三届"啄木鸟杯"文艺评论年度优秀作品奖。现代诗研究是现当代文学研究的重要课题，理论扎实，成果丰硕，要独辟蹊径有所新见是比较困难的，而陈仲义与众不同之处就在于，他始终坚持将现代诗作为诗人的特殊精神创造，从创作主体出发，在中西文化接受比较的宏阔视野中，围绕现代诗"创造——接受——反馈——响应"模式，对现代诗接受响应中的特异性、主体性和"有界"性等问题进行了深入考察和分析。作者通过对"哑铃模式""细化响应""品级坐标"等概念的深入阐释，为认知现代诗艰涩、跳脱、变幻等审美形式，以及潜意识、意念、直觉、智性等主体表达，提供了新的理解角度，是中国现代诗接受研究领域一项有意义的崭新成果。可以说，"文学即人学"理念的秉持和张扬，不仅厚重了福建文学扎根生活、坦诚人情的现实主义创作底色，而且还丰富了福建文学叩问精神奥义、淬炼思辨哲理的艺术探索维度。

突出少儿题材，扶持新文学。文学对于人格尊严、人性权利、人本价值的重视，不仅来源于对生活历程、生存经历的高度关注，也深植于对生命成长的认真思考。因此，不仅成年人的生活应该深化表现，儿童的世界也应该丰富渲染，这正是福建文学创作近年来展现出的又一新貌。少儿文学题材创作一直是福建文学领域的"薄弱项"，作品数量不多，质量平平，出彩较少，而近年来这一现象得到了很大改观。如小山的最新作品集《紫紫村童话》，摆脱了成年人看儿童的俯视视角，以微观的"小"为切入点，走进奇幻玄妙的儿童世界，深入细腻天真的儿童情感，展现出丰富生动的儿童心灵，于小角色中发现大美之德，在小故事中探讨深刻哲理，传达了关于爱与美为主题的新的理解。任军的儿童文学《星际天地》则大胆结合科幻小说情节和童话故事内涵，以"住在孩子身体里的外星人"这样"异想天开"的奇幻构思，表达了孩子对于关爱、尊重与理解的纯真渴望，真实体现了成年人被掩盖、被遮蔽和被扭曲的精神异化，仿佛生命成长的小小宣言，实则是关于对话与沟通的郑重呼告。其他如曾志宏的《骑云豹的女孩》，讲述了一个少女的奇幻历险，李秋沅的《天青》，用凄美的故事塑造少年英雄等，均拓展想象思维、开掘多样方式、选取不同角度，深化生命成长主题，推动儿童文学进一步走出类型文学的区隔范畴，以独特而独立的生命体验方式，丰富人文世界，丰富艺术表现。

与儿童文学一起获得长足进展、取得优秀成绩的是网络文学，如萧鼎和藤萍分别获第二届茅盾文学新人奖、网络文学新人奖以及提名奖，余虹创作的LOL电竞代表作《联盟之谁与争锋》登上了福布斯精英榜，而树下野狐的多部作品被改编成电影、网游，《搜神记》更是被评为近年来中国最畅销的网络作品之一……互联网时代的福建网络文学，可以说是异军突起，势头迅猛，在把握信息化时代机遇、关注社会新人类群体、表达青年新生代诉求等方面，呈现出了勃勃生机，逐渐成长发展为当代福建文学的一支强大生力军。

"舆论生态、媒体格局、传播方式深刻变化，重组着内容生产与信息传播的链条，一个'万物皆媒'的全媒体时代渐行渐近。"《人民日报》对于当前全媒体时代"融合+"的特征进行了准确概括，提醒我们注意这是一个前所未有的时代，它充满机遇，到处生机盎然，万物生长众声喧哗；它又极具挑战，暗藏礁石险滩，江河翻涌泥沙混杂。越是这样的时代，越需要我们辨清航向，把稳船舵，沉下身子在热气蒸腾的生活万象中，踏稳步伐在厚实沉广的泥土大地上，恒守初心在澎湃郁勃的精神世界中，更多地与时代相互呼应，更生动地为时代画像立传，更强有力地为时代明德尚义，在执着守望土地时增强使命担当，在深情歌咏生命里提升精品意识，在鼓舞追梦奋进中做好先锋表率，推动福建文学把握历史机遇，紧跟时代潮流，创作出更多更好地反映新时代风貌和福建特色的文学精品，登上更高更辽阔的艺术高峰。

（刊于《福建文艺界》2020年第9期）

背靠历史　表达时代

——谈松溪版画艺术及产业发展

一

从中国美术史的角度看，版画被列入美术范畴还是近现代的事。从1954年举办第一届全国版画展至今已二十四届，在这漫长而又短暂的岁月里，特别是改革开放后，版画艺术得到了长足的创新发展，成为了现代视觉艺术中的重要门类，日益呈现出繁荣蓬勃的生机和昌盛多元的景象。辛丑仲夏，省委宣传部、省文联组织一批知名作家赴松溪开展"大美松溪"采风活动。在当地文联领导的陪同下，我对松溪版画进行了较全面深入的考察，有了新的认识。

从世界上现存最早有明确纪年的唐咸通九年（868）刻的《金刚般若经》卷首扉画（现存伦敦博物馆）开始，中国版画已历经一千多年发展，不断在摸索中探进艺术表现，于实践中丰富美学内涵，实现了从早期画、刻、印彼此分工合作的复制技术，到后来融画刻印于一体的创作艺术"质"的飞跃。作为其中的重要流脉，松溪版画历史悠久，其源头可追溯至宋代的"建本"雕版刻印书籍技艺，而真正全面兴起则始于20世纪四十年代中期，浙江丽水"浙江木刻用品供应合作社"主要成员和一批版画家，从江西上饶辗转到福建崇安县（今武夷山市）一带开展木刻活动，奠定了闽北版画艺术的基础。党的十一届三中全会后，建阳地区（今南平市）文化局组织编印《武夷》杂志版画专刊，配合全国和福建美术展览，组织开展版画创作学习班，培养版画创作人才。九十年代初，松溪县在群众中广泛开展版画普及和学习创作活动，创作队伍迅速扩大，艺术水平不断提升，2019年被列入福建省非物质文化遗产代表性项目，2000年松溪被国家文化部命名为"中国版画艺术之乡"，声名远扬。

谈到松溪版画，就不得不提到两个带头人：松溪版画院创院院长兰坤发和现任院长蔡丽。由于对版画艺术的兴趣和热爱，他们在生活中执手相携，在事业上互促共进。夫妻两人同为群众文化研究馆员、中国美协会员，作品多次入选全国美展、全国版展并获奖，被中国美术馆等收藏，堪称当代版画艺术创作的代表。

在兰坤发和蔡丽看来，传统版画艺术实现现代转型的首要关键，就是要结合时代审美思潮的发展，探索现代技艺革新和美学内涵转化，而具有强大艺术表现张力和文化包容性的绝版油印套色版画无疑是最适合的艺术形式。所谓绝版油印套色木刻版画，是油印套色木刻版画的一种新技法，源于20世纪80年代云南思茅地区的版画创新变革，其创作方式是将一幅画所有的色版都集中在一块版上，采用边刻边印、逐版递减的创作方式，所以又称为"减版法"。因为使用这种方法刻印版画，即自然毁版的过程，从刻印上色到印刷成图的每个步骤都无法逆转，因此作品完成后，原版往往因无法再印制作品而弃绝，所以这一方法也被称为绝版油印套色木刻版画。与传统套色分版套印创作不同的是，它不仅突破了传统套色木刻容易错版、刻制阳线、点等费时、印刷枯燥等制作程序缺陷，更改变了过分追求结构完整而色彩单一、内容层次模糊，艺术空间感不足等审美问题，形成了构图形象更加完整、色彩更加鲜明、层次更加清晰、肌理效果更加丰富的表现风格，具有极高的审美观赏和艺术收藏价值。自七八十年代以来，在历届全国美展及版展中，都能看到大量精美的绝版油印套色木刻作品，并成为当代套色木刻版画的主要形式。

由于绝版油印套色木刻印制过程对版精确，既可以细致入微地刻画物态形象，又可以高度概括地表现情感思想，而且具有一定的创作随意性、偶然性和印制的不可逆转性，因此对于创作者的美学观念、构图设计、色彩感受和层次把握等都有较高的要求。正是在这个意义上，兰坤发和蔡丽深入研究并积极借鉴中西方艺术经验，汲取吸收了中国绘画的线条表现技法和西方绘画的色彩层次应用，融合东方人文追求"气韵生动"的"写意"内涵与西方艺术讲究"和谐结构"的"抽象"象征于一体，形成了独具想象力和表现力的艺术风格。如兰坤发创作的《家园印象》，整幅作品没有细致具体的形象，而选择以蓝绿黄为主的色彩表达，色块错落铺叠的对撞与融合，产生了如印象油画般的强烈视觉冲击效果，生动表现了深藏于记忆深处、深蕴浓郁情感意象的非理性"印象式"生命体验，正如波希尼所说："画家使自己的形式摆脱外表现象的拘束，就是为了谋求形象生动的艺术。"

　　值得注意的是，在探索优秀传统文化当代转型的过程中，形式创新远比内容创新、意义创新更受关注也更容易践行，无论是讲究超越法度的"前卫书法"，还是热衷刀工技法新变的"现代雕刻"，都体现了传统艺术主动适应新时代、努力追求突破创新的努力。然而片面强调"空间转型"或"视觉转向"所带来的形式美学重构，却往往可能因过度炫技而造成艺术审美本质的遮蔽和消解。忽略传统源脉承袭、拘泥文化思想局限、束缚美学内涵开拓，是导致各种取法怪异、表意荒诞甚至"以丑为美"的当代艺术乱象层出不穷的根本原因。兰坤发和蔡丽的当代版画创作，正是对这类问题的有力回应。他们始终坚守现代版画艺术是"反映社会人生的生动写照"的观念，从不耽溺于形式技法的刻板琢磨，而以时代感和人民性为基本原则，深深扎根于广阔磅礴的现实生活，深刻理解蓬勃激荡的新时代精神内涵，将版画艺术作为表现时代主题、展现人文精神、思考生命意义的积极文化实践。如兰坤发入选十一届全国美展的版画作品《围》，源于作者在下乡考察写生中，对传统乡土生活的广袤、质朴以及与现代文明的冲突、交融的深切感受，作品以乡村破旧谷筛为主体、以现代围棋的黑白棋子参差错落于筛孔之间组合而成，在物象区别与秩序凌杂的矛盾中，创造了艺术形式的统一和谐，推进了思想意蕴的提高升华："筛子中的篾片好像围棋盘中的经纬线，如果把筛孔看成是方形的围棋子，那这样看来是圆筛围着方形棋子。方外有圆，圆内有方。……这也正像是黑棋子围着白棋子还是白棋子围着黑棋子那样。此消彼长，瞬间转变，得失难定，输赢难论。正如周易中太极的两仪，你中有我，我中有你。"当代版画不仅要在贴近生活、反映现实、表达人情等方面与时俱进，更要在表现生存感受和生命体验、思考人类本体与宇宙万象关系等内涵上，达到新的精神境界，这正是兰坤发和蔡丽的创作观，也是松溪版画兴盛繁荣的核心要义。

　　正如范迪安谈到松溪版画创作时说的："他们从闽北生活中汲取了大量灵感，集浓郁乡土情怀和现代气息为一体，取得了丰硕成果"。松溪版画以对人、对生活、对时代的强烈关注，密切艺术与当代文化、当下现实的深刻联系，通过线条、块面、色彩、构图等形式，表现作者的情感世界，传达作者的生命节奏，创造出既具备版画美学特质又契合当代人文精神的新的艺术形象。如蔡丽的《都市迷失》、兰坤发的《城雕·红色的记忆》、陈维星的《都市·第一缕阳光》、陈邦寿的《飞越心灵的家园》、程丽根的《闽山古韵》和王永祯的《红色的记忆》、马麟的《鸣秋》、邵慧花的《网虫》、叶美琴的《我的父亲我的家》、叶文杰的《牵挂》、邵慧花的《丫丫的童年》、蔡丽和王世华合作的《盛世非遗》《扶贫路上》等一系列优秀佳作，题材丰富，内容充实，既有乡野农村的稻田麦浪，也有城市新区的机械轰鸣；既有传统人情的朴素纯粹，也有现代光影的喧嚣芜杂……为了表现丰富的题材，版画家往往采用线条与色彩、具象与抽象、形态和意境多元融合的现代艺术语言，尚真的写实与象征的传神共存，强烈的对比与模糊的渲染并置，实现了艺术本体语言由表现手段的客体向有意味形式的创造主体的根本转化，于章法错落间见劲爽利落，于对比鲜明中显气韵生动，在作品原创性、实验性、开放性的高度统一中，呈现出具有鲜明现代生命节奏、广阔时空想像张力、深刻思想内涵的艺术风格。

二

松溪版画具有原创艺术性、产品复数性等特点，兼容鲜明的文化属性和商品属性，本身就很适合走产业市场发展的道路，松溪县委、县政府对此高度重视，专门制定了《扶持松溪版画产业发展若干优惠政策》，设立500万资金池作为专项发展资金，广泛挖掘并培训市场营销专业人员，以松溪县版画院为创作提升基地，建立"松溪版画产业孵化园"培育版画市场经营主体，着力加强版画艺术学习培训交流，广泛组织开展文艺创作活动，形成了专职作者、兼职作者、业余作者、学生作者、特邀作者等跨行业、跨区域的多元创作群体，推动松溪版画创作从"个人画室"走向"群众画廊"，从"田间地头"走向"新城广厦"，2008年被省文化厅授予"福建省文化产业示范基地"。松溪在不断丰富主题、革新形式、充实内容等方面进行版画艺术创新，创作出一批精品佳作在国家和省级美展中获奖，受到业界高度关注，形成了广大人民群众"热爱版画、创作版画、发展版画"的浓厚文化氛围，对周边区域产生了强大的辐射带动影响。特别是2018年4月，"生态家园——福建松溪版画作品展"在中国美术馆成功举办，赢得社会各界的广泛好评，进一步扩大了松溪版画的社会影响，成功树立了"松溪版画"这一文化品牌。

如果说，以"请进来，走出去"为主要形式的学习培训交流是为了增强版画艺术创作的"内驱动力"，那么近年来松溪版画团队逐步完善版画院统一送展机制、深化民间工艺与基础教育有机结合形式、积极开展校地合作建构长效人才培养机制、不断探索新型"版画+"多元业态融合等实践，就是以健全产业体系为路径，持续扩大"中国版画艺术之乡"品牌效应的创新发展。除了编辑整理作品辑录，每年出版一期《松溪版画院院刊》，作为创作的梳理总结和学习的交流借鉴之外，松溪版画还特别注意应用现代融媒体手段提升品牌传播力和影响力，如利用抖音、微博、微信和自媒体平台"松溪版画"微信公众号、松溪版画网站等，以图文并茂的方式，结合各类节庆旅游、展览展示等，持续推送、动态更新有关松溪版画的资讯信息和各类精品佳作，形成了"线上＋线下"的立体互动展示传播；此外，积极邀请中央电视台、人民日报、中新社等近40家大型媒体开展现场宣传报道，各类媒体转载400多篇次。松溪版画产业实力不断增强，产业效能不断扩大，目前全县已培育5家版画企业，累计销售作品3万余件，远销美国、法国、澳大利亚等十几个海外国家和地区；在浙江义乌国际商贸城开设松溪版画专营店，以举办"松溪版画"独家冠名"全球画框人颁奖盛典"的方式，向来自加拿大、澳大利亚、日本等国家和地区的2000多名全球化业经销商和义乌画业市场400多家企业作主题推介，"松溪版画"作为福建闽北文化品牌杰出代表和中国优秀传统文化精粹，昂首迈向国际化市场。

三

当我在松溪版画院鉴赏作品并与主管部门、创作者等深入交流研讨后，不禁为其精彩的艺术形式、丰富的主题内容所震撼，更为其大胆创新的思路、开放多元的格局所感慨，同时也深入思考未来的长远发展。必须看到，经过努力实践，松溪版画的艺术创作和产业发展已经取得了不俗的成绩，但仍然存在作品与产业发展不平衡等问题。在创作方面，松溪版画尽管有不少作品参加了国展、拿了大奖，但作者群体艺术创作水准不均。在产业发展方面，主要表现在创新方式有限、开发手段不足、产业对接不畅等问题。这不止是松溪版画产业发展过程中出现的问题，也是当前传统文化产业转型遭遇的普遍困境。在当代文化环境下，传统文化要顺利实现当代转型的关键，就是要在深入把握传统文化内涵精髓的基础上，立足现代产业市场，适应审美动态需求，通过理念更新、材料创新、新技术应用等方式，将独立个体的研发制作，转化为现代工业生产的创意美学设计。同时，要注意充分吸收外来优秀文化的精华，促进当代中国本土艺术语言与美学体系的创新发展，切实推动"中国制造"转向"中国创造"。

正是在这个意义上，作为版画家构思创作能力和制版印刷工艺高度结合的松溪版画艺术，要真正实现现代产业转型升级，就要将自身置于21世纪"深度全球化"的背景下，将传统文化资源置于全球视野中重新认识和深度思考，更加主动积极地适应技术、媒体、艺术领域新变，进一步促进传统题材和现代主题对接，促进大众审美形式和当代艺术美学的融合。同时，要积极寻求形式与功能、材料与技术、创意设计与人工智能新的平衡与融洽，可以借鉴"故宫文创"等传统文化产业发展的成功案例，完善社会效益和经济效益相统一的"创作—营销"管理体制机制，提升版画学习交流的数字化多元服务，开拓版画艺术转化利用的文创产品研发，探索乡村振兴背景下自然资源、人文资源、文化资源有机结合的"产业先行，融合发展"新形态，从求规模的普及推广转向深耕细作的品质提升，从同质化的产业模式转向特色化、差异化的平台升级，真正走出一条品牌鲜明、内容支撑、市场多元的产业发展之路。

写到这里，我不禁想起2013年第二十届全国版画作品展上一位专家的提问："版画的边界到底在哪里？"我想，松溪版画的发展就是最好的答案。既背靠"历史"、厚植文化底蕴，又立足当下、创新表达形式、丰富时代内涵，这是松溪版画激活内在艺术生命、焕发时代风采的根本，也正是新时代中华优秀传统文化实现创造性转化和创新性发展的真正内涵。

（刊于《海峡文艺评论》2021年第1期，《福建文艺界》2021年第3期）

山野客家风
——谈闽西绘画与连城宣纸

辛丑秋,我应福建省作协之邀,赴龙岩参加第22届"红土地·蓝海洋"采风创作笔会,瞻仰了古田会议旧址和纪念馆,实地走访了闽西书画院、华喦故里、连城宣纸厂等,参观了"翰墨飘香——庆祝中国共产党成立一百周年书画作品展",并与闽西美术界代表进行了交流,对闽西绘画艺术有了进一步的认识。

一

龙岩位于福建西南部,简称"闽西",这里地处闽、粤、赣三省结合带,自魏晋以来,就成为中原民众躲避战乱、迁徙南方的必经之地,往来交流者众,文化兴盛发达,并形成了独具特色的客家民系。山林茂密的地貌保留着粗犷的原始风情,欣欣向荣的客家民俗蕴含着温润典丽的南国古风,为艺术创作提供了取之不竭的充沛资源。因此,自古以来,闽西书画艺术蔚然兴盛而别具一格。从"修然蹊径"的清代著名画家上官周,到"清新俊秀,率意疏容"的扬州画派代表华喦;从画风纵横雄伟的"扬州八怪"之一的黄慎,到气象高古博大的"伊汀州"伊秉绶,再到近代以来的丘沺、罗晓帆、宋省予、胡一川等等,闽西书画界可谓名家荟萃、代有俊杰,甚至在明清发展成为与粤东的诗文、赣南的理学三分客家人文天下的局面,被誉为"半城诗书半城画"

的闽西，在福建、乃至中国书画艺术史上都占有一席之地。

说到闽西书画艺术，就不能不谈到闽西蓬勃兴盛的造纸产业。以墨线为主要造型手段的中国传统书画，讲究的是"笔墨神韵"，追求的是"气象生动"，独特的笔调形态与墨韵意趣，决定了其与载体形式的深刻联系。闽西连城一带山高岭峻、树茂林密、溪清泉澈，具有得天独厚的造纸条件。据史料记载，明朝嘉靖年间，连城人就用菁草和榆树皮生产竹料纸和皮料纸，之后随着材料的甄选、技艺的改进和专业工人的培养，逐渐形成了以姑田、赖源、莒溪等为中心的造纸基地，成为当地的重要支柱产业，直至清末，连城已拥有一千余户手工纸槽，一万多名造纸工人，纸庄商号50多家，鼎盛时期，每年可造纸13万担以上，有力推动了连城发展成为明清时期中国四大雕版印刷基地之一。

连城宣纸素有"百年不褪色，千年不变黄"的美誉，其品洁白而光滑如玉，能尽呈墨彩而黑白分明；其质柔软而微具弹性，可卷折揉叠而不易损坏；其表绵韧如布，经笔墨拖擦或拓印棕刷而不破不损；其里细密如丝，承运笔挥洒或润墨层叠而不滴不透。独一无二的高端品质，使连城宣纸成为精装印刷、复制描绘、书画装表的上等材料，深受广大书画家及爱好者的喜爱，与安徽、四川宣纸齐名成为中国宣纸著名品牌，远销日本及东南亚等国家。2007年9月，连城宣纸制作工艺被福建省人民政府列为第二批省级非物质文化遗产名录，堪称载誉百年、传承世代的经典。

二

无疑，连城宣纸产业的发展，有力推动了闽西书画艺术的普及与提高。特别是闽西绘画，以"山野情趣"的独特风格，构成了中国绘画史的一道绮丽风景。闽西山区峭壁横出，碧水深湖迂回，庙宇古刹隐现，既有广阔茂密的原始森林、高耸雄峻的峭壁岩石，也有澄澈净碧的涓流溪水、琼浆飞迸的洪流飞瀑。集"峻、阔、险、妙"于一体的自然之美，极大启发了闽西画家的灵感，当他们将闽西独特的山野风情融入笔端墨间时，便融汇而成一派生机勃勃的艺术风景。如与"扬州八怪"齐名的上杭清代画家华嵒，于山林体验灵妙，尤善捕捉自然天趣和细腻情绪，其笔下的人物、山水、花鸟、草虫、走兽，均不失形似而更重精神，个性鲜明且富有意境；长汀清代画家上官周，则以野境通达造化，其画作从容大气而神采兼备，窦镇称赞其"善山水，烟岚弥漫，墨晕可观"。此外，还有黄慎神话人物的雄浑粗犷、丘沺彩墨山水的精妙超群、宋省予花鸟走兽的劲健潇洒……有论者评闽西绘画"其风格主要体现在气势与情感的结合上"，形成别具一格的"山野客家风"，即纵横开阔而不乏灵妙，顿挫转折而多有意趣，可谓中肯而恰当。

进入当代，闽西书画秉承"山野客家风"的传统，既回溯历史又立足当下，既濡习经典又借鉴新法，日益展现出开阔宏大的勃勃生机。正如章彬辉在研究闽西客家书画艺术风格发展时指出的："新中国成立后，山野客家风格对闽西书画艺术的丰富和发展起到了重要的推动作用，作品以讴歌社会主义为题材，硕果累累。改革开放后，一大批热衷山野浓情风格的书画家在闽西这块神奇的土地上大展风采，有力地推动了闽西书画艺术朝更广阔、更有意境的领域前进。"当代闽西绘画坚持以当代精神为尺度，以现实需求为观照，以创造性转化为目标，着力创新绘画新样式，挖掘艺术新蕴含，展现时代新气象，形成了以龙岩美协为主要阵地、土楼群落为载体、泼彩山水为代表的崭新格局。

龙岩美协、龙岩美术馆、闽西书画院和龙岩学院美术系是闽西地区美术、书法等门类艺术人才的集聚地，是闽西地区书画界开展艺术创作、研究和交流的重要平台。就美术而言，目前有中国美协会员23人，福建省美协会员130人，可谓阵容不断扩大，实力持续增强。其中，尤以水墨山水、写意花鸟绘画为主，沿袭古意而多有开拓，着重野趣而情味丰饶，梁明无疑是闽西美协最具代表性的领军人物。正如人们熟悉的，中国传统山水画主要以笔墨的浓淡粗疏错落和物象的高低远近来结构布局，不重具体形同，而重意象神似，在以意志为象、以情感为介、以境界为品的古典审美图式中，表达了中国人以山为德、以水为性的"天人合一"的美学思想。而梁明艺术创作的独特意义就在于，他在承传传统山水画的美学内涵的基础上，大胆突破古典审美的形式框架，创新了以"福建土楼"为载体的大泼彩山水画风格。如其代表作《浮云故园情》《印象贺兰山》《客家山居图》等，别出心裁地将中国传统山水画以点、面为主的勾斫技法系统，与西方现代艺术极具张力的线条表现、对比冲撞的色彩结构等方式互鉴整合，将闽西磊落旷达的山林野趣、率真诚朴的客家风情，与中国传统山水画的高远意象和中国哲学"天人合一"的生命境界融为一体，从而实现了"传统与现代""具象与抽象""微观与宏观""实景与虚境""流动与凝固"的协调共生，以或浪漫奔放，或冷静沉稳的个性化情感体验，赋予传统山水画以新时代的意义，范迪安称赞他"对中国山水画时代发展的一个贡献。"

如果说，梁明开创了以土楼群落为载体、泼彩山水为代表的山水画新境界，那么刘新才则创新了古典写意花鸟的当代新格局。他的作品以"开阖大气、挥洒自如"为特征，笔墨纵肆、意象凝练、格局开阖，既有大写意的抽象空灵之美，又有蕴精雕琢的细腻婉约之神，落落疏朗间，尽得隽永意味。新才告诉我："艺术是无止境的，花鸟画尤其如此。最高境界的花鸟画不是自然景色的单纯复制和描绘，而是注入艺术家个人情感和风格。"显然，他的情感便是来自对闽西诚挚的爱，这里的一山一水、一花一草、一鸟一蝉，都是他创作独具特色"大画"的灵感来源：不仅仅是画作的尺寸阔大，更是表现的时空宏大、展现的襟怀博大、追求的境界远大。如其代表作《岩壑春光》，尺寸达11米×3米，以一年四季为灵感进行创作，于收放有度的用笔间，布局远近虚实互补；在浓淡有致的墨韵中，构造明暗隐显相参，既有传统的层层积染等手法，也有现代泼墨泼彩等技艺，使画面呈现出厚重而极具震撼的艺术效果，形象展现了山川千姿百态的气势和飞跃灵妙的韵律。在新才的美术工作室里，还展示着不少画作，或开阖大气辽阔，或意境清静高远。驻足画前，似临山涧、踏峭岩，如闻花香、汲露珠……

大自然的奇妙，就在这深深浅浅的墨韵流动中淋漓展现，令人神往，更令人感动。

三

在闽西书画院参观书画作品展时，我欣赏到了更多当代闽西书画家的优秀作品，有气势宏大豪放旷达者，有优雅典丽温婉细腻者，均以尺幅之天地，放万里之胸怀，展现了闽西画坛蓬勃昂扬的精神，不禁令人深深感慨：闽西画家艺术创作最令人动容之处，不止是其不断丰富的形式、持续充实的内容、日益精湛的技法，更是他们作品中蕴涵着对这片土地深深的爱。是这里丰沛的雨水、茂密的丛林、郁郁葱葱的植物启发的瑰丽想象，更是这里清灵的气息、动人的声音、曼妙的生灵赋予的丰富情感，是将无限奇妙的生命融于无穷水墨的独一无二的歌咏。因此，当代闽西画坛除了梁明、刘新才之外，还有不少其他鲜明独特而精彩卓越的风格。如胡益通擅长写意花鸟画，却不止于传统花鸟的细腻传神，而更着重以"心境"造"意境"，往往精致的线条勾勒与泼辣的色彩运用结合，开阔的格局构建与巧妙的细节处理互补。其代表作《山野飞花》，构图精思奇巧，色彩艳而不俗，线条干净洒脱，是南国风情纪实，更是人文诗境写意。与胡益通的大胆布局和鲜明用色不同，另一位当代闽西画派代表刘瑞儿，则着重以线条的温婉、色彩的淡雅，表现画面清宁的诗情悠远，自有另一种沉静、典雅的气韵。无论是《花语》的浅淡格调运用，还是《静谧》的影绰虚实处理，或者是《那时花开》的精巧布局安排，都体现出画家对于"冲淡平和"意境的追求，即苏百钧教授评价的"用诗意的审美去连接笔墨与物象的关系，进入了审美的内在血脉，获得了心灵的自由境界"的艺术创造。此外，林启泉"唐宋风韵"的工笔人物画，以古典"正、和、古、清、自然"的审美形式，体现崇高、神圣、宁静的现代美学追求；蓝世明的"客家风情"水彩画，融合中国水墨画的构图和用笔、版画高度概括的技法语言、油画厚重鲜明的色块笔调等，展现了积极向上、健康乐观的时代气息；黄伟的"客家民居"油画，在构图和色彩的运用上既大胆又平和，大处见精神，小处见功底，充满了烟火气息，美不胜收；还有青年画家代表张锦华、兰华生、姜兆元、林赠坤、郑颖璐、肖崇辉、钟德福、吴耿东等近年来不断在全国、全省的美展中崭露头角……在第十二届、十三届全国美展和第七届全国画院美展中，龙岩国画入选及优秀作品进京展的数量均位居全省设区市第一。可以说，当代闽西画坛正是在这样多样繁华的画风开拓中，形成了"婵娟灵妙"的画意生机与"萧飒风情"的艺术格局，呈现出多元勃兴的万千气象。

当然，在当代艺术思想更加自由开放、表现形式更加丰盛多元的趋势下，闽西绘画队伍的整体势力还有待进一步提高，特别是在创作形式、创新能力和产业发展等方面仍有许多提升的空间。有论者指出其"对龙岩的红色文化、客家文化、河洛文化、生态文化等表现都不尽如人意。尤其是没有像闽西其他门类艺术，如文学，电视剧，歌舞剧等，深度挖掘闽西区域文化的内涵，创作出一批融思想性、艺术性和观赏性为一体的精品力作"，可谓一针见血。

"墨点无多泪自多，山河仍是旧山河，横流乱世杈椰树，留得文林细揣摩。"这是八大山人对艺术发展、对时代局限的深切感慨，也一再提醒我们时代艺术是当代生活的镜子，是时代精神的集中体现。所谓"时代艺术"，正是对传统艺术、当代艺术、未来艺术三者的综合考量。特别是在全球化语境下，由于经济的融合和文化的交流，艺术更呈现出跨文化、跨语境的特征，更着重于对自我与世界、历史与现实、文化与文明进程融合、交织、投影和反射的内涵。因此，传承历史、立足当下、放眼未来、开敞襟怀，应该是所有艺术，包括绘画都应该秉持的态度。

以此观之，闽西绘画要走出一条宽敞坦途，就要充分发挥优势、融汇运用资源、着力创新拓展，要将独特的闽西红色文化、客家文化、山野文化与新生活气象、新奋斗目标、新时代精神相融合，打破"传统——现代""东方——西方""国内——国外"的文化界限、艺术界限，探索多形式、多媒介、多材质的转化运用，促进传统表现与现代主题对接、大众审美形式与当代美学内涵融合，实现区域风格的新的时代表达。同时，也要注意发挥龙岩市美协、龙岩美术馆、闽西书画院、龙岩学院美术系等各类艺术团体的功能作用，加大力度探索闽西画坛与现代美术市场结合的新途径。可以借鉴"宋庄画家村"、"大芬画家村"等目前国内绘画产业中心的发展模式，创建"闽西画廊"，搭建交往交流平台、加强人才培养等，构建"闽西书画"品牌，推动当代闽西绘画发展，真正从传统梨园转身现代舞台，让这"婵娟灵妙"与"萧飒风情"，绽放出新时代的熠熠光彩。

（刊于《海峡文艺评论》2022年第2期，《厦门文学》2022年第6期）

大浪奔涌立潮头

——评电视剧《爱拼会赢》

了解中国民营经济的人，就一定知道"晋江"这个名字。

改革开放40多年来，福建晋江——这座得改革开放风气之先的东南沿海城市，凭着5万多家民营企业，创造出了2个超千亿和5个超百亿的产业集群，以超过95%以上的经济贡献率，走出一条独具特色、堪称典范的县域发展之路。习近平总书记在福建工作期间，曾6年7次到晋江调研，科学总结出"六个始终坚持"和"正确处理好五大关系"为主要内容的"晋江经验"，为我国发展特色化、差异化县域经济，推动高质量发展提供了强有力的指导。20年来，"晋江经验"一路高歌猛进。2020年12月31日，在福建省县域经济高质量发展报告会上，宣布2020年度福建省县域经济实力"十强"、经济发展"十佳"县（市）评价结果，晋江市以2616亿元连续27年位居福建首位、全国第四位。

如果说，"晋江经验"，是对晋江县域经济发展范式的科学总结，那么"晋江故事"就是对"晋江经验"的丰富演绎。或者说是形象的、鲜活的、文学的"晋江经验"，其背后是一个个真实而感人的"晋江故事"。这里有晋江人走出贫困、锐意进取的奋斗故事，有晋江企业迎难而上、抢占先机的发展历程，也有晋江华侨华人情系桑梓、回报家乡的赤诚丹心……应该说，晋江这么一个早期贫瘠落后的沿海小城，之所以能得风气之先，形成具有全省乃至全国示范性的"经验"，正是由这些平凡却不平庸的奋斗、曲折却坚定的探索、不屈不挠而不甘人后的创新，共同汇聚而成的。其核心是晋江团结拼搏的精神风采，是整个福建敢为人先、创新开拓的气魄格局。近期，以讲述晋江故事、展现晋江风采、表现福建精神为主要内容的《爱拼会赢》电视连续剧，接档热播剧《人世间》，在央视一套播映，引起了广泛关注和强烈反响。

  近年来，以改革开放为背景的电视剧持续火热，如《温州一家人》《鸡毛飞上天》《大江大河》等，或讲述平凡草根在社会转型中的艰辛创业，或表现先行者在变革浪潮中探索与突围的不懈奋斗等，都从不同侧面，生动再现了社会主义现代化建设取得伟大成就的历史进程，堪称优秀的年代励志剧。《爱拼会赢》也采取"以小见大"的方式，通过高进阳和叶守礼两个家族三代人在改革开放40多年中的勤劳创业故事，为观众展现了时代大潮中，晋江人民勇立潮头、爱拼敢赢、诚信团结的开拓精神。

  "爱拼才会赢"是流传广泛、影响深远的一句闽南地方口头禅，简洁质朴的表达，浓缩着闽南人淳朴踏实的性情、吃苦耐劳的精神、敢闯敢干的风格。如何以影像化的方式呈现其丰富的内涵和深刻的本质，是对主创团队的一次考验。对此，导演李小平强调，这部戏在镜头语言、剪辑等方面，要自始至终都建立在这样的理念之上：既要随年代和情节作出变化，又要遥相呼应，在广阔、博大的审美基础上交响共振。因此，该剧秉持"立足现实紧跟时代、大胆创新前瞻未来"的创作理念和审美追求，以故事化、细节化的方式进行展示。剧情始于1980年，从发生在农村的一场破坏性自然灾害开始，以高、叶两家的家族命运为切入点，以一个下海经商做大做强企业、一个扎根特色农业致富的创业故事为主线，徐徐展开关于"爱拼才会赢"的生动诠释和形象演绎。作品独特之处在于，建构了纵向延展历史跨度和横向多层次现实格局的双维叙事维度，以普通人家创业纪实的小悲欢，与中国改革开放40多年社会转型变化的大历史交汇同构，通过生活化的情节演进方式，串联"解决人民温饱""确立和建立社会主义市场经济体制""推动高质量发展"等不同阶段的时代特征。同时，借助"开拓型和平民化"

的人物形象塑造，诠释了历史演进变革和思想观念进步的深刻内涵。

可以说，作品最可贵之处，正是在于以敞开的胸襟面对广阔的社会现实，以真诚的体验深入细碎的人情冷暖。所谓"晋江故事"，不是大开大阖的宏大话语，而是小人物的喜乐悲欢，平凡日子的柴米油盐，更是浓郁的闽南风情：辽阔无际的大海、红砖曲脊的建筑，以及塘东沙堤、围头村、五里桥等泉州标志性场景和"地瓜腔"的闽南式谐音，都是实实在在接地气的生活烟火；而所谓"晋江经验"，也不是概念化的生硬演绎，而是"新"与"旧"的冲突碰撞，"常"与"变"的交错融汇，锐意进取的晋江式商情与重情重义的闽南式亲情的交织聚合，在现实主义叙述与浪漫主义情怀的有机融合下，不断推进"杯水风波"而起的家国叙事，最终超越了"一己悲欢"的局限，呈现出"新史诗"的艺术品质，拥有广阔博大的新时代艺术魅力。

（刊于《学习强国》2022年5月10日）

让书法艺术经典走向大众

——《书法导报》陆永建访谈

黄俊俭： 你以闽籍古代书法大家为研究对象，出版了《雄姿卓态八闽风——闽籍古代书法大家艺术风格和时代意义研究》一书，从书论观点、书学思想、书艺品格及书风接受和传播等方面，对蔡襄、朱熹、黄道周、张瑞图、伊秉绶进行了较为深入的剖析，揭示了八闽传统"文化板块"和书法艺术"流变趋势"之间的深层关系。那么，通过对闽籍古代书法大家的研究，你认为其时代意义及价值在哪里？

陆永建： 我选择以蔡襄、朱熹、黄道周、张瑞图、伊秉绶等人们比较熟悉，对中国古代书法艺术发展产生深远影响、具有标杆意义的闽籍古代书法大家作为研究对象，主要出于三个方面的考量：

一是深化对书法艺术的理解。艺术是历史的承传和时代的创造，当然书法艺术也是如此。古往今来，不同时期的书法名家都是在继承传统的基础上标新立异、独树一帜创造出属于自己时代的艺术风格。所以，我们常说，羲之前无王体、鲁公前无颜体。我关注的正是这些书法名家、大家，如何在学习和借鉴前人经验的基础上，大胆突破，推陈出新，创造独特的书法风格。例如，蔡襄是怎么"尚古"而"超古"，以承唐启宋、承法启意的书法创作，纠正时代审美之偏？张瑞图又是怎么突破唐宋以来以"二王"为核心的帖学束缚，融北碑与行草特征，开拓形成紧峭险峻、顿挫扬抑的书法风格？我试图通过这些研究，梳名字不同之外，展览的内容大同小异。换句话说，就是展览的内容与展览主题没有太大的关系。你如何看待这种现象？请谈谈你的观点。

陆永建：任何艺术展览，都要处理好两个要素：一是展览的目的和意义。二是展览的形式和方式。其实，两者就是关于展览的主题和内容。主题决定内容，如节庆展览与日常展览、主题展览与专题展览的内容肯定不一样；而内容又反过来影响主题表现的效果，如果文不对题，就会出现你所说的"展览大同小异"和受众审美疲劳的现象。

书法展览在面对这两个问题的时候，需要更加谨慎细致。正如我前面说的，书法艺术本来是兼具实用性和审美性于一体的，但随着现代社会的发展，其实用性属性已逐渐模糊乃至基本失去了，特别是在信息传播高速发达的时代，不要说几乎没有人以提笔蘸墨的方式交流交往，甚至连日常手写记录都变得越来越少。因此，书法展览就越来越成为纯粹的艺术性展示。这意味着策展时，不仅要重视对其审美特征的精心提炼与呈现，还要起到艺术赏鉴"以文化人""以艺通心"的作用；另一方面也要注意对其内蕴意义的适度阐释与生发，以起到展览传播弘扬优秀传统文化的效果。

当前，有不少书法展览出现内容与主题偏差，甚至不符的情况，其根本原因正是对书法艺术内涵认识不足，对当代书法艺术传播与接受把握不够。无论是以古代书家命名，或者以特定时期划分，书法展览主题的设置，都不是简单的名称变动，而是意味着审美特征、美学内蕴、人文思想等丰富内涵的明确定位。这意味着，书法展览的内容，不是简单的作品陈列，而是艺术传承发展的动态化演绎，是思想、精神、文明交流碰撞的能量聚合。这就好比举办"朱熹展""黄道周展""伊秉绶展"，策展人却根本不理解朱熹的书法艺术风格、黄道周的书艺思想、伊秉绶的书学观点，也不了解他们所处时代的审美趋势、思潮动态、文化特征及相关作品，怎么选取并设置相应的展示内容？当然只能变成"换汤不换药"的作品陈列，甚至导致大量媚、俗、滑的所谓"展览体"，牛头不对马嘴的作品充斥市场，最终失去展览与受众交流互动、互促提升的意义。

我认为，书法展览的内容，必须牢牢建立在对于主题的深刻理解和正确把握基础上，顺应时代发展趋势，面向受众审美需求，进行科学合理的创意、策划与设计。可以借鉴其他类型艺术展览方式，选择与主题内涵一致的书法作品，辅以文字介绍、图像展示、文物陈列等内容，打造沉浸式展览体验；也可以探索运用一些新的现代技术手段，如全息影像塑造、多维立体动态演绎等，不断丰富展览内容，提升展览效果。

黄俊俭：在新时代新征程中，书法家如何才能创作出更多吸引人、感染人、打动人的书法作品，从而为时代留下令人难忘的艺术经典？

陆永建：习近平总书记在文艺工作座谈会的重要讲话中明确指出："没有优秀作品，其他事情搞得再热闹、再花哨，那也只是表面文章，是不能真正深入人民精神世界的，是不能触及人的灵魂、引起人民思想共鸣的。"显然，所谓"吸引人、感染人、打动人"的艺术作品，就是"优秀作品"。而对于什么才是"优秀作品"，习近平总书记也早已为我们指明了方向："优秀作品并不拘于一格、不形于一态、不定于一尊，既要有阳春白雪、也要有下里巴人，既要顶天立地、也要铺天盖地。只要有正能量、有感染力，能够温润心灵、启迪心智，传得开、留得下，为人民群众所喜爱，这就是优秀作品。"习近平总书记关于新时代优秀文艺作品的重要论述，立足时代深刻变革、人民精神需求深刻变革、文艺创新深刻变革的历史背景，适应潮流、面对现实、回应期待，为新时代中国特色社会主义文艺发展提供了根本遵循，也为当代书法艺术传承创新提供了行动指南。

书法艺术作为中国传统文化的重要代表，从甲骨文到钟鼎文，再到汉隶、楷书、行书、草书……在传承千年的历史发展过程中，无论形态如何演变，书法的内核始终都是有关汉字字体结构的审美塑造、有关东方形象思维的美学表达。曾有评论者说过，书法的表现力是所有平面艺术中最难的。因为书法的载体形式、表现手法、呈现内容相对比较单一，可以说是仅凭墨水、毛笔、宣纸几样素材，就要将大多数国人都认识的汉字，演绎千变万化的线条、造型虚实相生的结构、表达丰富饱满的情感、传达深沉隽永的意蕴内涵，实在不是一件容易的事情。没有长时间的学习磨炼、深厚的艺术修养、丰富的思维想象力，是无法很好掌握其艺术特征的，更不用说展现书法艺术魅力、创作时代艺术经典了。

所以，在我看来，创作吸引人、感染人、打动人的优秀作品，首先需要深入理解和把握书法艺术的美学内涵、文化精髓、思想智慧。如果不熟悉汉字构型本质，就无法掌握线条起承转合的连接性与笔画笔顺不可逆的特征，就很难通过"一气呵成"的笔法，达到"飞鸟出林，惊蛇入草"的艺术效果；如果不了解中国传统文化"天人合一"的哲学理念，就无法理解"心物相照，巧法造化"的美学境界追求，就不可能达到化繁为简、返璞归真、意趣盎然的审美创造……只有摆脱形式纠缠，深入艺术的内核，踏踏实实学习积累，认认真真揣摩提升，才是实现书法艺术传统当代传承的根本。

古代书法是兼具实用性和审美性的，许多流传千古的精品佳作，在当时的环境下，往往并非为了创作而创作，可能只是书信往来、谏言上书，甚至日志记录。说白了，书法创作就是一个"澄心""抒情""咏怀""证道"的过程，清宁时有行书如流水，激昂时有狂草如劲风，沉稳时则有篆隶如古钟。所以，我认为书法创作的内容，也就是"写什么"，其实是一个很重要的问题，这恰恰是当前我们较少关注的。放眼望去，当代大多数书法创作，仍以古诗词为主要内容，除了换一种字体、换一种风格之外，本质上无太大区别。久而久之，就逐渐演变成为只关注线条、形体、结构、布局等形式讲究，而忽略了情感、思想、意识的内涵表现，这样的书法作品，恐怕很难具有灵妙的神采与生动的气韵，也就很难吸引人、打动人、感染人。因此，我建议当代书法家可以在学习经典、传承传统的基础上，原创一些适应时代潮流，贴近当下生活，表达当下情感需求和文化理想的文艺作品，一方面提升自己的文化涵养；一方面以原创作品入笔入墨，真正实现书法艺术"我手写我心"

的旨归，通过与悠久的历史文化相承、与广阔的社会生活共融、与广大的人民群众接近，创造出温润心灵、启迪心智的时代精品。

黄俊俭：书法家要坚持守正创新，用跟上时代的精品力作开拓艺术新境界。然而，有的人将自己书法的怪异解释为探索，将自己技法的低下包装成朴拙，似乎在利用人们对书法审美的缺失混淆视听、浑水摸鱼。因此，有关人士建议，在学校开设书法课时，加入书法鉴赏的内容，从小培养青少年的书法审美能力。请谈谈你对此的看法。

陆永建：应该说，书法艺术是中国人性灵表达的独特艺术，所有线条的挫顿、墨韵的虚实、空间的腾挪等形式变幻，都不是随心所欲的突发奇想，而是经过长期情感积累与深厚文化沉淀之后的审美创造。现在不少混淆视听、浑水摸鱼的"另类书法"层出不穷，大多都是打着所谓"艺术创新"的旗号，实则以形式的求怪求异博取大众眼球、制造舆论影响，从而将高雅的书法艺术，变成了怪诞荒唐的行为秀。

我认为，这种现象出现的根本原因，还是在于对书法艺术当代传承与发展的问题认识不足，这是一个普遍现象。一方面，创作者本身缺乏对书法艺术美学内涵、文化精髓、思想智慧的深刻理解，刻板的模仿和机械的重复，很容易将对笔墨线条等形式的过分讲究，演变为极端的行为艺术；另一方面，大众对书法艺术传统缺乏正确认知，往往将书法当成"用毛笔写字"的书写练习，缺乏对艺术审美的科学判断，也就难以分辨什么是搞怪破坏、什么是真正的艺术创新。

因此，随着现代社会不断从实用消费向审美消费转型发展，我们亟需新的"审美启蒙"，促进书法爱好者，乃至广大群众提高对书法艺术的正确认知，其实这也是当前我们提倡推动优秀传统文化创造性转化和创新性发展的重要内容。对此，国家是高度重视的，一方面不断加强审美教育比重，如2020年，中办、国办印发了《关于全面加强和改进新时代学校美育工作的意见》，把中小学生学习音乐、美术、书法等艺术课程，以及参与学校组织的艺术实践活动情况纳入学业要求，探索将艺术类科目纳入初、高中学业水平考试范围。目前，全国已有江苏、湖南、云南、河南全面启动美育中考。此外，山东、四川、山西、吉林、内蒙古自治区也实施了中考美育计分。另一方面，在审美素质教育中，增加中华优秀传统文化教育规划：2014年，教育部印发了《完善中华优秀传统文化教育指导纲要》，要求"各级党委教育工作部门和教育行政部门要把加强对青少年学生中华优秀传统文化教育作为一项战略任务，与宣传、文化、新闻出版广电等部门，以及工会、共青团、妇联等群团组织密切配合，建立健全党委统一领导、党政群齐抓共管、有关部门各负其责、全社会共同参与的工作机制，形成中华优秀传统文化教育合力"。2017年，中办、国办印发了《关于实施中华优秀传统文化传承发展工程的意见》，对如何实施中华优秀传统文化传承发展工程做出了具体要求，成为当代实施优秀传统文化教育的里程碑。

这些都意味着，当前我们开展书法艺术教育，培养青少年书法审美素质，提高其鉴赏能力，已经具备了坚实基础和良好条件，可以说是恰逢其时、大有前景。我认为，现在应该研讨的不是"该不该做"，而是"怎么做"的问题。应该在当前国家重视审美素质教育，强调优秀传统文化教育的整体背景下，加强书法艺术教育规划，加大探索创新力度。可以通过跨学科整合，将书法艺术教育和其他文化教育相结合。比如，围绕传统节日、节气节庆等主题，结合非遗传承、校园文化建设等内容，融合精品展示、经典诵读、绘本学习等形式，探索书法传统学习、书法实践创作、书法艺术赏鉴等形式多样化、表现丰富化、内涵充实化的课程与活动，让书法艺术经典走向大众，推动书法艺术在新时代焕发璀璨夺目的新光彩。

黄俊俭：谢谢你接受我的采访。

（刊于《书法导报》2022年4月20日）

附录

陆永建作品出版年表

1997—著：《浦城公安志》（合著），厦门大学出版社。

2001—著：《县（市）科级领导职务职位说明大全》（上下卷），福建电子音像出版社。

2008—著：《柳永》（合著），海风出版社。

　　　编：《武夷山书法大观》（合编），海风出版社。

2009—编：《武夷山青竹碑林》（1—3卷），海潮摄影艺术出版社。

2010—著：《一天中午的回忆》，海风出版社。

2011—著：《飞翔的痕迹》，海峡文艺出版社。

2013—编：《武夷山青竹碑林》（增补本），海潮摄影艺术出版社。

2014—著：《思想与性情》，作家出版社。

2016—编：《热点平潭》，福建人民出版社。

　　　《解读海山》，福建人民出版社。

　　　《发现海坛》，福建人民出版社。

　　　《观察岚岛》，福建人民出版社。

2017—编：《平潭实验》，中央党校出版社。

　　　《牢记嘱托　砥砺奋进》，中央党校出版社。

　　　《石帆》（1-4辑），海峡文艺出版社。

　　　《武夷山青竹碑林》，福建美术出版社。

2018—编：《平潭随笔》，福建人民出版社。

　　　　　《平潭讲堂》，福建人民出版社。

　　　　　《平潭实践》，福建人民出版社。

　　　　　《平潭品读》，福建人民出版社。

　　　　　《平潭探索》，福建人民出版社。

　　　　　《时间的声音》，海峡文艺出版社。

　　　　　《石帆》（5-8辑），海峡文艺出版社。

　　　　　《大美平潭》，福建美术出版社。

　　　　　《文脉流芳》（合编），福建美术出版社。

2019—著：《审美的印记》，海峡文艺出版社。

　　　　　《千年一遇》（合著），海峡文艺出版社。

　　　　　《雄姿卓态八闽风——闽籍古代书法大家艺术风格和时代意义研究》，福建美术出版社。

　　编：《石帆》（9-12辑），海峡文艺出版社。

2020—编：《石帆》（13-16辑），海峡文艺出版社。

2021—著：《陆永建自选集》，海峡文艺出版社。

　　　　　《山那边有条河》，海峡文艺出版社。